偏愛侍女は
黒の人狼隊長を洗いたい

あきのみどり
Midori Akino

Regina

RB
レジーナ文庫

登場人物紹介
ヴォルデマー
砦の人狼隊長。真面目で穏やかな性格。
仕事一筋だったが、ミリヤムとの
出会いで何かが変わり始め——？
フロリアン
侯爵家の三男。容姿も心も
天使のように美しく、
ミリヤムのことを大事に思っている。
ミリヤム
侯爵家の侍女。幼い頃から
フロリアンに仕え、彼に心酔している。
思い込みが激しく一人で暴走しがち。

エメリヒ
砦の少年隊士。
人族と犬族の混血で、
そのことを気にしている。
イグナーツ
ヴォルデマーの側近。
クールな見た目に似合わず
人情家で涙もろい。
ローラント
砦の少年隊士。イグナーツの弟で、
ぽっちゃり体形の腕白小僧。
ルカス
フロリアンの護衛。ミリヤムとは
幼馴染で互いに天敵のような存在。
ウラ
人狼の女性。砦近くにある集落の
長の娘で、ヴォルデマーのことが好き。

目次

偏愛侍女は黒の人狼隊長を洗いたい

ミリヤムはその金色の瞳を見て、ぽかぁんとしたのち、ハッと我に返った。

あれ私……なんでこの人を押し倒して……？

「……はれっ⁉」

自前のメイド服はずぶ濡れだった。手を突いた下には、ビショビショに濡れた黒い毛並みの男性の姿がある。その男性と視線が絡んだ瞬間、ミリヤムは正気に戻ったのだ。
その人は狼か犬もしくは狐の獣人男性で、それ自体は特に珍しくもない。
小柄なミリヤムに突進されてぶっ倒れたのが不思議なくらい体格はよかったが、どうやら律儀《りちぎ》に彼女を受け止めてくれた末に、このような体勢になったらしい。
とにかくミリヤムは今、彼に向かい合う形でその膝の上にまたがっていた。

呆れたことに、飛びかかっておきながら、彼女は今初めて相手をちゃんと見たのだ。なんせここに乗り込んできてすぐ、手近にいた相手に無差別に襲いかかったものだから……。

瞳を瞬《またた》かせながらよくよく見ると、漆黒《しっこく》の毛並みに覆われた肉体は鍛えられていて逞《たくま》しい。今は濡れてばらばらに乱れた毛並みも、きちんと手入れすればさぞかし手触りがいいことだろう。驚きに見開かれた瞳は真ん丸で……まるで小さな月が二つ並んでいるかのようだ。

ミリヤムはその瞳をもっと傍《そば》で覗き込みたい衝動に駆られた。惚《ほう》けかけ、なけなしの恥じらいを思い出し——……かけたのだが。

瞳を覗き込もうと間をつめると、まずその体臭にムッとした。手に触るごわごわの感触と、それから片手に握ったままの石けんの感触とが、彼女に怒りを思い出させる。

それは使命を呼び覚まし、彼女に自分が何故このベアエールデ砦《とりで》に乗り込んできたのかを思い出させた。

ミリヤムの脳裏に、金髪の青年の姿が過《よ》ぎる。

「は!?　そうだ坊ちゃまだ!!」

「……ぼ……？」

月の双眸《そうぼう》の主が不可解そうな表情でミリヤムを眺めている。けれども怒りは膨らみ切っていて、歳相応の恥じらいなど吹き飛んでしまった。

そう、たとえ——己が馬乗りになっているその見知らぬ男が裸であろうとも。

ここが公衆の浴場であろうとも。

周囲で裸の獣人族の男達が、湯煙の中あんぐりと口を開けてこちらを凝視していようとも。

なんか色々見えちゃってても。

ミリヤムは石けんを割れんばかりに握り締めた。

「さあ！　黒の旦那様……お覚悟なさいませ!!」

＊　＊　＊

侍女ミリヤムの世界の中心は、〝坊ちゃま〟ことリヒター侯爵家の三男フロリアンである。

物心ついた時には彼の傍《そば》にいて、ずっと彼に仕えてきた。幼少期はあんなに愛らしい御子は他にいないと思っていたし、十数年経った今でもミリヤムの中でその認識は変わっていない。

彼を守ることこそが己の使命、とミリヤムは信じて疑わない。彼の乳母《うば》を務めた母が亡くなる間際に言い残した言葉も「ミリー、坊ちゃまをよろしくね……」だった。守れなかったら親の遺言を破った沙汰で地獄に落ちる、と、ミリヤムは本気で信じていた。


そんな彼女が砦にやってきたのは、ほんの数日前のこと。

「え、なんだよ……人族かよ……」

あからさまにガッカリしたというその表情は、門の前に立つ栗毛《くりげ》の娘――ミリヤムに向けられたものだった。

ベアエールデ砦の門番は熊の顔をした大男二人で、先ほどミリヤムが手渡した紹介状を彼女に突き返し、「さっさと入れ」と顎《あご》で促《うなが》す。ミリヤムは重そうな鉄製の扉を軽々と持ち上げた大男に軽い会釈《えしゃく》をして、その内側に足を踏み入れた。

背後からは「なんで人族なんか……ニーナ婆さんの代わりだって言うから婆さんの孫娘とかが来るのかと思ってたぜ」「可愛い熊族のな。あんな薄毛の細っこいので大丈夫かねぇ」と談笑《だんしょう》する声が聞こえてくる。

だがミリヤムはわざわざ相手にするようなことはしなかった。

この世界には多様な種族達が暮らしている。特にこの国には人族と獣人族が混在しており、種族ごとの文化の違いはあれど皆おおむね平和に共存していると言っていい。

広い国土は王のもといくつかの領に分かれ、王に任じられた領主達がそれぞれを治めている。その特色は様々で、気候が比較的穏やかな平地の領には人族が集まり、寒さや地形の厳しい領には毛並み豊かな獣人族が集まる傾向にあった。

この北の辺境伯領は後者の典型で、多くの獣人族の集落が栄えている。逆に人族は極端に少なく、ベアエールデ砦のような国境付近の辺境ではあまりその姿が見られない。

ゆえにこうして物珍しげな視線や揶揄《やゆ》を受けることも珍しくはない。

だが、ミリヤムにはそんなことはどうでもよかった。彼女の目的はただ一つ。

この〝獣砦《けものとりで》〟と悪名高いベアエールデ砦を、敬愛してやまない彼女の主《あるじ》、〝坊ちゃま〟にとって相応《ふさわ》しい場所にすることである。

ここへ来る少し前のこと――
坊ちゃまが、どこかの砦の警備隊に派遣されるという噂を聞きつけたミリヤムは、慌ててその真偽を本人に問いただしに行った。

彼が侯爵邸からいなくなるということだけでも冗談ではないと思ったミリヤムであったが……その行き先が巷《ちまた》で噂の〝獣砦〟だと聞かされて——目の前が真っ暗になった。

「そっ、んな!! 馬鹿なっっっ!!」と坊ちゃまの前で大絶叫したミリヤムは、侍女頭《じじょがしら》にうるさいと目いっぱい叱られた。

しかし獣砦と称されるベアエールデが、大いに野性味溢《あふ》れる場所であることは、この侯爵領でも有名な話だった。砦の中は不潔で数多《あまた》の虫が蠢《うごめ》いているだとか、多くが獣人族であるという隊士達は泥にまみれて生肉を喰うだとか……そんな噂がまことしやかに囁《ささや》かれている場所なのだ。

対してミリヤムの〝坊ちゃま〟ことリヒター家のフロリアンといえば、美しく聡明な青年で、普段は侯爵である父や跡取りの兄を補佐し、領地の内務の一端を担《にな》っている。その容姿も手伝って巷《ちまた》での評判はすこぶるいいが、本人は兄達に華を持たせて控えめにしていることが多い。そんな彼に心酔《しんすい》しているのが——彼の侍女たるミリヤムだった。

彼女が母の乳から離れるのと入れ代わるようにして侯爵家にフロリアンが生まれ、ミリヤムの母が彼の乳母《うば》となった。以来、周囲の皆が「フロリアン様は天使だ」と口々に囁《ささや》き合うのを聞いて育ち、それを信じ切っていた。

そんなミリヤムが噂の砦に主《あるじ》が入っていく様《さま》を想像した時の衝撃ときたらひどかっ

た。それは彼女にとって、戦場に丸腰で立てと言われているくらい恐ろしいことのように思えた。

もちろん彼女は全力でその話に反対した。

「坊ちゃま正気ですか⁉　坊ちゃまがいくら聡明で剣術に優れておられて天使のように美しくても菌には勝てないんですよ！　坊ちゃまの儚《はかな》い免疫力で獣砦に乗り込んで無事でいられるわけないいじゃないですか⁉　や、病《やまい》……死……やばい‼　汚染される‼」

ほぼ息継ぎなしでまくし立てたミリヤムは真っ青だった。が、当の本人はというと、のんびり穏やかに、それでいて煌《きら》びやかに微笑んでみせる。「ミリー、これは私が志願したことなんだよ」と。

「砦の長《ちょう》殿がとてもお困りのようなんだ。私も内務ばかりでまだまだ経験が足りないし、若輩者《じゃくはいもの》の私が助けになれるのなら光栄だ。きっといい経験になるだろう」――と、嬉しそうに言われ、ミリヤムは崩れるように床の上に沈んだ。

「ぉあああああ‼　坊ちゃまひどい！　でも麗《うるわ》しい‼」

……彼女の中に、愛するフロリアン坊ちゃまの望みを妨害するという選択肢は存在しなかった。微笑むフロリアンによしよしと頭を撫でられながら、その〝砦の長《ちょう》殿〟を心の底から呪って……――からの彼女は素早かった。

同行したいという懇願《こんがん》をやんわりと、しかしきっぱりとフロリアンに却下されたミリヤム。彼女は落ち込む間もなく、すぐさま伝手《つて》を辿りまくって、伝手《つて》の伝手《つて》の伝手《つて》の伝手《つ》手《て》の伝手《つて》の先くらいで、もうすぐ獣砦の下働きの老婆が退職するだろう……という話を聞きつけた。

ミリヤムは速攻でその老婆に手紙を送り、速攻で荷物をまとめると、辺境伯領から行商に来ていた獣人族達に金を積んで頼み込み、帰還の一団に同行させてもらった。

慣れない白雪の道を、時に雪に埋まり窒息しそうになりつつも、彼等に助けられながらなんとか越えて、ミリヤムは件《くだん》の老婆の家に押しかけた。そしてもふもふの熊の老婆に退職祝いと称した賄賂《わいろ》と土下座を贈って――……やっとのことでその後任の紹介状を勝ち取ったのだった。この頃には、長年こつこつ貯めていた貯金はすっかり底をついていた。

それがつい先日のこと。

暇をもらいたい旨《むね》を書いた手紙を郵便馬車に託しておいた……のはついさっき。

事後承諾の強硬手段に出たのは、周囲に止められないためだ。獣砦に行くなんて事前に申し出れば、猛烈に止められることを彼女もよく分かっていた。しかし、ハンカチの端をかじって泣きながら、邸《やしき》で大人しく主《あるじ》を見送るという選択肢はなかった。フロリアンの健康は何よりも大事だった。

「こうするしかないんだわ……坊ちゃまの健康に障《さわ》らないよう、私が砦の水準を引き上げるしか……ないっ!!」

ミリヤムはそびえ立つ砦を睨《にら》んで拳《こぶし》を突き上げた。

――ちなみにミリヤムが邸《やしき》へ送った手紙の中には、「坊ちゃまの健康と美を損ねたら領地の女達の間で暴動が起きる」「領地間の和平のために戦ってまいります」と書かれていた。

ミリヤムは――ちょっと（?）思い込みの激しい娘だった。

後日、侯爵邸でその手紙を読んだ者達は、恐ろしい行動力だと評価しつつも、ひどい頭痛に悩まされたという。「あいつ、砦長《とりでちょう》に絶対嫌がらせするぞ!!」……とは、青ざめた執事長談。

砦の門を潜《くぐ》ったあと、ミリヤムはその聞きしに勝る環境に思い切り顔をしかめた。

「う……なんなのこの臭《にお》い……」

庇《かば》うように鼻を手で覆ったが、それでも辺りはひどい臭気だった。何かが腐敗したような臭《にお》いと獣臭さ、泥臭さのようなものが濃厚に混じり合ってとにかく臭い。

臭《にお》いの元はどこかと周囲を窺うと、所々雪に覆われた黒土の広場の先に、古い石造りの城砦《じょうさい》がそびえ立っていた。重厚な雰囲気の、威厳ある建築物だった。

だが残念なことにほとんど手入れがされておらず、あちこち傷《いた》みや汚れが目立っていた。何よりゴミが多すぎる。壊れた武具の破片から食べ残し、丸めた紙、なんだかよく分からない塵芥《ちりあくた》……年代物と思《おぼ》しき黒い染みはもしかして血の痕か。ミリヤムはその有様に絶句した。

そうして途方に暮れながら重い足取りで敷地の奥へと進んでいくと、数名の隊士達とすれ違った。武装した男達は皆一様にボサボサだ――何がって、毛並みが。いかにも野性味溢《あふ》れる彼等は足に泥がついていようが、毛並みが乱れていようが露《つゆ》ほども気にならないらしい。時折身体をボリボリと掻きながら、異臭漂う広場の中でゲラゲラと笑っている。

そりゃあ身体だって痒《かゆ》いでしょうよと思いながら、ミリヤムは青ざめた。今すぐ全員桶《おけ》に突っ込んで丸洗いにして天日干しにしたい衝動に駆られる。

「こ、こんな不潔なところに……いずれフロリアン坊ちゃまが来てしまう……」

昔は喘息《ぜんそく》が出るといって、邸《やしき》の飼い犬や馬にも触らせてもらえなかったフロリアン。

成長と共にその症状も鳴りをひそめているとはいえ、彼がここに来たら一体どうなってしまうのか。なんとかという砦の長《ちょう》の役に立ちたいなどと主《あるじ》は言っていたが、その前にあの妖精のような人は一発で雑菌に侵され死んでしまうのではないか、とミリヤムは怯《おび》えた。その秀麗な笑顔を思い出すと、栗色の瞳にじわりと涙が浮かぶ。

「……お可哀想なフロリアン坊ちゃま……」

ミリヤムはベソをかきながら、雪のちらつく灰色の景色の中をとぼとぼと歩いた。そうして鼻を寒さに赤らめ、俯《うつむ》いて歩いていると——ミリヤムは不意に、ドンッと何かにぶつかった。

「おうっ!?」

大きな荷物を担《かつ》いでいたミリヤムは、その重みで簡単によろめく。

「ひっ!?」

身体が斜めになった瞬間、ミリヤムは脇から抱えられ、気がつくと誰かにぶら下げられていた。おかげで冷たい雪の上に転倒することは免《まぬが》れたのだが、大きな荷物を背負っている己が軽々持ち上げられたことに、ミリヤムは目を丸くする。

その相手は小柄なミリヤムからすると、山のように大きな人物だった。頭から足元まである黒い外套《がいとう》に身を包み、フードを目深《まぶか》にかぶっている。口元も分厚い防寒用の布で覆われていて顔がほとんど見えず、どんな種族なのかは不明だが、外套《がいとう》の下からわずかに黒い尻尾が覗いている。

「すまない。……なんだ泣いているのか？」

男はすぐにミリヤムを雪の積もった地面に下ろしたが、その目の端に光るものを見て取ると、そんなに痛かったのかと尋ねるように首を傾げた。

それを察した瞬間、ミリヤムは何故だか無性に泣きたくなる。針で突かれた風船が破裂したかのように、瞳から涙が零《こぼ》れ、怒りが一気に溢《あふ》れ出してきた。

「っ⁉」

「泣きたくもなりますよ！　なんですかこの砦の有様は‼　まるでゴミ溜めじゃないですかっ！　こんな、こんなところに（坊ちゃまが）お勤めしなければいけないなんて……砦の長《ちょう》様は一体何をなさっておいでなのですかっ⁉」

いきなり汚い汚いと喚《わめ》き出した娘に、男は外套《がいとう》の奥で一瞬目を丸くして──それからぽりぽりと頬を掻いた。

「……すまない。むさ苦しい男所帯ゆえ……許せ」

男がそう言うも、ミリヤムは殺気を放たんばかりの顔で彼を睨《にら》んだ。ただ、鼻水が出ている顔はかなり間抜けだったが。

「男所帯だと言えば済むと思わないでください!!　男性だって獣人族だって不潔にすぎたら病気になるんですよ!?」

くそお、と男を睨《にら》みながら、ベソかきミリヤムは地団駄《じだんだ》を踏んだ。

「私がきっと……ここを貴婦人でも暮らしていけるような清潔な場所にしてみせる!!」

ヤケっぱち気味の叫びが周囲に響く。正面でそれを見下ろしていた顔の見えない男は、その外套《がいとう》の内側で呆気《あっけ》にとられているようだった。

しかしミリヤムはヤケにならざるを得なかった。彼女はこの恐ろしいほど不潔な砦を、主《あるじ》が到着する前に綺麗にしておかなければならないのだ。それも恐らくたった一人で。

男は雪を踏みつけて怒っている娘を無言で見ていたが、不意に、その外套《がいとう》の中でくすりと笑った。

「……そうか、頑張るといい」

何かが顔に迫ってきて、ミリヤムは咄嗟《とっさ》に目をつむる。

「っ!?　うぐっ……」

……手ぬぐいだった。

男はどこからか取り出したそれでミリヤムの顔をぐいぐいとぬぐう。こんな場所で暮らす男の懐《ふところ》から出てきたのかと、ミリヤムは一瞬身構えたが……柔らかな布からは清潔な香りがした。

少しほっとして、されるがままになっていると、次いで頭にぽんぽんと軽い重みを感じる。どうやら——ちらつき始めた雪を彼女の頭の上からはたき落としてくれたらしい。その宥《なだ》めるようなリズムに、ミリヤムはなんだか肩から力が抜けていくような気がした。

「おそれ、いります……」

「早く中に入りなさい。人の子にこの寒さは辛かろう」

それは雪の中で心が温かくなるような、穏やかで優しい声音《こわね》だった。

「あ」

外套《がいとう》の男はミリヤムが背負っていた荷物を取り上げて数歩歩き、彼女を手招いた。ミリヤムが慌ててついていくと、通用口らしき扉の前まで彼女を導き、その戸を開いて中を指し示す。

「通路を右に行きなさい」

「あ、りがとうございます……」

「……衛生状態の件は——」と、男が言いかけた時、遠くから慌ただしく隊士が駆け寄ってきた。

「ヴォルデマー様！　そこにいらしたのですか！」

ミリヤムに荷物を手渡しながら、男はその隊士の耳打ちに耳を傾けている。すると不意に、男が防寒用の布の内で小さくため息を落とした。

「……?」

その響きにミリヤムは首を傾げる。なんだか男は、ひどくくたびれているように見えた。それから男は隊士に向かって「分かった」とだけ頷き、身を返した。

「あ……ちょっ」

去っていこうとする男を引き止めるように、ミリヤムは慌ててその腕にかじりつく。

「それ! ください!」

「……? ……それ?」

ミリヤムは、彼の手の内を指差した。

「昔から私めは粗忽者《そこつもの》で有名ですが、いくらなんでも己の鼻水がべったりついた手ぬぐいを人様に押しつけるほどではございません! 洗ってお返しします。およこしください」

その申し出に男は「不要」と言いかけたが、彼女は手ぬぐいを問答無用でひったくった。もちろん親切に対する感謝の念もあったが、この砦の有様を見るに、このままでは男のポケットの中で十年くらい寝かされるんじゃないかと疑ってもいた。自分の鼻水がだ。

「大丈夫、親御様のお形見のように丁寧に扱わせていただきます！　では！」

「あ、おい……」

ミリヤムは「ありがとう存じますー」と叫びながら、スタコラさっさと逃げ出した。

取り返されてなるものかと思いつつ、なんにせよ親切な人がいるようでよかったと少し安堵していた。

の、だが——

「……しまった……」

砦の中に入ったあと、ミリヤムは冷たい廊下に両手と膝をついてうなだれていた。

手ぬぐいを洗って返すと言っておいて、その相手をきちんと確認していなかったことに今更ながらに気がついた。

隊士が男の名前を呼んでいた気もするが、坊ちゃま関係以外では、人物——特に男性の名を覚える気のない残念思考のミリヤムは、それをまったく覚えていなかった。

「……私は一体どなたの親御様の形見を預かったの……？」

しかも勝手に、ただの手ぬぐいを形見にしてしまっている。ミリヤムはうんうん唸《うな》った挙句《あげく》呟いた。

「……〝黒い外套《がいとう》の君〟……いや……〝お疲れ気味の手ぬぐいの君〟で……いいか……

な……」

ミリヤムは、アア、ナルホド、と思った。嗚呼《ああ》……なるほど……と。

ミリヤムが遠い遠い目をしたのにはわけがある。

猫族の上役に連れてこられた部屋の中には、これからミリヤムが共に働く砦の使用人仲間達が顔を揃えていた。その面々を見て、ミリヤムは意気消沈したのである。

新人娘をのほほんと見やる十数名の同僚達は、全員が毛がふさふさで腰の曲がった――ご老体で。

「あらあらマックスさん、新しい人？　ニーナさんの代わりの？」

「まあまあ……随分可愛らしい……え〜と猿族さん……あら、人族のお嬢さんなの？　よく見えなかったわぁ。ふふふ」

彼等はにこにこしながらよかったよかったと口々に言い、ほのぼのと頷き合う。

「ここに若い人族のお嬢さんが来るなんて珍しいこと。お嬢さん、おいくつ？」

「……えっと……二十歳《はたち》、で、す……」とミリヤムが答えると、周囲からは歓声が湧き上がった。

「まぁまぁ……上の階のお掃除を頼める人が来てよかったこと。最近本当に階段がきつくてねぇ……」

「重いものも、高いところのものだって取ってもらえるわよ」

ホントね～とのんびりメルヘンに微笑む同僚達。ミリヤムは瞳孔開き気味の顔で上役を見た。

どうりで色々と行き届いていないわけである。先日紹介状をくれた熊族のニーナも結構なご老体だと思ったが、同僚達もまた同じくらいの年代に見えた。

ミリヤムは、思わず声を上げる。

「上役様……この布陣には異議があります……大体……こんなご老体に鞭《むち》打つようなな……」

水の入ったコップを持ち上げるだけでも手がプルプルしている灰色の犬系の老獣人を見て、ミリヤムはそのコップを取り、彼の口元にそっと当てた。

「ゆっくり、ゆっくりお飲みください……」

「おやおや……ご親切に」

可愛らしいお爺さんの笑顔に頷いてみせてから……ミリヤムは上役に鋭い横目を向けた。どう見ても、この戦力で広い砦を手入れしたり維持したりするのは無理がある。

しかし猫の上役はきょとんとしてミリヤムを見た。

「どうかしたか？　壮絶に気持ち悪い顔だぞ」

「だって……」

ミリヤムが尚も眉間《みけん》に皺《しわ》を寄せたままでいると、上役は「まあまあ」と笑う。

「彼等はベテランだ。これまで大した問題も起きていないし、隊士達からの苦情も特にない。人手はちょっと足りていないが……とても居心地のいい砦だ」

けろりとしたその言葉に、ミリヤムは耳を疑った。

部屋の外はもちろん、今見えている限りの場所ですら、隅や高いところには埃《ほこり》が溜まっていた。蜘蛛《くも》の巣だってかかっていて、そこに更に埃《ほこり》が絡まっている。きっと高いところは彼等には掃除がしづらいのだろう。そもそも目が悪く、見えていないのかもしれない。

「…………」

「ははは」

ミリヤムのじっとりとした視線に、上役もさすがに苦笑いしながら頬を掻く。

「まぁ、ここ十数年、隣国の国力が著《いちじる》しく衰退したおかげで国境戦線も落ち着いてな。新配属される隊士の数は減らされる一方だし……あまり使用人の増員もできないんだ。新人が入ってきたのもだいぶ前で……何より爺さん達が働きたいって言うんだ、職を奪うわけにもいかないだろう？　ま、平和なのはいいことだ」

「………」

「慣れればどうってことないさ、ははは」と、毛深い縞《しま》模様の手で背を叩かれ、ミリヤムは彼に殺気を放った——が、それと同時に、牝牛の顔の老婆がよろめき、カゴに入っていた豆を床にぶちまけた。

「あらぁ～？」

「おわーっ⁉」

ミリヤムは慌てて豆を拾う。そのちょこまかした動きを見て、周囲からはほのぼのとした賛辞が贈られた。

「やっぱり若い人は動きが機敏だわぁ」

「さすがだねぇ、私はもう屈《かが》むのも億劫《おっくう》で……」

来てくれてありがとうと嬉しそうな同僚達の声を聞きながら、ミリヤムは複雑な気持ちで豆を追うのだった……

「……終わりが、見えない……」

数日後、ミリヤムは休憩時間に砦の内部を徘徊《はいかい》していた。

大きな麻袋を引きずり、燃料庫から拝借した炭バサミを駆使して、とにかくゴミを拾って歩く。袋がいっぱいになると焼き場へ持っていき、空になった袋で再びゴミを拾って回る。延々その繰り返しだ。だが、拾っても拾っても砦は絶望的にゴミだらけだった。

その上地味に苦痛なのが、石造りの砦はとても寒いということだ。厚着をしていても身体は芯から冷えてきて、手がかじかむと炭バサミが上手く操《あやつ》れなかった。

「これは……かなり根気が要るわ……」

ため息まじりにゴミを拾っていると、傍《そば》を通りかかった隊士達がげらげらと笑いながら何かをポイ捨てしていった。どうやら、かじりかけの食べ物のようだ。

「…………」

それを見たミリヤムは、せめて袋の中に捨ててくれればと腹が立ったが……とても疲れていたので彼等を叱り飛ばすのを諦め、ゴミで丸々と膨らんだ麻袋を引きずって焼き場の方へ足を向けた。

――と、その時、視界の先を歩いていった黒毛の隊士にハッと顔を上げる。が――

「違う……？　か……な……ぁ？」

相手はミリヤムをちらりと見たものの、そのまま視線を外して立ち去っていく。

ミリヤムが探しているのはもちろん〝お疲れ気味の手ぬぐいの君〟である。先日彼から借りた手ぬぐいは既に洗ってエプロンのポケットに忍ばせてある。

「……いないなぁ……」

というか分からないのだ。黒い毛の獣人男性はたくさん見かけるものの、顔も見ていないがゆえに、あちらから声をかけてもらわなければ識別しようがない。顔を見ていたところで、獣人族の顔がミリヤムに判別できるかどうかはとても怪しかったが。

こうして徘徊《はいかい》しているうちに〝お疲れ気味の手ぬぐいの君〟と鉢合わせしないかと期待しているのだが……未だそれらしき相手に行き当たってはいなかった。

「どうしよう……　〝お疲れ気味の手ぬぐいの君〟が親御様の形見が返ってこないとお嘆《なげ》きになられてたら……困ったなあ……」

ただでさえお疲れ気味のようだったのに、とミリヤムはため息をつく。彼には親切にしてもらったこともあって、尚更気になっていた。

「ただいま戻りました……あれ？」

へとへとで下働き達の食堂に戻ったミリヤムは、ふと扉の傍《そば》にあったカゴに目を留める。

「ミリーちゃんお帰り。まぁまぁ……休憩時間くらいのんびりしたらいいのに……早く晩ご飯をお食べなさいな」

暖炉の傍《そば》で鍋をかき回していた、灰色の犬のような老婆がミリヤムを手招く。

「はい……あの……サラさん、ここに置いてあるカゴの中身って……石けん、ですよね……こんなたくさん……埃《ほこり》かぶってますけど……」

「ああ。これねぇ……隊士さん達の大浴場用の石けんなんだけど、五年くらいここに置いてあるかしら。ふふふ……ここじゃ、石けんってなかなか減らなくって」

「へ……?」

にこにこと微笑む老婆の言葉にミリヤムの動きが止まる。

「減らないって……なんで……」

「皆さん、お風呂であんまり石けん使わないみたい」

それを聞いた途端、ミリヤムはぞっとして——カチンときた。

無駄なエネルギーは使うまいと思った矢先であったが、先ほど抑えた分の怒りに、怒りの玉突き事故を起こした。そもそもゴミを一つ一つ拾うたびに呪わしい気持ちが溜まっていたのだ。拾って歩いたゴミの数くらいは怒っていいはずだ。そのゴミ達は、既に焼き場でミリヤムの背丈よりも大きな小山と化している。

「ミリーちゃん?」

「……おのれぇ……」

ミリヤムは石けんのカゴを掴むと一目散《いちもくさん》に走り出した。

窓の外は既に夜闇に包まれている。普通なら、大浴場には一日の汗や汚れを落とそうと隊士達が集まっているはずだ。

まもなく隊士用の大浴場に辿り着いたミリヤムは、その出入り口の傍《そば》に立った。柱の陰からこっそり疑り深い視線を向けていると、身体をホカホカさせた隊士達が次々と出てきた。それを見たミリヤムは、よかった風呂場は機能している……と心底安堵した。

だが次の瞬間、あることに気がついて愕然《がくぜん》とした。

確かに、その出入り口からは風呂上がりの隊士達がひっきりなしに出てくる。ただ彼等と何度すれ違っても……誰も石けんの香りがしないのである。それどころか強烈に臭かった。辺りには生乾きの獣臭が立ち込めていて、うっと鼻を手で押さえる。とても風呂場周辺の香りではない。

ミリヤムは己の頭の中でぶちんと何かが千切れたような音を聞いた。

「……」

表情のない顔でおもむろにメイド服の裾をたくし上げ、ウエスト部分に挟み込んだ。袖をまくり、靴を放り出してストッキングを脱ぎ捨てると、床に置いておいた石けんのカゴの持ち手をしっかりと握り直す。そしてその中の石けんを一つ、もう一方の手で割れんばかりに握り締め、獣人の大男等がひしめく大浴場へと、ずかずかと乗り込んでいったのだった。

＊＊＊

——その少し前のこと。

「ヴォルデマー様」

「ああ……外はどうだ?」

側近に声をかけられて、執務室で仕事をしていた黒い毛並みの男——人狼のヴォルデマーは机の上から視線を上げる。

彼こそがこの砦の長《ちょう》にして、屈強《くっきょう》な隊士達をまとめる隊長だ。

眉目《びもく》の整った精悍《せいかん》な顔つきではあるが、そこには濃い疲労の色がにじみ出ていた。

部屋に入ってきた豹《ひょう》の顔の側近はため息まじりに答える。

「今朝は天気も安定しておりましたが今晩は厳しそうです。雪もまだまだ降りそうですね」

その言葉に、ヴォルデマーの口から落胆の息が漏れる。

「そうか……ではフロリアン殿に来ていただくのはまだ無理か……」

現在、このベアエールルデ砦は人材不足に喘《あえ》いでいた。

直接的な原因は、つい一月《ひとつき》半ほど前に行《おこな》われた大がかりな盗賊団の討伐作戦だ。

その頃、砦の周辺集落では、襲撃された挙句《あげく》家屋に火をかけられるという被害が相次いでいた。その討伐に乗り出し、賊を捕らえた彼等の作戦は一応の成功を収める。

しかし――まったくの無傷というわけにはいかなかった。彼等もまた仲間に多くの負傷者を出し、大怪我を負った隊士の中には、長く隊を支えた副隊長の姿もあった。そうして彼を含む負傷者達が療養のため職務を離れると、以前からぎりぎりの人数で運営されていた砦の人材不足は更に逼迫《ひっぱく》した問題となったのだった。

ヴォルデマーは当然の対策として、彼等の領主たる辺境伯に砦の人員増強を要請した。が、それが政敵達の妨害で未だ派遣されてこないのである。確かに彼等の言うとおり、ここ何年も隣国との国境線は落ち着いている。しかし、だからと言って国境警備を疎《おろそ》かにしていいわけではない。ベアエールルデは歴史上、何度も戦が行《おこな》われた場所である。その国境線が危ぶまれれば領にも脅威が降りかかるだろう。それは砦の面々にとって、腹立たしいで済まされる話ではなかった。

そんな折……困り果てたヴォルデマーに一通の書状が届いた。封蝋《ふうろう》の印は隣の領を治める侯爵家のもので、差出人は侯爵の息子フロリアン・リヒターと記されていた。

彼はヴォルデマーとは旧知の仲で、柔和《にゅうわ》だが賢く気骨《きこつ》のある青年だった。そんな彼がヴォルデマーの窮地《きゅうち》を知り、配下と共にベアエールデへ駆けつけてくれると言う。自らのことを〝なんなりとお使いください〟と書かれた手紙に、砦の面々は深く安堵して、その到着を今か今かと待ちわびていたのだった。

しかし、天は彼等に更なる試練を用意していた。その直後、砦周辺は例年よりも早く本格的な冬季に入ってしまう。側近はその不運にため息を落とす。

「人族は雪と寒さに極端に弱いですからねぇ……雪が少なくなるまでお出《い》でになるのは無理でしょう」

ベアエールデ砦周辺は、国の一番北にあり、夏季は短く冬季が長い。冬は雪深くなるこの土地で、人族はその活動を大いに制限される。

隣の侯爵領からは馬を使っても四、五日はかかる距離で、街道は整備されているとはいえ山道も多い。更に雪があるとなれば、旅人にはかなりの負担がかかってしまう。下手をすれば死者も出るだろう。ヴォルデマーは致し方なし、と短い息を吐く。

「しばらくは我等だけでしのぐしかない……それで……他に報告はあるか？」

「はい、重要な件はこちらの書類に。あとは……ああ、そういえば下働きのニーナが退職いたしまして、彼女の紹介で新任の者が入りました。何故か……人族の娘らしいですが……古参の者達からの評判はいいようです。よく働くと」

それを聞いてヴォルデマーが、ああ、と頷く。

「そういえば数日前に人族の娘を見たな。人手不足で掃除も行き届いておらぬからな……汚い汚いと泣き叫ばれた」

雪の舞う中、細い身体に大荷物を背負い、鼻の頭を赤くして、仁王立ちした足は寒さにぷるぷると震えていた。外套《がいとう》をかぶった自分はズングリとして大きいし、剣と牙を備えた隊士相手に初対面でよく怒鳴り散らすものだと、その度胸には感心した。まぁ、鼻水を垂らしながら怒られても面白いばかりで少しも怖くはなかったが。

そういえば、ついでに手ぬぐいを奪い取られたのだったと回想するヴォルデマー。娘はリスのようにちょこまか逃げていって、なんだか笑いを誘う光景だった。その時のことを思い出した男の口から、ふっと笑いが漏れる。

「……人の女は可愛らしいな」

苦笑まじりに呟くと、側近が盛大にギョッとした。

「ヴォ、ヴォルデマー様!?　い、いかがなさいましたか!?　ヴォルデマー様の口から女体格がよく毛並みも豊かで、剣を持たせても素手で戦わせても恐ろしく強い彼は、獣人族の間では注目を集める存在だ。男女問わず彼を慕《した》う者は多く、妻の座を狙って集まってくる女人も多い。

だがしかし、普段この堅物の人狼隊長からは女の話題など欠片《かけら》も出てこない。側近は周辺集落に出向いた時に、彼が美しい雌の獣人から誘惑されるのを幾度も見たが、彼は顔色一つ変えなかった。

仕事ぶりに関すること以外では、お世辞でだって女性を褒めたこともない。そんな彼の口から〝可愛らしい〟などという台詞《せりふ》を初めて聞いて、側近は戸惑い、こう思った。「やはり相当お疲れなのだ……！」と。

黙々と職務に勤《いそ》しむ上官を見て側近は青ざめる。

彼の執務机の上はいつ雪崩《なだれ》が起きてもおかしくないような書類の山だ。勤勉な彼が粛々《しゅくしゅく》と片付け続けていても、次から次へと仕事は舞い込んでくるし、もしそれらが片付いても、実直なヴォルデマーは翌日の仕事に手を伸ばしてしまう。

それなのに隊士達の訓練には欠かさず参加するし、周辺集落の復興にも出向く。夜はいつまでも部屋の灯りがついていて、いつ休んでいるのか……いや、休んでいるのかどうかも怪しかった。疲れない方がおかしい。とにかくこれ以上仕事を続けさせてはまずい、と側近は慌てる。

「……ヴォルデマー様……お願いです、今すぐお休みになられてください！」

「……？　いや、時間が惜しい。夜に隊士長達が報告に来るまでに、少しでも仕事を終わらせておきたい。私は平気だ」

「し……しかし……しかし……」

既におかしな言動が出ているではありませんか、と側近は言いたかった。

「……ではせめて気分転換にご入浴でもなさっては？　あまり根を詰められるとお身体に障《さわ》ります。あなた様にまで倒れられたら、この砦は一気に瓦解《がかい》しかねないのですよ!?」

「……いや、しかし……休んでいる暇など……」

と、長《ちょう》が机の上の書類を手に取ろうとした瞬間、側近の猫目が吊り上がった。

「ヴォルデマー様!!」

しゃー!!　と威嚇《いかく》音が出た。

側近が毛を逆立て牙を剥《む》いて怒るのを見て、さすがのヴォルデマーも思わず手を止める。表情は無表情から変化しなかったが、三角の黒い耳がわずかにしゅんと垂れ下がった。

そうして結局ヴォルデマーは、強制的に部屋から追い出された。

廊下で一人、ため息を零《こぼ》す。側近はいきなり取り乱していたが、自分は何かおかしなことを言っただろうかと首を傾げた。理由がこれっぽっちも分からなかった。

「……これも務め……か……」

さっさと行って、さっさと戻れば済むことだ。意を決して、彼は大浴場に足を向ける。

その浴場で……とんだ災難（？）にあうことを、彼はまだ知らない。


「そこにお座りください、黒の旦那様」

大浴場でお湯をかぶり、脱衣所に戻ろうとした瞬間、視界に飛び込んできた小柄な娘。

〝黒の旦那様〟と呼ばれたヴォルデマーは、それを息を呑んで見下ろした。

いるはずのないものを見たせいか、若干《じゃっかん》目がチカチカした。最近疲れが溜まっているから幻覚かと思い、瞬《まばた》きしてみたが、その奇妙な娘は消えなかった。

娘は全身がずぶ濡れだ。恐らくそれは、つい今しがた自分が身体を震わせ水を払ったせいであろう――となんとなく察しはついた。

とりあえず「……すまない」と呟いてみる。だが洗い場を指差してこちらを睨《にら》んでいる彼女に、ただただ疑問と戸惑いばかりが生まれてきて……ヴォルデマーは成り行きを見守っている部下達に困ったような視線を向けた。

顔を見合わせる者、手ぬぐいを手にしたまま動きが固まっている者。

様々な獣人族の男達――付け加えるならば皆、裸――に囲まれて堂々と仁王立ちする、若いメイド服の女。

ヴォルデマーも部下達も、その不可解さに皆黙り込んでしまう。周囲には体格のいい裸の男達がひしめいているというのに――その躊躇《ちゅうちょ》と恥じらいのなさに、男達は束の間、唖然《あぜん》とせざるを得なかった。

そもそもこの砦には使用人を含め、人族、それも若い女人となると、ほとんどいたことがない。内勤が主で外に出ていかない者に至っては、ほとんど幻の生き物レベルで目にしたことがないだろう。

「それがよりによって何故ここに……」と、皆が未だピンとこぬ頭で怪訝《けげん》に思った時――その浴場にものを取り落としたような音が響き渡った。

カラン、カラン、と反響していく音を聞いて、数名の男達がやっと我に返る。残念（？）なことに、メイド服の娘よりも先に毛むくじゃらの大男達の方が恥じらいやらなんやらを思い出した。

「う……おい!?　お前……何やってんだこんなところで!?」

「気は確かか!?　ここは隊士用の浴場だぞ!!　女の来るとこじゃねぇ！」

そうなのである。そうだよな、とヴォルデマーも無言で片眉を上げる。

周囲には温かそうな湯気がもくもくと立ち上《のぼ》っていて、その中に見慣れた隊士達の姿がある。もちろん皆、前なんか隠さない。それはいつもどおりの光景だった。

――その娘が仁王立ちしている以外は。

ここは砦内の大浴場で、駐留する隊士は全てが男。というかほとんど雄。使用人にはいくらか女性もいるものの、それも全て獣人族だった。そんな彼女達ですら、使用中の浴場に正面切って乗り込んでくることはない。

その時、一人の隊士が怒鳴って娘の首根っこに手を伸ばした。

「犯されてぇのかてめぇ！」

言葉の荒さにヴォルデマーが眉間《みけん》に皺《しわ》を寄せる。だが、彼が隊士を窘《たしな》めようとした、その瞬間。

すこーん……ッ!!　――と、真新しい石けんが隊士の顔面に当たった。

「ぉお……」

思わぬ反撃だったせいか、隊士が見事に後ろに引っくり返って、ヴォルデマーの口から感嘆の声が漏れる。

「……お黙りあそばせ、この掃除後のモップ様め!!　犯す!?　発情期か!!」

娘は言い放つとヴォルデマーに向き直る。隊士達の威圧など一つも応《こた》えている様子はなかった。

「どなたかここを浴場だと言いました!?　こんな泥だらけの場所がお風呂ですって？　正気ですか!?　泥美容なんてガラじゃないでしょう!?　見てましたよ黒の旦那様……あなたさっきここに入ってきてお湯かぶって、それでブルブルして、脱衣所に戻ろうとしましたよね!?　しましたよね!?　石けんは!?」

「……いや、その……今夜はまだこのあとに仕事が……」

娘の圧に押されて思わずヴォルデマーが仰《の》け反る。彼としては寝る間を惜しむほど多忙な日々がゆえに、入浴も手早く済ませたかったのだが……娘はヴォルデマーの言葉を聞くと腹立たしげに「不衛生でございます!!」と吐き捨てた。その声に込められた並々ならぬ怒りに、ヴォルデマー達は瞳を瞬《またた》かせる。

「ここに置いてある石けん全部、使われた痕跡もないままカピカピじゃないですか！　しかも全部端っこに捨てられてるし!!　あんなに悲しい石けん初めて見ましたよ……一体皆さん、なんのためにお風呂に入ってるんです!?　見てくださいよ！　ろくに身体も洗わず湯に浸かるから浴槽のお湯が泥のようです！　汚い！　臭い！　毛が浮いてる!!」

怒りに震える指が差し示す広い浴槽を、一同は思わず無言で見つめる。

確かにそれは濁《にご》っていて綺麗だとは言いがたかった。湯は不透明どころか茶色だったし、様々な色、長さの毛がたくさん浮いていた。

しかしこの〝獣砦〟ではこれが当たり前の光景だった。皆、そういえば透明ではないな、とは思ったが、それをおかしいとは思っていない。獣人九割、そして男九割を占める寒さの厳しいこの砦では、身体さえ温まればいいと、皆がそう考えていた。

——の、だが。

娘は小脇に抱えていたカゴから石けんを掴み取ると、ヴォルデマーの鼻先にそれを突きつけた。顔からは血の気が引き切って、ちょっと正気に見えない。目が据わっていてとても怖かった。

「こんな砦にお勤めしてはフロリアン坊ちゃまがご病気どころか死んでしまう……!!もしそんなことになったら全員、洗濯板で撲殺《ぼくさつ》してやる……お覚悟なさいませ……!!」

「……?　……!?　……!!」

周囲がその不可解な言葉に戸惑いつつ首を傾げている間に——彼女は目の前のヴォルデマー（裸）に突進した。娘を咄嗟《とっさ》に受け止めたヴォルデマーは、洗い場の床に倒れ込む。

「っ……」

「ヴォ、ヴォルデマー様!?」

慌てふためく隊士達の叫びもなんのその。娘はヴォルデマーの黒い豊かな毛並みの上にまたがった。

「よかったですねー、まだ坊ちゃまのご着任前で……ふふふ、いえいえ、大丈夫ですよ、私めが」

みーんな綺麗にしてお日様の香りにして差し上げますからね、と娘は青ざめた顔で不気味に笑うのだった……

一体何故こうなったのだろうか、とヴォルデマーはぼんやり虚空《こくう》を見つめていた。

彼の耳の傍《そば》では、娘が雄々《おお》しき叫びを上げていた。

「うぉぉおお!! もう!! どうしてこんなにボサボサなんですか!? 人族よりも毛がたくさんなのに、ちゃんとお手入れしないなんて正気の沙汰か! 皮膚病に……なるっ!!」

「……」

石造りの洗い場に胡坐《あぐら》をかかされ、背後からわしわし擦《こす》られて身体がグラグラと前後

する。

しかし、そんな娘の叫びを聞きながらも、ヴォルデマーはうとうと目を細めていた。そうして大浴場はほかほか温かいし、何よりここ最近の疲労の蓄積がかなりきていた。そうして睡魔《すいま》に誘われながらも、ヴォルデマーはどうして今自分が、この己よりもかなり年下だろう人の娘に叱られながら身体を弄《まさぐ》られ……いや、洗われているのだろうかと考えていた。それも素っ裸で。

（……そういえば、最近は忙しくて身なりも後回しになっていたか……）

豊かな毛並みの手入れは、丁寧にしようとすると一苦労で時間もかかる。ここ最近は気温が低いのをいいことに、ついつい適当になっていた。

（……自業自得か……）

そうヴォルデマーがぼんやり思っていると、背中を流していた娘がきぃきぃ言いながら今度は腹側にやってきた。ヴォルデマーはしげしげと見つめたが、彼女はしかめ面《つら》で彼の毛並みばかりを見ていて、視線はちっともかみ合わない。

娘は波打った栗毛《くりげ》を後ろで一つにまとめ、瞳も同じ色をしていた。肌は白いようだが、今は怒りのせいか紅潮していて、額には汗が光っている。時折「坊ちゃまが……」「暴動が……」と、謎の言葉を呻《うめ》いていた。

ここまで来ると、さすがのヴォルデマーも、彼女が先日砦の外で泣き喚《わめ》いていた娘なのだと気がついていた。しかし、娘の方が彼に気づいた様子はない。娘は憎らしげでありつつも懸命に、ヴォルデマーの毛並みの上で石けんを泡立てている。

娘がわっしわっしと彼の身体を揺り動かすたびに、周囲で隊士達がおろおろしているが、彼女があまりに必死なのでヴォルデマーは隊士達を制し、ひとまずされるがままになっていた。

己が裸であり、それが娘の目に晒《さら》されている以外、特に害はなさそうだった。そしてヴォルデマーも、それをいちいち恥ずかしいと騒ぎ立てるほど繊細ではない。

(……ふむ……そうか)

先日出会った時、彼女は砦の惨状を見て清潔にしてみせると豪語していたが、手始めに綺麗にされるのは自分だったか。ヴォルデマーはぼんやりそう思った。まぁ砦の代表として、それはそれで相応《ふさわ》しいことなのかもしれない。

ただ意外なことに——この娘、気は荒そうだし動きも速いが、手つきだけは丁寧だった。両手の爪も短く清潔に整えられていて、乱暴にしているようで、痛みなどは特にない。むしろとても心地よかった。

他人の世話を焼くことに慣れているのだな、とヴォルデマーは感心する。おかげで彼の疲れもだんだんとほぐれてきて、眠気は抗《あらが》いにくいところまできていた。

（……そろそろ会議、が……、……、……）

側近が案じていたとおり、彼は何日もまともに眠っていなかった。そんな彼が金色の目を細めてうつらうつらしていると、それを見て周りの隊士達が色めき立つ。皆、この生真面目な上司が仕事に追われ、ろくに休めていないことを知っていた。

「ど、どうする？　ここでお眠りになられたらどうすればいい？　そっとしとくべきか？」

「馬鹿!!　ヴォルデマー様をこんなところで寝かせておけるわけないだろ！」

「いや、大体……あの変な女をどうしたらいいんだ!?」

「しかし……ここは一つお眠りいただいた方が、お身体のためには……」

「よしっ……もう少し……もう少しで落ち……やれ、落とせ！」

――と、隊士達が密かに団結しているのも知らず、ミリヤムは一人泣きたい気持ちになっていた。恐ろしいほどに石けんが泡立たなかったのだ。

「ひぃぃいいっ……！　毛が、毛がいっぱい抜ける!!　換毛期《かんもうき》!?　換毛期《かんもうき》なの……!?　隊士一人にこんなに時間がかかるなんて、砦の掃除もしなきゃいけないのに……全員終わる前に雪解けして坊ちゃまがお着きになっちゃうじゃないのよぉおお!!」

獣人族の毛量を甘く見ていた‼　とむせび泣く娘をよそに、男はほのぼのうつらうつらしている。

そんな浴場内の騒ぎを見て、掃除に来たお爺ちゃん同僚は一言。

「ふぉ、ふぉ、ふぉ、ミリーちゃんは頼もしいのぉ」

……下働き仲間からの評価は高まった。

だが——次の日、彼女が隊士達につけられた通り名は……〝痴女《ちじょ》のミリヤム〟であったという。

＊＊＊

——翌日。

「や、やめろ！　こら！　どこに行く気だ！」

「お、お前は……恥じらいもないのか！　この、痴女《ちじょ》め‼　止まれ！」

と、罵《ののし》られたミリヤムは、制止しようとする隊士達の足の隙間を潜《くぐ》り抜け、そして叫んだ。

「嫌だ！」

立ち止まって振り返り、ミリヤムは胸を張って言い放つ。

「絶対にっ！　嫌だ!!」

その言い切りように、隊士達が唖然《あぜん》とする。

「な、何故そこまで……」

「人族の女は分からん……何故そうまでして風呂場に侵入したい!?　お前、何が見たいんだ!?　やはり……」

――と、隊士が言いかけた頃にはもう、ミリヤムは隊士用の脱衣所に侵入していた。

中からいくつもの怒号が上がっているが、そのうちの一つはミリヤムのもので間違いない。

冷酷な顔をした娘は、目をつけた毛深い隊士の腰元にかじりついて、ぐいぐい服を剥《は》いでいく。

「観念してお脱ぎあそばせ!!　さぁ！　さぁ裸に！　嫌なら服着たままやりますよ……!!」

「お、お前!?　〝痴女《ちじょ》〟の……っ、やめろ！　俺には恋人が……!!」

「埃《ほこり》まみれで馬鹿言うな！　綺麗になって彼女様に花でも持ってけ!!」

「ひー!!」

長年使用人として主《あるじ》の服を着せたり脱がせたりしていたミリヤムは、服を剥《は》ぐのがとても上手かった。獣人の隊士はあっという間に裸にされ、周囲では、難を逃れた隊士達がそそくさと逃げていく。そうして今日も幾人かの隊士達が犠牲になり、ふんわふんわの毛並みになって石けんの香りを漂わせ、脱衣所から出てくるのであった。

その表情は皆、とても複雑そうであったという。

「気持ちいいでしょう⁉　ね？　身体が綺麗って素晴らしいでしょう⁉」

清潔さの重要性を説《と》こうとにじり寄ってくる娘に、隊士達の反応は微妙だ。

「いや……まぁ……確かに……な……」

「いや、だが……色々見えて……」

「見えても気にしません！　それどころじゃないんですよ⁉」

恥じらっている場合か！　と娘は容赦ない。だが皆思った。いや、お前が恥じらえと。

そんなこんなで数日も経つと、誰も彼もがミリヤムを見ればコソコソと耳打ちし合い、終《しま》いにはあからさまに避けて通るようになった。

洩《も》れ聞こえてくる言葉はもちろん「痴女《ちじょ》のミリヤム」である。

噂では彼女は「臭い男（雄）が好きだ」ということになっているという。石けんの匂いがしていないと狙われるという噂がまことしやかに囁《ささや》かれ、少しずつ石けんの使用率が上がっているらしかった。

「くっそー……腐ってもフロリアン様の侍女である私を痴女《ちじょ》呼ばわりとは……なんだ臭い男が好きって！　こちとら清らかな坊ちゃまの匂いが死ぬほど好きだわ！」

ぶつぶつ言いながらも、今日も今日とてゴミを拾う。

昼は本職である洗濯番をこなしながらゴミ拾い、もしくは掃除に奔走《ほんそう》した。そして夕方から夜にかけてはちょくちょく大浴場を覗き、特に汚れていそうな隊士が来ると突入して飛びかかった。もちろんお湯の入れ替えと湯焚きの手伝いも欠かしていない。

だというのに……いくら入れ替えても、次に様子を見に行くと、お湯はちょっと引くくらい土色で毛だらけなのだった。

それを見たミリヤムが怒り、居合わせた隊士に突撃していくという――負のスパイラル。

そしてそれはただただ、隊士達の間でミリヤムの〝痴女《ちじょ》〟ランクが上がっていく結果となるのだった。

この現状を不毛とは思うものの……ミリヤムは愛しい坊ちゃまを思い出すとガタガタ言っていられなかった。せめてもの救いは同僚達が皆一緒に腹を立ててくれたことなのだが……

「うら若いお嬢さんに〝痴女《ちじょ》〟だなんて……ミリーちゃんはこんなに頑張ってるのにねぇ」

灰色の犬系獣人のサラが、豊かな毛並みの両手でよしよしとミリヤムの頬を撫でる。彼女達の擁護《ようご》もあって、悪評が立ちつつも、今のところミリヤムは砦を追い出されずに済んでいた。

「さ、温かいシチューでもお食べなさい」とサラに勧められて、ミリヤムはスプーンを手に取った。

「……使用人がお世話しに入るのは当たり前のことだと思うんですけど……なんで皆さんあんなに気にされるんでしょうか。空気とでも思えばいいのに……」

サラは「あら、随分元気な空気ちゃんねぇ」と笑う。

「あの子達も悪い子じゃないんだけど……なんせ私達は野山を転げ回るのが好きな種族ばかりだから。あまり甲斐甲斐《かいがい》しくされるのには慣れていないのよ、ごめんねミリーちゃん……あ、ら……？　ミリーちゃん……おばちゃんお掃除のあと、隊士さん達のお手洗いに老眼鏡を忘れてきちゃったみたい……」

悲しげにそう言われたミリヤムは、スプーンを放り出してすぐさま隊士用の厠《かわや》までダッシュした。

厠《かわや》に辿り着くと、使用中の隊士達がたくさんいた。しかしミリヤムは躊躇《ちゅうちょ》なくずかずかとそこに入り込む。『使用人は空気よ！　いないも同然なのよ！』と、耳にたこができるくらい教育係から言われ続けてきた。その声がミリヤムの頭の中には響いている。が——件《くだん》の〝痴女《ちじょ》〟の登場で、大騒ぎになったのは言うまでもない。

痴女《ちじょ》ランクは、また、アップした。

こうしてミリヤムはまだ砦に勤めて十日も経っていないというのに、廊下を歩いているところ「男の裸を求めて徘徊《はいかい》している」などと後ろ指を差され、「いつでも発情している」と品のない笑いを向けられるようになる。

ミリヤムは思った。いつか見てろよ、風呂場でひん剥《む》いて尻尾の先まで丸洗いして、いっそ皆サマーカットにしてやる、と。寒空の下、鼻水でも垂らせばいい、とも。

シチューは結局食べ損ねた。

ミリヤムは、そのまま次の仕事へと向かう破目になった。

彼女の本業は隊士達の寝具《しんぐ》や衣類の洗濯番である。

今日は夕方から天気が急に崩れてそれが乾き切らなかった。何百人といる隊士達の衣服は、次の早朝までには乾かして各人に届けておかなければならない。その作業に追われた今日のミリヤムには、とても食事をとっている暇などなかった。

そうして、彼女達が全ての洗濯物を届け終えた頃には、外はすっかり日が暮れていた。

「あー……しちゅー……」

思わず食べ損ねたそれを思い出したが、なんだか疲れていて食欲が失せていた。

なんせ、夜になってから隊士達の私室に洗濯物を届けて歩いたものだから、訪ねる先、訪ねる先で彼等の反応がひどかった。

「痴女《ちじょ》！」を筆頭に、「とうとう夜這《よば》いに手を出したのか⁉」と言われたり、「一緒に寝たいのか？」と床《とこ》に誘われニヤニヤされたり……ミリヤムは「ぬいぐるみみたいな顔してふざけろ‼」と頭突きをしてはとんずらしていたのだが……なんだか余計に疲れてしまったのだった。

「ああ、精神にくる……究極の癒《いや》し（坊ちゃま）不在で心が折れる……あ……そういえば……今夜は大浴場の見回りも一度しか……」

泥と毛だらけの浴場を思い出すと、魂の抜け出るようなため息が出た。もうさっさとこの砦を綺麗にして坊ちゃまのところに帰りたいのに、とミリヤムは呻《うめ》く。

しかし、顔を上げてみると埃《ほこり》……というか毛だらけの廊下が目に入る。

脳裏に浮かぶのは、その廊下を颯爽《さっそう》と歩く愛しの主《あるじ》の姿である。ミリヤムは両手で顔を覆って叫んだ。「坊ちゃまの背景として激しく不合格!!」と。

「うぅ……ちょっとだけ掃き掃除してから寝よ……」

何もせず部屋に帰る気にはなれなかった。もしこのまま寝てしまったら、きっと坊ちゃまが喘息《ぜんそく》で苦しんでいる夢を見るだろう。

ミリヤムは箒《ほうき》を持って、重い足取りで砦の階段を上《のぼ》っていった。侯爵家の教育係から「掃除は上からよ、ミリヤム」と言い聞かされて身についた習性のためだった。

最上階に辿り着くと、ほとんどの隊士は隊舎へ引き上げていて、暗い廊下は静かなものだった。時折見回りの隊士がやってきては、げっそりしたミリヤムを見て、ギョッとして足早に立ち去っていく。それはもうどうでもいいが、さすがに疲れて目がしばしばする。廊下も静かすぎてこのまま眠ってしまいそうだ、とミリヤムは思った。

「……そういえば……今日も〝お疲れ気味の手ぬぐいの君〟に……お会いできなかった……」

これだけ砦内の噂に上《のぼ》れば、あの親切な彼の耳にも入っていそうなものだが、その人は未だ接触してこない。もしや、「痴女《ちじょ》」という品のないあだ名のせいで避けられているのだろうか。

「……ありうる……」

きっと今頃〝お疲れ気味の手ぬぐいの君〟は形見の手ぬぐいが返ってこないとお嘆《なげ》きに違いない。そう思うと気持ちが更にどんよりした。

「……駄目だ……こういう時は楽しいことを考えて……坊ちゃまは麗《うるわ》しい、坊ちゃまは素晴らしい、坊ちゃまは天、使……」

呟いているとだんだん眠くなってきて、ミリヤムは箒《ほうき》の柄《え》に頭をのせ、うつらうつらと舟をこぎ始めた。

「……こんなところで寝ては風邪をひくぞ……」

不意に、背後から声をかけられたミリヤムは驚いて飛び上がる。

「すわっ‼ 寝てません！ サボってません！ 嘘です！ 坊ちゃまは神様です‼ ごめんなさい侍女頭《じじょがしら》様‼」

と、変な謝罪（？）をしながらつんのめって顔から着地する。

「……大丈夫か……」

「え⁉ 坊ちゃまは宇宙一ですよ⁉ ……あれ？」

気がつくと誰かが傍《そば》で膝を折り、ミリヤムの顔を覗き込んでいた。

「えーっと……あれ？」

「……床は冷える、立ちなさい」

立てと言いながら、相手はミリヤムを両脇から抱えて立たせてくれる。

「あ……恐れ、入ります……」

「……こんな夜更けに……隊長室の前で何を……？」

低く響くような声で囁《ささや》かれ、ミリヤムの背にぞぞぞと鳥肌が立つ。

（ひ、腰にくる！）

その刺激で、ぼやけていた意識も次第にはっきりとしてくるが……

「……まさか、まだ掃除を――」

しているのかと相手が言いかけたところで、ミリヤムはハッと覚醒《かくせい》した。

「今っ!!　……もしや…………隊長室と仰《おっしゃ》いましたか、獣人の旦那様!?」

見開いた目でにじり寄ると、相手が首を傾げた。

「……？　ああ。その扉の奥が隊長室だが……」

目の前の、暗くて判別不能の黒だかこげ茶だかの隊士は、不思議そうにしながらも重厚な木の扉を指し示した。途端、ミリヤムの眉間《みけん》に皺《しわ》が寄る。

「なるほど……そこが憎きベアエールデの砦長様のお部屋ですか……」

ミリヤムは目を細めて扉を睨《にら》み、すぐさま廊下に飾ってあった甲冑《かっちゅう》の後ろにこっそりと身を隠す。それを見ていた隊士がもう一度首を傾げた。

「……に、くき、……とは？」

「よくぞ聞いてくれました……そもそもこちらの砦長様のせいなんです！　うちの可愛い坊ちゃまがこんな不衛生な砦に来たいなどと言い出したのは……坊ちゃまが病気になったらどうしてくれよう……坊ちゃまはうちの領地の宝なのに!!」

嫌がらせの一つでもしておきたいのだと呻《うめ》くと、相手がごくわずかに噴き出した。

「そうか、それでいかがする？」

「ええ……そこは……やっぱり古典的に……これですよ」

そう言ってミリヤムが取り出してみせたのは、ぼろぼろの雑巾《ぞうきん》だった。

「……雑巾《ぞうきん》……？」

男が興味深そうにしげしげと眺めてくると、ミリヤムは悪人顔で頷いた。

「左様です。これで部屋中拭いてやります。あとはその絞り汁をお茶に落とせば完璧です。これぞ古くから使われてきた陰湿な女の手口」

今の私めの気分にぴったりですと、ミリヤムは極悪人面《づら》でふっふっふと笑う。

「……なるほど、完璧か」

「ええ。それでは私めは、ささやかなる嫌がらせ行為に邁進《まいしん》してまいります。失礼をば」

ミリヤムはそう言うと、周囲に人影がないか注意しつつ素早く扉の前まで移動した。

それを隊士がじっと見ているが、そんなことはすっかり失念している娘は、完璧に忍んでいる気になっていた。

ドアノブに手をかけると、扉はすんなりと開いて、中に人の気配はないようだった。

何もかもが順調だと、ミリヤムはにんまりしながら身体を隊長室に滑り込ませた。

「よし！　今のうち……って、なんじゃこりゃぁあああ!!」

「っ!?」

おかしな娘が隊長室へ侵入した途端に大きな悲鳴が上がり、それを見送っていた隊士は驚いて娘を追いかけた。

「いかがした!?」

――と――……彼がそこで見たものは――……

「な、んて散らかった部屋……!!　このおびただしい枚数の書類は!?　あ!?　何これ!?　手のつけられていないご飯の膳がそのまま……ご飯様になんたる仕打ち……！　部屋の隅には毛の塊《かたまり》が……ひぃ!!」

娘は部屋の有様を見て憤慨《ふんがい》していた。

隊長室は壁面が本棚で覆われていて、奥に執務机とサイドテーブルがあり、その手前に応接用のテーブルと椅子が備えてある。家具はどれも美しい飴色だが、埃《ほこり》をかぶって輝きが鈍い。そしてのせられるところにはのせられるだけの書類、書物、書類……

壁際には武器類が無造作に立てかけてあって、サイドテーブルの上には冷めた食事がそのままになっていた。

「こ、これは……歴史ある調度品様が泣いている……坊ちゃまはこんなお部屋の主様を慕《した》っていらっしゃるの……!? な、なんということ……っ!! これじゃあ坊ちゃまの理想の上司像が破壊されてしまう……ま、まずい、坊ちゃまがガッカリ……」

青ざめた顔でわなわなしているミリヤムを見て、背後では隊士がぽりぽりと頬を掻いている。

汚れた雑巾《ぞうきん》は……早々に放り出されていた。

そして――ミリヤムは何故だか、その〝憎いけれど坊ちゃまがお慕《した》いしている砦長様〟の部屋を掃除する破目となった。もっとも、誰も頼んでないのだが。

「うぅ……ね、眠い……でも、お茶に嫌がらせしてもこの部屋の有様じゃ、やりがいが……こんなお部屋の主様なら雑菌にも強いに違いない……な、なんてこと……」

＊　＊　＊

その頃の廊下。

「……ヴォルデマー様……？　廊下で何をなさっておいでなのですか？　それに……隊長室から聞こえるあの奇声は一体……」

側近の声に、廊下で胡坐《あぐら》をかいて書類に目を通していた隊士――ヴォルデマーが顔を上げる。

「いや……手伝いを申し出たのだが、不要だと追い出されてな……仕方なしにここで仕事をしている」

「手伝い……？　一体……何者がヴォルデマー様を部屋から追い出したのですか？　こんな廊下でお仕事をさせるなど……」

側近は眉間《みけん》に皺《しわ》を寄せたが、ヴォルデマーは苦笑して首を横に振る。

「いや、つい愉快でな……」

上官がさもおかしそうに笑んでいるのを見て、側近は目を丸くした。その言葉どおり、彼は書類に目を通しながらも、実に愉快そうだった。時折、扉の閉められた執務室の方へ耳を向けては、くつくつと笑う。日常の九割以上を無表情で過ごしている、あのヴォルデマーがである。

「ゆ、愉快とは……一体……？」

疑問に思った側近が耳をそばだててみても、ガタガタという音に交じって「坊ちゃまのため坊ちゃまのため……」という念仏のような声が聞こえるばかりである。

「怨念《おんねん》か……」

「な、なんですかあの怨念《おんねん》のような……い、一体、この中に何者が……」

いかにも気味の悪そうな側近の言葉に、ヴォルデマーが小さく噴き出す。

「確かに。あれは私に恨みの念を抱いているらしい」

「な、なんですって⁉　そんな不届き者がお部屋に⁉」

「そういきり立つな……構わん、面白いばかりでなんの害もない」

ヴォルデマーは側近に悠然と微笑む。

「好きにやらせておきたい。すまぬがこのまま目をつぶってくれ」

宥《なだ》められた側近は、先に休むようにと命じられ、渋々《しぶしぶ》と帰っていった。

娘の方も頃合いを見て私室まで送らねばと思うのだが、掃除を中断させようと部屋に入ると、そのたびにものすごい剣幕で追い出された。娘の箒《ほうき》さばきは目を見張るほど見事で、呆れつつもその掃除に対する熱意（？）に感心するヴォルデマーだった。

そうして仕方なしに廊下で仕事をしつつ、娘の気が済むのを待っていたのだが——

「……ん？」

ふと異変に気がついて手にしていた紙を下ろす。聴力に優れた三角の耳をじっと澄ましてみても、辺りはしんと静まり返っていた。

（……念仏が、聞こえぬ……？）

それまで部屋の中からは、娘の漏らす「坊ちゃまのため坊ちゃまの……」という呪いめいた呟きが延々と聞こえていたのだが……気がつくとそれが聞こえない。ヴォルデマーは不思議に思い、立ち上がって部屋の扉をゆっくりと開いた。

「……おい……？」

と――部屋の隅の方で、娘がうつ伏せに倒れているのが目に入った。

驚いたヴォルデマーはすぐさま娘の傍《そば》まで駆け寄り、その肩を抱き起こす。

「おい……大丈夫か……!?」

問いかけても娘からの反応はない。が――……

よくよく見ると……娘は口を大きく開けてすぅすぅと寝息を立てていた。ついでに言うなら涎《よだれ》が出ていた。喉の奥までよく見える。

「……寝、ているの、か……？」

どうやら娘は雑巾《ぞうきん》がけの途中で力尽きたらしかった。絞り汁をお茶の中に入れると悪人顔で豪語していたのに、その濡れた雑巾《ぞうきん》に自ら顔をつっぷして寝ていた。下手したら窒息ものである。

けれどもひとまずその無事を確認し、ヴォルデマーは安堵のため息をついた。

身体を起こしてみても娘は身じろぎ一つしない。相当疲れたのだなと、ヴォルデマーはとりあえず娘を膝に抱き上げた。

気がつくと部屋の中は驚くほどに片付いている。この短時間でよく整理したものだと思いつつ、やれやれと苦笑する。

「……まったく……懸命なのは感心だが、毎度よく驚かせてくれる……」

とにかく汚れた顔を拭いてやらねばと周囲を見回したところで、彼は娘のポケットから何かが零《こぼ》れ落ちているのに気がついた。

それは見覚えのある……己の手ぬぐいだった。

そういえば奪って逃げられたのだったな、とそれを拾い上げると、清潔な石けんの香りがヴォルデマーの鼻へ届く。

「そうか……〝親御様のお形見〟だったか。洗ってくれたのだな……」

その時のことを思い出して、くつくつと笑いながら、ヴォルデマーはミリヤムの顔をそれでそっとぬぐった。と、静かになった部屋の中にぐーぐるぐるぐー……と盛大な音が響き渡る。

　ヴォルデマーは目を見張って、音の発生源――娘の腹を見た。その腹は必死に空腹を訴えている。

「……腹の音……？　……まさか夕餉《ゆうげ》をとっておらぬのか……？」

　怪訝《けげん》に思って呟くと、もう一度娘の腹が鳴った。まるで返事をするかのようなタイミングだった。

「……ふっ……」

　おかしいやら、いじらしいやら、申し訳ないやらで、ヴォルデマーは思わず笑みを零《こぼ》す。自らもろくに食事をしていなかったのだが、未だ大きく口を開けて眠っている娘の頬を撫でると心が和《なご》んだ。

　砦が人手不足に陥《おちい》ってからというもの、激務に追われ、彼の精神は常に張り詰めていた。

　先の盗賊討伐で多くの隊士達に怪我を負わせてしまった後悔と、砦維持のための責任。それらはずっと重くヴォルデマーの肩に伸しかかっている。その上、職務は片付けても片付けても次から次へと舞い込んできて、周辺集落の復興支援にも務めなければならなかった。

こんな状態ではとてもじゃないが、ゆっくり食事や入浴をする気分にはなれない。ひたすらに走り続けている。そんな感覚だった。

しかし――今、この瞬間、彼はその緊張を束の間忘れていた。

娘の腹からは未だ躍《おど》るような活きのいい音がぐるぐると鳴っている。

「……ふむ……何か、食わせたいな……」

自然にそんな思いが浮かび、ヴォルデマーは考え込んだ。

できるだけ早く、盛大に空腹を訴えるこの腹の音を止めてやりたかった。しかし、疲れているらしい娘の様子を見ると、同じく職務による疲れを知る者としては、無理に起こすようなこともしたくない。

「さて、どうしたものか……」

抱き上げてこのまま使用人達の私室へ帰すのは容易《たやす》い。そうすべきかもしれない。

だが、できるなら……と、ヴォルデマーは、その閉じられた瞼《まぶた》を見下ろす。

この娘が好むものを幸せそうに食べて、そして微笑んでいる顔が見たい、と。

「……？」

ヴォルデマーは耳をぱたぱたと動かして首を捻《ひね》る。何故そんな風に思ったのか、彼自身とても不思議だった。

＊　＊　＊

なんだか温かい暖炉の前で、ぬくぬくとまどろんでいるような気分だった。

こんな穏やかさは久しぶりだと、ミリヤムは夢うつつに思った。

だが、瞼《まぶた》にうっすら朝日を感じると、ミリヤムの気持ちは急激にしぼむ。

（あー……起きたくない……）

今日も不毛な〝痴女《ちじょ》〟としての一日が始まってしまうのか……と心の中でぼやく。朝がこんなに辛い日々は初めてだった。

侯爵家の邸《やしき》では、毎日次の日が待ちどおしかった。何故ならば、そこにフロリアンがいたからである。

頼まれもしないのに彼の傍《そば》に上がって、休憩時間でも傍《そば》に上がって、休日でも傍《そば》に上がった。そうするとフロリアンが笑ってくれて（というか苦笑）、それを見るだけで心の底から幸せだった。

だが、今ここに主《あるじ》はいない。いるのは主《あるじ》とは正反対の、もじゃもじゃばかり。楽しみもへったくれもない、とミリヤムは呻《うめ》く。おまけにその抜け毛がミリヤムを苦しめる。

心のオアシスはメルヘンな老仕事仲間達だが、にこにこしながら便利に使われているような気がしないでもないミリヤムだった。

だがしかし起きなければ、とミリヤムは愛しいフロリアンを想った。

(坊ちゃま、今日もお空の上から見守っていてください……)

侍女頭《じじょがしら》に聞かれたら「坊ちゃまが死んだみたいじゃないの！」と拳骨《げんこつ》されそうなお祈りを捧げていたミリヤムだが……ふと自分がやけに温かいものの上に寝ているのに気がついた。

温かくて、ちょっと硬くて——こんな布団持ってたっけ……とぼんやり思いながらミリヤムは大きく伸びをした。

「……ああ……目が覚めたか」

「ん？」

万歳《ばんざい》をしたまま目を開くと、上に誰かの顔があった。

朝日の中に浮かぶ黒い顔は凛々《りり》しく、知性の光を宿した瞳は静けさを備えていた。ミリヤムは一瞬それを凝視して。

「…………………だれ……？」

ひとまずそれしか出なかった。多分、その容貌を見る限り、砦の獣人隊士には違いないだろうが……ミリヤムは状況が呑み込めずに、両腕を上げたまま固まった。

低めで穏やかな声の主は、ガン見してくる娘に金色の視線を注いでいる。一瞬その瞳に見覚えがあるような気がした、が……結論を得る前に己の体勢を思い出す。彼女はまだ、びよんと伸びをしたままだったのだ。見知らぬ隊士の膝の上で。

「………これはもしや……膝枕……」

「まあそうだ」

「何ゆえ……そして一体いつから……」

「さぁ……？　……三、四時間前といったところか？」

「さっ……」

相手は事も無げに言う。ミリヤムは言葉を失ってしまった。

膝枕など子供時代以来、記憶にない。それも見知らぬ男性にされるとは。さすがのミリヤムもカッと顔に血が上る。

「だっ、ばっ、さ、三時か……何故ぇえええ⁉」

ミリヤムは泡を食って飛び起きると、隊士が座る長椅子の上から転がり落ち、部屋の隅まで逃げていった。そして勢いよく壁に張りつくと、さっきまでかけられていた布団が下に落ち、ミリヤムに膝を貸していた相手が驚いているのが目に映った。その男はミリヤムの顔が真っ赤なのを見て呆れたように笑う。

「お前……風呂場で我等の裸体を見るのはよくて、膝に寝るのは駄目なのか？」

「は、はぁあああ!?」

「……変わった奴だ」

愉快そうな笑みにミリヤムは戸惑う。そこでようやく、この場所が見慣れた使用人達の寝室ではないことに気がついた。

（どこ!?　えっと、え？　……ミリィ――!!　思い出しなさい！　ここはどこなの!?　何故私はここに……まさか昨日、洗濯物の配達の途中で眠気に負けて隊士の寝床に潜り込んだ……!?）

昨晩の仕事中、何度か床《とこ》に誘われブチ切れたことを思い出してミリヤムは青くなる。

ぬいぐるみふざけろ！　などと隊士達を怒鳴っておきながら……そのもふもふ付きの布団の魔力に負けたのか。自慢じゃないがどこでも寝られる体質のミリヤムは、疲れ切った時、思わぬところで目を覚ますことがよくあった。床とか。花壇とか。

ミリヤムがそうしてああでもないこうでもないと慌てていても、長椅子の上の隊士は落ち着いたものだった。彼はミリヤムを見て口の端を持ち上げる程度に笑い、細く開けられたカーテンから忍び込むわずかな光を頼りに書類に目を通している。

その様子にミリヤムも少しずつ落ち着きを取り戻して――ようやくピンときた。

「……あ？　隊長室だ!!」

ミリヤムは慌てて自分の姿を見下ろした。着ている服も昨日と同じである。エプロンには皺《しわ》が寄り、掃除の時についた汚れもそのままだった。

「……ということは……昨晩の隊長室襲撃の途中で寝てしまった……？　また寝落ちか……あ！　もしかして昨日の夜、廊下で会った人!?」

「襲撃……？　まあそういうことだ……」

隊士の答えにミリヤムは慌てて周囲を見回した。今更にもほどがあるが、ここに来てやっと、「やばい砦長様に見つかってしまう」などと動揺している。隊士は一瞬微笑ましげにそれを見て、それから「さてと」と長椅子から立ち上がり、手にしていた書類を机の上に置いた。

「では行くか……」

「へ？　ぉおおおおお!?」

気がつくとミリヤムは彼に抱えられていた。片腕で軽々と肩に担《かつ》ぎ上げられ、目玉が零《こぼ》れ落ちそうなほどギョッとしている。

「なんだ!?　どうした!?　れんこう……連行されるのか!?　私が……隊長様の部屋を除《じょ》

菌滅菌《きんめっきん》して免疫力を低下させようとしたから!?」

言いたくないが、心当たりはありすぎる。少なくとも砦長の部屋に無断侵入した件は真っ当に裁かれるべき事案と言えた。慌てていると、その肩の持ち主が笑う。

「そんな意図もあったのか……とにかく、暴れても無駄だ」

楽しげに言われて、何故だかミリヤムはひどく恥ずかしくなった。顔に汗がにじんでくる。

「いや……連行はいい、連行は理解ができますです……でもね……ひとまず距離感です！　距離感がおかしい!!　これは昨晩初めてお会いした御仁《ごじん》との距離感ではない!!」

「…………」

初めて、というところで男が一瞬押し黙る。が、今のミリヤムはそんな些細《ささい》な変化に気がつける状態ではなかった。その肩の上から脱出しようと、必死の形相で力《りき》んでいる。

「ふんぎぃいいいいい!!」

しかし、駄目だった。相手は黒い豊かな毛並みと服の上からでも分かる、しっかりとした筋肉の持ち主で、ミリヤムが立ち向かうには少々逞《たくま》しすぎた。がっちり掴まれてはとても太刀打ちできない。

だがそれでも諦めないのがミリヤムという無謀な娘だった。

己の肩の上でじたばたと暴れる彼女に、隊士が苦笑を漏らす。

「危ないゆえ暴れるな」

と、彼は落ち着き払った様子で宥《なだ》めたが、言葉とは裏腹にミリヤムがいくら暴れても上手くそれを捌《さば》いてしまう。ミリヤムは「なんたる巧みな技……！」と目を剥《む》いた。

「ちょ、ちょ、ちょ……なんなんだ!!　やめろ！　ひっつかないでっ！　おろしてください！　は!!　そうだ知らないんですか!?　私は〝痴女《ちじょ》のミリヤム〟なんですよ!?　男の裸を求めて徘徊《はいかい》しているという……！」

ご存知でしょう!?　痴女《ちじょ》らせる（？）つもりですか!?　とミリヤムは額に汗を流しながら訴えた。が——男は余裕のある笑みを見せるばかりだ。

「そうか、ならば男に抱かれて嬉しかろう」

よかったな、と言われてミリヤムは仰天《ぎょうてん》した。

「な、あ……な、なにぃいい？」

二の句を継げなくなったミリヤムに、彼は切れ長の瞳を細めて微笑んでみせる。

「少し大人しくしていなさい。……素手で裸の隊士達の背も腹も洗っておいて……今更何を恥じらうのだ？」

「だ——……だって……だって……」と、引きつりながら、ミリヤムは主張する。

「だって今は……！　仕事中じゃっ、ないしっっ!!」

隊士達の浴場でフル活用されているようなミリヤムの羞恥心《しゅうちしん》消去機能は、彼女の就業中にしか発揮されなかった……

早朝の砦に、はた迷惑な叫びが響く。その叫び声に叩き起こされた目撃者曰《いわ》く、彼女を担《かつ》いだ男——ヴォルデマーの黒くて豊かな尻尾は、とても楽しげに揺れていたらしい。

数分後——

「……」

ミリヤムは居心地の悪い思いでそこに座っていた。砦の食堂の隅。外はやっと朝日が顔を出し始めたばかりだ。

年代物の木製テーブルの上には、焼き立てのパンや卵料理、温かそうなスープ、焼き菓子などが並んでいる。

ああ、それは美味《おい》しそうなんだよ。それはね。と——ミリヤムは困惑気味の硬い表情で、自分の真正面を見た。そこには、先ほどミリヤムを担《かつ》いでいた黒い獣人の隊士が座っていた。彼はくつろいだ様子で足を組み、じっとミリヤムを見ている。

一体どこに連行されるのだとさんざん騒いだミリヤムだったが、隊士が彼女を連れてきたのは何故かこの食堂だった。

　それから彼はミリヤムを捕まえたままこの品々を用意させて——今に至る。

　ミリヤムは思った。……何故、そんなに見る!?

　不可解すぎて相手を睨《にら》んでみたのだが、それすらも微笑ましげに見つめられて、余計に眉間《みけん》の皺《しわ》が深くなるミリヤムだった。

「……」

　黙り込んでいると、男が不思議そうな顔をした。

「何故食さぬ？」

「え？」

　その問いに、ミリヤムは思わず瞳を瞬《またた》かせた。

「……え……だって……ここ、隊士さん達の食堂じゃないですか。私達使用人はここでは食事をとりません」

　ミリヤム達が食事をとるのは、地下にある彼女達専用の食堂である。使用人は雇い主達とは食事を共にしない。そこにはしっかりとした線引きがあって、侵してはならないと教え込まれていた。だから、こうして目の前に食事を並べられても、正直生殺《なまごろ》し状態なのだ。

それに、とミリヤムは膝の上で行儀よく手を重ねたまま、思慮深げな顔をして目の前の男に言う。

「ここは豚の帝王様が管理なさっている場所ですので、変なことをしたくないんです」

「豚の帝王様……？　もしやフーゴのことか？」

男の問いにミリヤムはこっくりと頷く。

「そうです。料理長様のことです」

この砦で、今ミリヤムが一番尊敬しているのがそのフーゴだった。彼は強面《こわもて》の豚獣人で、隊士達の食事作りを一手に引き受けている。そして綺麗好きの彼が取り仕切る厨房《ちゅうぼう》は、この砦にあって尚、恐ろしく清潔に保たれていた。

「この間なんか、洗濯物をお届けに上がって厨房《ちゅうぼう》に入ろうとしたら、フライパンでお尻を叩かれて追い出されました。しかもそのあとフライパンは煮沸《しゃふつ》消毒されちゃったんですよ！　なんと素晴らしい!!」

「……素晴らしいのか……」

男――ヴォルデマーは怪我はしなかったのかと聞こうとしたが、ミリヤムが目を輝かせてあまりにも嬉しそうなのでやめておいた。彼女は「ありがたや」と、厨房《ちゅうぼう》に向かって拝んでいる。

「料理長のおかげで厨房《ちゅうぼう》が清潔に保たれて、ご飯だけは安心していただけているんです。潔癖症の帝王様のテリトリーで掟《おきて》破りなど冗談じゃありません」

「……それは侯爵家での掟《おきて》であろう。ここは粗野なベアエールデ。気にせず食べなさい」

「でも……」

異論を唱えようとすると、隊士がすっと指を差す。

「え？」

つられてそちらに目をやると――

「あら？　ミリーちゃん？　おはよう、随分早起きねぇ」

「私達より早起きなんてすごいわぁ……あら、あれ隊長様じゃないのサラ」

「本当だわ。食堂にいるなんて珍しいこと。ふふふ、今日のパンはふっくらしてるわね」

こちらに手を振り振り、わいわいと食事をしているのは、どう見てもメルヘンな老仕事仲間達である。

「時折ああしてここにも来る。地下の食堂は暗くて嫌だ、朝日が見たいと言ってな。隊士達もご老体等には甘いから誰も文句は言わぬ」

「……知らなかった……」

そういえば、朝の使用人食堂は人が妙に少ないと思っていた。

「さあ早く食べなさい。フーゴ……〝豚の帝王〟が気になるのなら、あとで話を通しておく」

「……」

「……食べられぬというなら食べさせてやるが」

そう言ってスプーンを手にしようとする隊士を、ミリヤムはぴしりと制止した。

「いりません」

だが、どうにも食べなければ解放されなそうな空気を感じて、ミリヤムは怪訝《けげん》な表情のまま、恐る恐る手近な焼き菓子に手を伸ばした。確かにお腹は痛いくらいにすいていて、恥ずかしいくらいに音も鳴っている。

小さな菓子を口に入れると、それはとても香ばしくて、ミリヤムは自分が本当に空腹だったのだとしみじみと実感した。——が、その一方で今にも怒られるんじゃないかとビクビクしてもいた。

ヴォルデマーは娘がようやく食べ物に手を伸ばしたのを見て、安堵していた。だが、無言のままじっと見られている方のミリヤムは戸惑う。

「あの……何故そんなにご覧になるんですか……？」

「見ていたいからだ。これも食べなさい」

きっぱりと返されてミリヤムは目を剥《む》き、再び沈黙する。

（……なんなんだこのお方は……）

人族がそんなに珍しいのか。それともこれは何かの試練なのか、と首を捻《ひね》る。

（品のない食べ方をしたら追い出される……？　は!?　もしや……連行前の最後のばんさん……）

あれやこれや考えを巡らせながら菓子を呑み込むと、ぬっと何かが差し出された。

「え……」

見ると、目の前の隊士がミリヤムの口元にパンを差し出している。

ミリヤムに衝撃が走った。まさか手から食べろということか。

隊士は真顔である。とても冗談のようには見えなかった。

だが、長年主人の世話はしていても、自分が他人に世話をされた記憶など皆無《かいむ》に等しいミリヤムは、激しい恥ずかしさに襲われる。

「ひ！　ちょ、それは黒の旦那様が召し上がってください！」

「私が……？」

「私は自分で食べられます!!」

ミリヤムは赤い顔に汗をかきながら、慌てて傍《そば》にあったスープの器をガシリと掴む。

スープはとても熱くて、急いで食べるのにはまったく向いていなかったが、とにかく口にかき込んだ。

目の前では隊士がなんだか非常に残念そうな顔をしている。ミリヤムは冗談ではないと懸命にスープを食べ続けた。坊ちゃまにだってそんなことされたことないのに。されたらきっとありがたすぎて昇天するが。

ちらりと隊士の様子を窺うと、彼はパンを持ったままミリヤムの器が空になるのを大人しく待っている。ミリヤムは焦った。

「もご、だ、旦那様も一緒に食べてくだされば私めも遠慮なくいただくことができますし、えっと、えーっと、た、た、楽しいですよ!?」

「……ふむ?」

一瞬きょとんとした男は、「そうか」と呟き、手にしていたパンを自分の口に運ぶ。

「これでいいのか?」

楽しいか、と聞かれたミリヤムは「は、はぁ……まあ」と返す。内心では、己に差し出されたパンが消えたことに、ほっとしてため息をついていた――のだが。隊士がじっと見つめてくるのは変わらず、慌てて自分もパンを口に詰め込むのだった。

そんな二人の様子を遠くからこっそり窺っていた者達がいる。

「……見ろよ、〝痴女《ちじょ》のミリヤム〟が隊長にお叱りを受けてるぞ」

「さすがヴォルデマー様……これで少しはあいつも懲《こ》りるだろ」

そう言って密やかに笑う隊士達――の後ろで、ヴォルデマーの側近と食堂の料理人達が泣いていた。

「ヴォ、ヴォルデマー様が……ちょ、朝食を召し上がっておられる……」

「しかも、食堂で……いつぶりですか!?　なんと喜ばしい……っ……うっ、うっ……毎日食事がほとんど手もつけられずに戻ってくるのが心配で心配で……うぅ……」

「料理長！　よかったですね!!」

一同は抱き合って喜んでいる。ミリヤムの尊敬する豚の帝王様は――エプロンで顔を覆って泣いていた。

そんなことは露知らず。ヴォルデマーは朝食を食べるミリヤムをじっと見ている。

ミリヤムはわけが分からなくて目と頭がグルグルしていた。

「うううぅう、全ては坊ちゃまのため坊ちゃまのため坊ちゃまの……」

「(面白い……)その〝坊ちゃま〟とは、隣の領のフロリアン・リヒター殿のことだな？」

そう問いかけられた途端、ミリヤムのグルグルしていた目の焦点がビシッと定まる。

「あら!!　よくご存知ですね。さすが坊ちゃま、その名がとどろいていらっしゃる。うふふふ」

ミリヤムは嬉々としている。ヴォルデマーは一瞬『ここに来たのは彼のためか』と聞こうかと思ったが、見るからに明らかなのでやめておいた。その代わりにくつくつと笑う。

「まったく……見上げた根性だ。よくもまああの雪の峠《とうげ》を越えて、この砦にまいったな」

「それもこれも！　砦がこんな状態だから!!」

「……すまぬ。まぁ、何か困ったことがあれば言いなさい」

ヴォルデマーは笑いながら、ミリヤムの拳《こぶし》の傍《そば》に手を置いた。

手が触れるか触れないかの距離に柔らかな毛並みを感じ、ミリヤムは思わず息を止める。別に手を取られたわけでもなかったが、なんだか心がじりじりして恥ずかしかった。しかも男の視線は相変わらずミリヤムに注がれたままで、それは少しも逸《そ》らされなかった。

ミリヤムは、今にもその手が自分の手に重ねられるのではないかという予感のようなものに動揺していた。同時に、この隊士の膝を借りて一夜を明かしてしまったことを思い出すと、激しい羞恥《しゅうち》が追い討ちをかけてくる。

「う……」

（顔汗すごいな……）

と男が見つめる中、ミリヤムは思った。これは——動いては負けだ!!

その時、遠くで時間を知らせる鐘が鳴らされた。

途端、ミリヤムの目がカッと見開かれる。

「……どうした？」

「ふ……ふふふ……勝った……っ！　黒の旦那様、始業時間にございます!!　これより全ては仕事――そして私は使用人、すなわち空気！　何をしても……恥ずかしくなど、ない!!」

どばーん……!!　と、勢いをつけて立ち上がるミリヤム。それはミリヤムの羞恥心《しゅうちしん》消去機能が正常に働き始めた瞬間だった。綺麗にスイッチの切り替わったミリヤムは、ヴォルデマーに向かって勝ち誇る。

「黒の旦那様！　お食事ありがとうございます！　では私めは使命とお仕事がございますので御前を失礼いたします！」

ミリヤムはあっという間にテーブルの上の皿をまとめると、風のように去っていった。あとにはパンくず一つ落ちていない。

その後ろ姿を目を丸くして見ていたヴォルデマーは、ミリヤムの姿が完全に見えなくなると、少しだけ怪訝《けげん》そうに首を傾けた。

「……ふむ……理想と、違った、な……」

「あら、何が理想と違ったんですか?」

いつの間にか彼の背後に、サラやその他の老女達が立っていた。彼女達は興味津々《きょうみしんしん》な様子でヴォルデマーに詰め寄る。

「まさか女性像?」

「あら、失礼な。ミリーちゃんはとってもいい子なんですよ」

詰め寄られたヴォルデマーは、いつもは耳が遠いと嘆《なげ》いているのによく聞こえたな、と内心で思いながら応じる。

「いえ……そういうことでは……もっとくつろがせてやりたかった」

「あら……」

「まぁ……」

その答えに老女達は顔を見合わせたり、口元を手で押さえたりしつつ目を丸くしている。

そんなことは露《つゆ》ほども気にかけず、ヴォルデマーはミリヤムが去った方向を見つめたままため息をついた。何故か終始緊張させてしまい、食事を楽しませたとか疲れを労《いたわ》ったなどということとは、かけ離れていたような気がして。

(……もう少し、笑っているところが見たかったのだが……)

昨夜そうしてやりたいと思った時は、もっと喜ばせて気楽にさせる予定だった。しかし、最後に見せた彼女の高笑いは、どちらかと言うと好意よりも敵意に近かった。

「……ふむ……」

納得いかなそうに耳を動かしているヴォルデマーの背後では……目を細めた老女達がぼそぼそと囁《ささや》き合っていた。

「〝あれ〟……かしら？」

「〝あれ〟……なんじゃない？　ヴォルデマー様がこんなこと言うの、珍しいもの……」

「まぁそうなの⁉　嬉しいわ！　うきうきしちゃう‼」

サラ達は若い娘のようにきゃあきゃあと色めき立つのだった。


「……あら？」

サラ達が使用人部屋に戻ってくると、そこではミリヤムが床に正座をしてうなだれていた。

何故だか非常に暗くどんよりとしている。

「どうしたのミリーちゃん、そんな冷たい床に座って……」

見れば彼女の服のポケットというポケットが引っくり返されて中身が飛び出ている。

サラが傍《そば》に寄ると、ミリヤムは青い顔でぶるぶるしながら呟いた。

「……ないんです」

「え？」

「私……〝お疲れ気味の手ぬぐいの君〟の親御様のお形見の手ぬぐいを失くしてしまいましたっっ‼」

「……え？　疲れた手ぬぐいが……何？」

「昨日……確かにエプロンのポケットの中に入れておいたのに……なんということを……人様の形見を失くすとは、私はなんて悪人なんでしょう！」

ミリヤムはがたがた震えて真っ青だ。

「サラさん！　〝お疲れ気味の手ぬぐいの君〟が誰だかご存知ありませんか⁉　お疲れ気味なんです‼」

「ええ……？　そのお名前からは、お相手の情報が一つも得られないわねぇ……」

「本当だぁあ‼」

ミリヤムは両手で顔を覆って涙するのだった……

「うぅ……ない……」

ミリヤムは困り果てた表情で廊下を徘徊《はいかい》していた。

例の手ぬぐいを探して、いつもどおり箒《ほうき》とゴミ袋を手に、昨日通った場所をくまなく歩いているのだが……未だ見つけることができない。

昨日の洗濯物の中にでも紛れ込ませてしまったのかと、届け先を尋ねて回ったりもしたのだが、煙たそうに答える隊士達の誰もが知らないという。

「……もしかして……昨日の掃除で集めたゴミの中にでも落とした……？」

ミリヤムは手にしている麻袋を見て愕然《がくぜん》とした。

「量も量だから、すぐには焼かれないだろうけど……早く探しに行かないと……」

あのゴミの山を掘り返すのか、とミリヤムは深いため息をついた。大変だがやるしかない。それは人様の形見の品。しかもそれがゴミの山に放置されているなんて、亡くなった人を粗末に扱ったのと同じだ、とミリヤムは猛省するのだった。

「死者への冒涜《ぼうとく》……」

「ん？　冒涜《ぼうとく》がどうした？」

「ぎゃっ」

青ざめて呟いた時、背後から声をかけられてミリヤムは転ぶ。

「ごめんなさい！　探します探します！　絶対に探し出して〝お疲れ気味の手ぬぐいの

君〟のところにお返しいたします！　お許しください!!」

死者が怨《うら》んで出てきたのかと思い、ミリヤムは目をつむって振り返る。ひざまずき両手をすり合わせて懇願《こんがん》すると、呆れたような声がかかった。

「……何を失くした？」

砦の備品か？　正直に言ってみろと、どう聞いても生気のある声が降ってきて、ミリヤムはつむっていた目をそろりと開く。

「あれ……誰？　……ゴースト？　生身の人？」

見上げると、そこには豹《ひょう》の顔をした獣人の隊士が立っていた。白地に特徴的な模様の毛並みを持った隊士は、吊り目を疑わしそうに細めてミリヤムを見下ろしている。

「何故ゴーストだと思うのだ」

「すみません、足音がなかったもので……」

「俺は人族とは違う。足音など立てない」

ミリヤムは思った。ああ、肉球ね、肉球、と。

この世界において、二足歩行する獣人達の多くは手の平の肉球が退化しているが、足の裏には未だにそれがあるらしい。豹《ひょう》の獣人は刺すような視線を送ってきているが、その足の裏にあるだろう肉球を思って、ミリヤムはほっこりした。

「……やめろ、ほっこりするな」

しかめ面《つら》で立つように促《うなが》されてミリヤムはそれに従ったが、相手は少し後ずさりした。そうして立ち上がったミリヤムを上から下まで舐めるように見る。

「貴殿は……えらく評判が悪いようだが……そんなに男が好きなのか？」

「はあ？　またそれでございますか……」

ミリヤムは嫌そうに相手を見やる。

「こっちは忙しいっていうのに……大体、男の裸がなんだっていうんですか⁉　坊ちゃままでもないくせに、そんなに麗《うるわ》しいとでも⁉　世の中の娘は皆、男の裸が好きだとでも⁉　あんたらのパンツ見たってなんにも楽しくないわい‼　坊ちゃまくらい麗《うるわ》しくなってから出直してこい‼」

ミリヤムは忌々《いまいま》しげに地団駄《じだんだ》を踏む。どうせなら肉球を見せろと。

一方、豹《ひょう》の隊士——ヴォルデマーの側近イグナーツ・フロトーは眉間《みけん》に皺《しわ》を寄せて首を捻《ひね》った。このキイキイ言う娘がどうやって、あの頑固なヴォルデマー様に朝食を食べさせたのだろう、と。

ヴォルデマーが食堂に現れたとの報《しら》せを受けたイグナーツは慌ててそこへ駆けつけた。すると確かに彼の上司が楽しそうに尻尾を揺らし、食事を口にしているではないか。

表情もいつもより格段に柔らかかった。

驚いたイグナーツは、『一緒にいる娘は一体誰だ』と傍《そば》にいた料理人達に問うた。すると、それは〝痴女《ちじょ》のミリヤム〟だという。

毎夜風呂場に乱入し、隊士の服を剥《は》ぎ取る人族の娘。時には厠《かわや》や寝所にまで侵入してくるから性質《たち》が悪い……という話を聞いて、イグナーツは怪訝《けげん》に思った。

『ご老人達によれば、よく働くという話だったぞ？　仕事ぶりはまともだが、個人的嗜《し》好《こう》がおかしいということか？　だがそれが何故、ヴォルデマー様と親しげに……』

不可解に思いながらも、不審人物ならばヴォルデマー様のお傍《そば》に置くわけにはいかないと、こうして当の本人を訪ねてきたのだった。イグナーツは件《くだん》の人物を前に呟く。

「……まあ、おかしな人物ではあるな。挙動が不審だ。変態的嗜好《しこう》も気になるが……」

「……それはもしかしなくても私めのことでございますよねぇ」

へっ、とミリヤムはやさぐれている。なんという凶悪な顔だ、とイグナーツは思った。だがしかし、これまで自分達ができなかったことをこの娘がやってのけたのは事実だった。

彼が敬愛する砦長は、もともと食に対して積極的ではなかった。この忙しさでそれがより顕著《けんちょ》になり、イグナーツ達はひどく頭を悩ませていた。これまで彼を含めた様々な隊士達が、毎日ヴォルデマーの健康を考え、説得を試《こころ》みたのだが……せいぜいお茶を一杯、またはスープを一杯飲ませるのが精いっぱいだった。

（……それをこの娘は……）

イグナーツはミリヤムをじっと見つめた。

「……ん？」

「……ヴォルデマー様を朝食の席に引っ張り出した功績は大きい」

「あのお方の部屋を綺麗に片付けたのもお前らしいな。ものの紛失がなくなったとヴォルデマー様がお喜びだった。俺個人としても何か礼をしたいが……望みはあるか？」

「……望み……？」

急に思ってもみなかったことを言われ、ミリヤムは首を傾げた。

──ヴォルデマー様って……誰だろう……

あのお方の部屋と言われても、砦に来てから暇さえあれば色んな部屋を掃除していて、どれがどれだか分からない。だが、心当たりがあるとすれば、とミリヤムは豹《ひょう》の隊士を見る。

「もしかして……今朝の黒い犬の……」

「人狼だ！　狼だぞ、ふざけるな!!」

「……はぁ……で、あの〝朝食と膝枕の君〟がそのヴォルデマー様ですか……」

ミリヤムとしては、初めて彼の名を認識した瞬間だった。が……

その呟きを耳にした隊士が動きを止めてミリヤムを凝視する。

「……なんだって……お前、ヴォルデマー様に膝枕をして差し上げたのか？」

「え？　違います。反対で……」

ミリヤムがうっかり口を滑らせた途端、彼の目が真ん丸になった。

「……なんだと……お前……お疲れのヴォルデマー様に膝枕をさせたのか……？」

「……あ」

相手の反応から、まずかったのか、とミリヤムは口ごもった。彼はミリヤムを睨《にら》んでいる。ミリヤムの様子からそれが事実と悟ったのか、豹《ひょう》の隊士は地を這《は》うような声を喉から絞り出した。

「……させたんだな……？」

「えーっと……どうだったかなぁ……」

ひょっとしてあの人、偉い人だったのか、とミリヤムは視線を泳がせて——それからいきなり走り出した。

「わ、私焼き場に行かなきゃ！　忙しいので!!　失礼いたします！」

「あ！　待てこの!!」

　駆け出したミリヤムをイグナーツが追う。

「逃げられると思うな！　今の話……詳しく聞かせろ!!」

「え!?　嫌だ！　その間にお形見が灰になっちゃう!!」

　そうして——変な追いかけっこが始まった。それを目撃した隊士達は、ミリヤムがまたお叱りを受けているると噂したという。


　数刻後——

「ちょっとイーヴォ様！　そっち見てないでしょ!?　ちゃんと見てくださいよ!!」

「そ、そっちってどこだ!?　それと、俺の名前はイグナーツだ！　お前、一体何度言ったら覚えるんだ!?」

「はいはいはいすみません、現在私め、脳が糖分足りなめで……そこ！　そこらへん！」

「っ!?　どこだ!?」

　二人は焼き場にいた。ミリヤムを追いかけていたイグナーツは、いつの間にか一緒になってゴミを掘り起こしている。どうやらかなり人がよかったようだ。

「イザーク様……獣人の方は嗅覚《きゅうかく》に優れていらっしゃるんでしょう？　どうして見つ

けられないんですか？　手ぬぐいには私の匂いがついてるはずなのに……」

「イグナーツだと言っているだろう⁉　それに全部お前の匂いばかりだ！　ゴミはお前が全て拾い集めたのだろう？　よくこれだけ集めたものだ……」

イグナーツは感心したように言いながら、やれやれと額を腕で擦《こす》った。その毛並みはすっかり汚れてしまっている。それを見たミリヤムはため息をついて肩から力を抜いた。もうかなりの時間をこの場所で二人で過ごしていた。空を見ると既に日が傾いている。

「ホラーツ様……ありがとうございます、もう結構です。あとは私が明日探しますからお帰りください。焼き番には焼くのを少し待ってもらいます。私ももう仕事場に戻らないと……」

事情を聞いたサラがミリヤムの仕事を代わってはくれたのだが、心配なのでそろそろ様子を見に行かなくてはならなかった。

「(名が正解から遠ざかっている……)だが……いいのか？　とても大切なものなのだろう？」

「そうなんですが……生きている人を粗末にすることもできません。夜は寒いですし、フランツ様に風邪でもひかせたら、今度はフランツ様のご先祖様に祟《たた》られます」

そう言うミリヤムの鼻の頭も相当に赤かった。

「(名、遠……)そうか……」

「と、その前に」

ミリヤムはがしっとイグナーツの腕を掴んだ。

「ん⁉」

「お手伝いいただいて随分毛並みが汚れてしまいましたねー。さ！　お風呂にまいりましょう！　お背中お流しいたします」

「はあ⁉　……いや、いら、いらな……」

駄目でございますーと、ミリヤムはイグナーツをぐいぐい引っ張っていった。肉球ピンクにするんだー、とか言いながら。


かくして——

その日の大浴場にはイグナーツの悲鳴が響いていた。

「やめろ！　お前……そこは触るな‼　戦士の尾に気安く触れるなど……！」

「触らないと洗えないじゃないですか。大丈夫！　地肌まですっきりさせますから‼」

「尻尾を握るな！」

「往生際《おうじょうぎわ》が悪い……臭いのダメ！　綺麗にしないとお嫁さん来ませんよ⁉　野性的な

男性が好きなお嬢様ももちろんいらっしゃるでしょうが、野性的と不潔は違うんです‼　血筋が途絶えたらどうするんです⁉　ご先祖様に叱られますよ‼」

「い、やめろぉおおおおっ‼」

抵抗空《むな》しく――半時後の脱衣所では、げっそりしたイグナーツが椅子に座らされていた。ミリヤムはその洗い上がって真っ白な毛並みに忙しくブラシを当てている。色々念入りに洗われて、イグナーツは〝痴女《ちじょ》のミリヤム〟の実態を思い知った。

「はー、まるで絹のような毛並みでございますねぇ……よしよし、これならお嫁様も……」

満足げなミリヤムを、イグナーツは「お前には……女としての自覚が足りぬ……」と、よろよろしながら指差した。だが真顔で撥《は》ね返された。

「誹謗中傷《ひぼうちゅうしょう》は受付時間外です」

「……」

「自覚はあります、使用人としての自覚が。ま、それはそうと、今日は本当に助かりました。イグナーツ様ありがとう」

イグナーツの着替えを用意しながら、にっこりとミリヤムは微笑んだ。

それを聞いて、イグナーツがぱちぱちと目を瞬《またた》く。

「お前……やっと俺の名を覚えたのか⁉　よ、よくやった！　そうだ！　イグナーツ

だ！　イグナーツだぞ!?」

　イグナーツは何故か大喜びでミリヤムを抱き上げた。よほど馬鹿と思われていたのか――出来の悪い我が子がようやく自分の名を覚えたかのような気持ちになっているらしかった。

「もう忘れるなよ!?」

「はい！　耳にたこができるほど言い聞かされたので忘れません!!　しばらくは!!」

――という熱血なやり取りを、いくらか離れたところで無言で見ているのは――ヴォルデマーだった。

「…………」

「あ、ヴォルデマー様、入浴ですか？　げ！　ミリヤムがいる……今日はイグナーツ様が捕まったのか……」

　後ろから脱衣所に入ってきた隊士が、ヴォルデマーの視線の先にいるミリヤムを見て顔をしかめている。

「ヴォルデマー様、出直された方が……」

「……仲が……よさそうだな……」

「へ？」

小さな呟きを拾った隊士が頭の上に疑問符を浮かべる。

「ヴォルデマー様？」

隊士が問いかけても、ヴォルデマーはむっとしたまま口を閉ざしている。

その向こうでは――

「イ、イ、イグ……ナ……さっ……！　怪力やめてぇええええっっ!!」

「なんだとお前！　もう俺の名を忘れたのか!?」

イグナーツにぐるんぐるん振り回されて、ミリヤムが目を回していた。


「ミリーちゃん大変よ!!」

次の日の早朝、ミリヤムは誰かに揺り起こされて目を覚ました。

「……んが？　あれ？　もう朝ですか？」

寝ぼけ眼《まなこ》を向けると、それは同僚の獣人カーヤだった。彼女はいやに慌てていて――

ミリヤムは夢に片足を突っ込んだまま首を傾げた。同僚と共用の私室は地下にあるので窓がなく、時間は窺い知れないのだが、まだ起きるには少し早いような気がする。

「急いで急いで！　ほらほら涎《よだれ》拭いて頂戴！　お洒落《しゃれ》しなきゃ!!」

「へ？　おしゃれて」

牝牛の老女は普段ののんびりさが嘘のように、しゃかりきにミリヤムの衣類を漁っている。

だが、ミリヤムは数枚の仕事着と私服しか持っていない。

「カーヤさん、どうかしたんですか？　めかし込めと言われても、今日も仕事ですし……」

「いいから!!　ほら！　脱ぐのよ!!　ミリーちゃん!!」

「ぎゃっ」

興奮したカーヤは問答無用でミリヤムの寝巻きを引っぺがすのだった。

そうして無理やり身支度を整えさせられたミリヤムは、追い立てられるように使用人用の食堂に向かった。

「え？　誰ですって？　あ……本当だなんかいる……」

戸口から中を覗くと、そこに見慣れない姿を見つける。その人はミリヤム達がいつも食事や作業に使う広いテーブルに着き、その一角を書類で埋めていた。無言でそれらに目を通す彼の向こうでは、いつもの同僚達がきゃわきゃわと黄色い声を上げている。

「……お婆ちゃま達が浮かれている……」

「ああ……来たか」

「……おはようございます、黒の旦那様……」

「おはよう。ミリヤム・ミュラー」

そう言って穏やかに微笑むのは昨日の〝朝食と膝枕の君〟――ヴォルデマーだった。

その姿にミリヤムは首を傾げる。

「あの、ここには普段、隊士の方々はお越しにならないと思うのですが……何か御用ですか？」

「うむ」

ヴォルデマーは一つ頷くと、書類を手早くまとめてテーブルの端に置いた。

「朝食だ」

「え？」

ミリヤムが怪訝《けげん》に思って目を瞬《また》いた瞬間、彼女達の目の前に、たくさんの料理が出現した。

「っ!?　な、なんだ!?　どうした!?」

パンに始まり、卵料理、茹でた野菜に、この季節にはなかなかお目にかからない果物まで。明らかにミリヤム達使用人が普段食べているものとは違う。あっという間に皿を並べたカーヤ達は何故か嬉々としている。

「……こ、これは一体……」

目をひん剥《む》いて周囲に視線を向けると――戸口に不審な影が二つ。部屋の中を顔半分だけで覗き込んでいるのは――……

「……イグナーツ様（一晩経っても覚えてた）……と、あれ⁉　豚の帝王様⁉」

二人はじっとヴォルデマーのことを見ている。ミリヤムが傍《そば》に行こうとすると、手の平で追い払われた。

「なんなんですか、帝王様まで……皆おかしい……」

「ミリヤム・ミュラー」

「……？」

名を呼ばれて振り返ると、黒い人狼が彼女を見ていた。何か用事を言いつけられるのかとミリヤムが寄っていくと、ヴォルデマーは傍《そば》の椅子を引いて、そこに座るようにとミリヤムを促《うなが》した。

「え？　私が座るんですか？」

「お前に食べさせたくて来た。お前が座らねば意味がない」

「え……？　私に給仕せよということではなく？　はっ！　まさか……昨日の意味不明な強制連行朝食会の続きでございますか⁉　上手く逃げたと思ったのに⁉」

「逃げる？　別に何も咎《とが》めようとは思っておらぬが」

「隊長室無断侵入の件は……？」と、きょとんとするミリヤムのところへ、戸口に隠れていたイグナーツが聞き捨てならないとばかりに飛んできた。

「……今、隊長室に無断侵入したと言ったか……？」

「やばい、法の番人が来た」

「お前……まさかヴォルデマー様を襲いに……⁉」

「誰のことも襲ってない！」

ミリヤムの断言に、昨日襲われたばかりのイグナーツが「本当か⁉」と混乱している。

最初に風呂場で襲われたヴォルデマーは、物言いたげな顔で二人の会話を聞いていた。

「とにかく！　侵入したのは侵入したのですが、色々未遂《みすい》です。汚いお茶も出してませんで！　お掃除してたら力尽きて……それで…………」

「なんでそこで赤くなるんだ⁉　お前何をした⁉」

「赤くなどなっていない‼」

「……おい」

ミリヤムとイグナーツが言い争っていると、ミリヤムの腕をヴォルデマーが引いた。

「お、っと……⁉」

ミリヤムは引いてあった椅子の上にストンと腰を落とし、それから驚いて黒い人狼を見上げた。

ヴォルデマーは少し目を細めてミリヤムを見て、それからイグナーツを見た。その途端、イグナーツが引きつった笑みを浮かべ、全身の毛を逆立てる。

「どうかなさいましたか？」

「……いや、早く食べなさい」

「はぁ……」

ミリヤムはヴォルデマーを怪訝《けげん》そうに見たあと、横目でイグナーツに説明を求めた。するとと彼は少しびくびくしながらミリヤムの耳元で囁《ささや》く。

「……何故だか、お前と食事をとると仰《おっしゃ》ってな……」

「なんでまた……この方……ヴォルデマー様？　は、お偉い方なんですよね？」

「真意は分からぬ。だが、食事はとっていただかなければならない。この際だ、お前お付き合いせよ」

「ええっ……？　そんなゆっくり朝食なんか食べませんよ私……」

いつもかき込むように食べて、それから仕事に飛び出していくのだ。偉い人のように優雅に食を楽しんでなんかいられないのに、とミリヤムは眉をひそめる。

しかし「探し物を手伝うから」とイグナーツに懇願《こんがん》されて、渋々《しぶしぶ》パンに手を伸ばすのだった……


ミリヤムは、はっきり言って早食いである。

早朝に起きて、早く食べて、早く仕事に行く。洗濯番は毎日大量の洗濯物を洗い、日光の差している時間に干してしまわなければならない。特に朝は悠長に食べている暇がなかった。だからいつも食べ物を口に入れると二、三回噛んでそのまま呑み込んでしまう。

だが、今日はパンをあっという間に平らげたら、戸口の向こうのイグナーツと料理長から無言で猛烈なダメ出しをされた。

なんなんだ、と真正面を窺うと——ヴォルデマーはフォークを手にしているものの、ミリヤムの顔ばかりを見ていてあまり食べていない。

ミリヤムは眉間《みけん》に皺《しわ》を寄せた。

そもそも、どうしてこの方はこんなところで食事がしたいのだろう。更には何故私が付き合わされていて、更に更に、どうして穴が開きそうなほど見られているのだ。そう思うとだんだん緊張が押し寄せてきた。

だがミリヤムの疑問をよそに、イグナーツはこの謹厳実直《きんげんじっちょく》そうな人狼に、とにかく食事をとらせてほしいと目で懇願《こんがん》してくる。

ミリヤムはいつもどおりの速さで食べ進めていた自らの皿を見下ろす。

(まずい……このままでは一瞬で食事が終わってしまう……)

食事に付き合えと言われた以上、それでは駄目な気がして——そういうわけで、彼女は頑張って咀嚼《そしゃく》回数を増やしていた。すぐに呑み込んでしまわないよう、ゆっくり味わう。それは早食いのミリヤムにとっては、地味に大変な作業であった。

だんだん辛くなってきたミリヤムは思った。ダメだ、私がたくさん噛むとかじゃなく、とにかく相手に食事をしてもらわねば、と。

ヴォルデマーの食事の手はすっかり止まってしまっていた。

「あ、あの……えっとヴォルデマー様?」

「なんだ。茶か?」

茶を要求されたと思ったらしいヴォルデマーはティーポットから茶器に茶を注ぎ始めた。

「違います。目上の方にそんなお願いするわけがありません。自分でやります……や、やりますって!」

ずいとお茶を差し出されて、結局受け取ってしまうミリヤム。

「うぅ……」

そんななんでもないやり取りが、ミリヤムにとっては死ぬほど恥ずかしかった。甲斐《かい》甲斐《がい》しく世話することは得意だ。しかし、甲斐甲斐《かいがい》しくされることには慣れていないのだ。緊張した面持《おもも》ちのミリヤムにヴォルデマーが首を傾げている。

「ではなんだ？　口に合わなかったのか？」

彼は金色の瞳を和らげてミリヤムの顔を覗き込む。

「……言ってみろ、お前は何が好きなのだ？」

「……へ？」

穏やかな顔で問われて、ミリヤムはぽかんと口を開けた。そうして一拍のあと、食の好みを問われているのだと気がつくと――目を見張って驚いた。

侯爵家の使用人である母のもとに生まれ、使用人になるべくして育てられたミリヤムは、自分の親以外から好き嫌いなど聞かれた経験がなかった。

彼女が元いた侯爵邸では、フロリアンのようなごく一部の親しい人物だけがミリヤムの嗜好《しこう》を把握している。だが、それは幼い頃から一緒にいたためであって、特に聞かれたわけではない。

急に押し黙ったミリヤムに、ヴォルデマーが不思議そうな顔をしている。

「……？　どうした？　何か好きなものがあるだろう？」

「えっと……」

好きな食べ物を教えろと言われただけなのに、ミリヤムは顔が真っ赤になっていた。どう答えればとうろたえて相手の顔を見ると、彼はそんなミリヤムの返事を、三角の耳をそばだてて待っている。ミリヤムは焦り、軽く頭が混乱した。そして茶器を両手で持ったまま、バネ人形のように勢いよく立ち上がった。

「えっと……私……私めは!!　ぼ、ぼぼ坊ちゃまがくださったものが好きです!!」

「……」

一瞬、部屋の中がしーんと静まり返る。

「……あら、ミリーちゃんがやっちゃったわよ……そんなに麗《うるわ》しい殿方なのかしら。ヴォルデマー様よりも？」

「うふふ、ミリーちゃんらしい。面白くなってきたわ!!」

複雑そうな顔をしているヴォルデマーの後ろで、サラ達がこそこそと話している。戸口では覗き見の二人組がハラハラとヴォルデマーを心配していた。

「お土産とかでですねっ、滅多《めった》に口に入らないものをくださることがあるのです！　そ、それが好きです！」

力を込めてそう叫び切ると、ミリヤムは肩で息をしながら椅子にへなへなと座った。

それを聞いたイグナーツが憤慨《ふんがい》している。

「お前な！　ヴォルデマー様が仰《おっしゃ》っているのは――」と、言いかけたところで、彼はヴォルデマーから送られる刺すような視線に気がつき、「うっ」と押し黙る。

側近を視線で黙らせた男はミリヤムに向き直り、「それで？」と穏やかな表情で促《うなが》した。

「どんなものを賜《たまわ》ったのだ？」

「え？　……えっと……ケーキとか、木の実ののったクッキーとか……」

「そういったものが好きなのだな？」

「……」

ミリヤムは視線をテーブルに落として沈黙する。

――それらの品は皆、〝フロリアンがくれたから〟好きだった。けれど。

ミリヤムが戸惑い気味に視線を上げると、相手は未だじっと自分の言葉を待っていた。

そのことにどこかほっとして、だが、そう感じた自分に余計赤くなる。使用人として、雇い主に個人的な主張をするのは恥ずべきことだと思っていた。

だが、ミリヤムの言葉を待つ彼はその視線に気がつくと、答えを促《うなが》すように小さく微笑む。

「……あ……」

それを見て、思わずミリヤムの口が緩んだ。

「……ほ、本当は、……チーズが……好き、なん、です……」

焼いたやつ……と消え入りそうな声で言うと、ヴォルデマーが途端に破顔《はがん》する。静かだが、心の底から嬉しそうだった。

その顔を見たミリヤムは息を詰める。ヴォルデマーはそんな娘の頭に手を伸ばし、ふわりと軽くのせた。

「そうか。では次回はそれを用意しよう」

「……」

ミリヤムは戸惑っていた。この人はどうしてこんなに嬉しそうなのだろう、と。

初めて主張したせいか、心臓がどきどきしている。頭を撫でられると顔汗と手汗がますますひどくなった。——が、

「ん……？　……次回!?」

そこでヴォルデマーの言葉に引っかかりを覚えたミリヤムは、彼の顔を凝視した。

「次回……？　次回って……？」

怪訝《けげん》に思って問うと、ヴォルデマーは事も無げに言う。

「明日も来る」

「……は!?　明日!?」

途端に老婆達から賑《にぎ》やかな横槍が入った。

「ヴォルデマー様、お昼か夜になさったら？　朝は忙しいし……ゆっくりできないわよ」

「いいわねぇ！　夜ならムードが盛り上がりそう！」

「あら駄目よ、まだ早いわ。事を急《せ》くと台無しにしかねないわよ。お昼になさいませ」

カーヤ達の言葉に、ヴォルデマーも生真面目に「そうか」と頷く。

「では、本日の昼食に」

「え!?　昼!?　今日!?　早まってますけども!?」

ミリヤムが叫んだところで、料理長が慌ててどこかへ駆けていく。どうやらチーズの在庫を見に行ったようだ。

「よし……では、そうと決まれば、この朝食を食してしまわねばな」

「決まったって!?　何!?　何が!?」

ヴォルデマーはにこやかにパンを手渡すと、自分の口にもパンを千切って入れた。

「ちょ、あの……っ」

「食べなさい」

金色の瞳を細めて微笑むヴォルデマーを見て、ミリヤムは驚愕《きょうがく》の思いだった。

「な、なんなんだこのお方は……!!」

戸口の向こうではイグナーツが壁に手を当て、尻尾を震わせている。

「ヴォ、ヴォルデマー様が……昼食もお食べに……!? っ、う、うぅ……」

イグナーツは、また、おいおい泣いていた。


昼頃。ミリヤムが洗濯部屋でせっせと洗濯物をたたんでいると、そこにイグナーツがやってきた。

それを見たミリヤムは「本気だったのか……」と苦い顔で呟く。

「ミリヤム、仕事はどうだ？　終わりそうか？」

「……終わるとかじゃないんですよイグナーツ様。仕事はいくらでもあるんですから」

「しかし労働者にも食事と休息が必要だろう。……なあミリヤム、ヴォルデマー様はお前が来たら昼食を召し上がると仰《おっしゃ》っているんだ。来なければきっといつもどおり召し上がらないだろう……頼む、このとおりだ」

イグナーツはその場で頭を下げ、周囲で働いていた洗濯番達がそれを驚いたように見ている。

しかしミリヤムは困ったように首を横に振った。

「……申し訳ありませんが、私忙しいし……ゴミ拾いも、掃除もしなきゃいけないんです。失くした手ぬぐいも探しに行きたいし、隊士様達のお風呂場だって見回りに行かなきゃ……」

時間はいくらあっても足りないのだと言うと、頭を上げたイグナーツが「分かった」とミリヤムを見る。

「不衛生な隊士には身体の手入れをしっかりさせるよう、各隊士長達に申しつける。特に入浴の際にはきちんと毛を洗うようにと厳しく言っておく」

イグナーツの言葉にミリヤムが驚く。

「ほ、本当ですか……!?　せ、石けんで!?」

「石けんで」

イグナーツが深く頷くと、ミリヤムは瞳を潤ませた。

「イ、イグナーツ様……あなたは救世主ですか!?」

これで大浴場に力業《ちからわざ》で侵入しなくてもよくなるのかと思うと、ミリヤムは本当に嬉しかった。彼等が自分で身体を清潔にしてくれれば理想的だし、もう〝痴女《ちじょ》〟などと言われなくて済むかもしれない。

だが、イグナーツの次の言葉で、ミリヤムの心は沈んでしまう。

「あと探し物の件だが……お前が焼くのを差し止めた分のゴミの山が、時間を置きすぎて雪に埋もれたと焼き番が言っていたぞ。面倒だから雪解けを待ってから処理すると」

「え……? つまり……保存はされるけど、雪に埋もれてしまったから……」

「手出しが難しくなったということだ。雪というのは慣れていても厄介だ。冷えるし結構重いしな。お前も春を待て」

「そ、そんな……」

ミリヤムは洗濯物を傍《そば》に置いて打ちひしがれた。

「〝お疲れ気味の手ぬぐいの君〟の親御様のお形見が、ゴミの山で冬を越してしまう……」

「(長……)……思ったのだが……本当に焼き場にあるのかどうかも分からないのだろう? とりあえず他の場所を探してみたらどうだ。案外そちらかもしれぬぞ?」

しょんぼりと肩を落とすミリヤムの顔をイグナーツが覗き込む。ミリヤムはため息をついた。

「そうですね……そうすることにします。立ち止まっていたら、いくら冬が長いといっても、あっという間に坊ちゃまがここにお着きになってしまう。今できることをやります……」

それに、痴女《ちじょ》と皆に呼ばれなくなったら、〝お疲れ気味の手ぬぐいの君〟も名乗り出てくれるかもしれない。

「はー……手ぬぐいの君が心労でお倒れになりませんように……はー……」

ため息ばかりついているミリヤムに、イグナーツはやれやれと頭を振る。

「とりあえず今は昼食に行け。ヴォルデマー様に言われてフーゴがチーズを用意していた。それでも食って元気を出せ。好物なのだろう？」

「う……」

好物と言われてミリヤムは、今朝の恥ずかしい体験を思い出した。あの黒い人狼隊士を思い出すと、どうしても顔が熱くなる。

「……なんだ？　嫌なのか？」

「嫌っていうか……あの方じっと見てくるし、行動が不思議すぎて落ち着きません。ご一緒すると、いつも恥ずかしいことばかり起きている気が……」

ミリヤムは両手で顔を覆った。膝枕の件やらなんやらを思い出すと余計に恥ずかしくて、できればお互いの記憶が薄れるまでは会いたくなかった。

そんなミリヤムの様子をイグナーツが呆れた顔で見ている。

「……隊士の風呂場に乱入しておきながら、よく言う……」

「だってあれは……坊ちゃまのための使命ですし!!」

「……お前が落ち着こうが落ち着くまいがどちらでもいいが……まぁヴォルデマー様は、お前をお気に召したのだろうな」

イグナーツにそう言われ、ミリヤムはどきりとした。

「お、気に……な、何故?」

「知らん。そういうことはご本人に聞け。とにかくお前はヴォルデマー様に食事をさせればいいのだ。ほら行くぞ」

「え!? い、嫌だ!」

イグナーツはミリヤムをひょいっと肩に担《かつ》ぐと、洗濯部屋をあとにした。ミリヤムはイグナーツの肩の上で、その白い耳をぐいぐい引っ張っている。

「ちょっと! イグナーツ様!! あ、明日! いや、三日後!!」

その慌てっぷりを見て、イグナーツは意地が悪そうに笑う。

「遠慮するな、美味《うま》いものを食べるだけではないか」

「遠慮などしてはいない!!」

ミリヤムがそう訴えると、イグナーツは含みのある顔でにやりとした。

「異性と食事するだけのことがなんだと言うんだ? 異性に裸で丸洗いされるよりマシ

なのでは……？」

「っ!?」

ミリヤムが驚いたように見ると、イグナーツはやけに美しく微笑んでいる。

「え、笑顔が悪意に満ちている……やばい！　こ、これは……これは仕返しだな!?」

ミリヤムが叫ぶと、イグナーツは噴き出した。

「お前の羞恥心《しゅうちしん》の急所はイマイチ理解できぬが、せいぜい羞恥《しゅうち》に耐えるがいい」

「も、問答無用か……！」

心の準備が!!　と真っ赤な顔で叫ぶミリヤムを、イグナーツは鼻歌まじりに運んでいく。

そうして結局、食堂に連行されたミリヤム。イグナーツの肩の上からげっそりと、食堂の中へ目をやると——……古いテーブルの上で書類を睨《にら》んでいた男が顔を上げ、優しい目でミリヤムを迎えた。その、どこかほっとしたように和らげられた金の瞳は、ミリヤムの、決して浅くはない場所に突き刺さる。

身体を蝕《むしば》むじりじりとした羞恥心《しゅうちしん》がそこから生まれてくるものだとは、彼女はまだ気がついていなかった。

凍えるような風が干し場の中を吹き抜けていった。

「ぎゃあああっ!!　風のっ!　風の神様!!　おやめください!!」

ミリヤムは広い干し場の端で、風にさらわれそうな洗濯物を必死になって押さえていた。それは高めの干し綱にかけられていて、ミリヤムは踏み台の上で足をプルプルさせながら踏ん張っていた。

砦周辺は冬季の間、圧倒的に曇り空が多い。だがその日はよく晴れていて、貴重な晴れ間に喜んだ洗濯番達は、ここぞとばかりに大忙しで仕事に励んでいた。

その一員であるミリヤムも例外ではなく、こま鼠《ねずみ》のように洗濯場と干し場の間を往復していたのだが……それももう何枚かで終わる、というタイミングで、急に風が強くなってきたのだ。

既に干してしまった洗濯物に関しては留め具で押さえてあるから心配はいらないが、洗濯カゴに残っていたいくらかの大物を干す作業が非常に困難だった。なんせミリヤムは背が低い。

風に煽《あお》られた白い大きな布はまるで生き物のように暴れ回って今にも逃げていきそうだ。

「おおおお!　どうしてここの方々のシーツはこんなに大きいんだ!!　ひー!!」

風に煽《あお》られた洗濯物にぼすぼすぼす……と顔を叩かれてミリヤムが悲鳴を上げる。

この砦の獣人隊士は大柄な者が多く、彼等が使う寝具《しんぐ》も当然大きかった。しかも何もかもに毛がびっしりとついていて……その除去作業からして大変だった。そこから少しずつ鬱憤《うっぷん》を溜めていたミリヤムは、本日もよく叫ぶ。

「風神様!!　どうせ飛ばすなら毛だらけ砦に散らばった皆様の抜け毛をーっ!!」

しかしミリヤムの言う風神様は、そんなものはいらぬとお思いになったらしかった。一際《ひときわ》強い風が干し場に吹き込んできて、ミリヤムは暴れるシーツに煽《あお》られ踏み台の上でよろめく。

「っ!?」

シーツを掴んだまま身体が後ろ向きに倒れていって、そのシーツを瞳に映しながら——ミリヤムはカッと覚醒《かくせい》した。

「……っ二度洗い！　お断り!!」

と、シーツを掴む手を高速で動かした直後、その身体が地面に落下する。

「……いっ……、……ん……？」

ミリヤムはきょとんとした。

「あれ？」

打ちつけたはずの身体は少しも痛くなかった。

一瞬でくるくるとまとめ上げたシーツの塊《かたまり》を万歳《ばんざい》と天に突き上げ死守したミリヤムは、その体勢のまま、ぱちぱちと目を瞬《またた》く。

腰の下には何やらしっかりとした感触があるものの、それは地面よりは柔らかいような気がした。

「……？」

――と、くつくつという笑い声が間近で聞こえ、ミリヤムはハッと後ろを振り返る。

「ぎゃっ⁉」

そこに愉快そうに細められた金色の瞳を見つけたミリヤムは、青くなって引きつった。

その瞳の持ち主は、さもおかしそうに笑っている。ミリヤムの下敷きになった状態で。

「ひ⁉　申し訳ありませんヴォルデマー様‼」

我に返ったミリヤムは丸めたシーツを手に、その身体の上から飛び退《の》いた。

それに続きヴォルデマーも地面から腰を上げる。が、彼は尚も肩を揺らして笑っていた。ミリヤムが見ていることに気がつくと、彼女に向かって手を上げてみせる。

「すまぬ。倒れる前に助けるつもりが……お前があの一瞬で人間離れした動きを見せたゆえ、思わず呆気《あっけ》にとられてしまった」

「……あ、あ、なるほど……」

つまりミリヤムの倒れざまのシーツ巻き取り作業が彼のツボに入ったらしい。

「……ええと……おかげさまで洗濯物も無事でした。……お助けいただきありがとうございます。下敷きにしてしまい申し訳ありません……」

ミリヤムは複雑な顔で頭を下げる。彼とは、ついさっき朝食を共にしたばかりだった。

昨日は朝食昼食と連続で彼に付き合って、よく分からないながらもこれで終了だなとほっとしていたのだが――何故か今朝も食堂へ足を運ぶと既にそこには彼がいて。結局今日の朝食も彼と食べることになってしまったのだ。

なんせ、イグナーツと豚の帝王様の圧力が半端ない。豚顔の料理長は食堂の戸口に立ち、顔半分だけでミリヤムにプレッシャーをかける。『ヴォルデマー様に料理を平らげさせろ』と。

この砦で生きる以上、食を司《つかさど》る強面《こわもて》の帝王様に逆らうという選択肢はなかった……

「あまり無茶はするな」

「ん？　あ……」

微妙な顔つきでぼんやりしていると、不意にその手からシーツの塊《かたまり》が取り上げられる。

ミリヤムからそれを奪った人狼は、塊《かたまり》を解きほぐし、何度か皺《しわ》を伸ばすように振ってから干し綱の上に広げた。長身の彼は、ミリヤムのように踏み台を使わずとも易々《やすやす》とそれを干していく。大きいなあ……と、ミリヤムは思わず見とれていた。

「……職務に励むのは感心だが、怪我をしない程度にしなさい」

「……はい、あの、ありがとうございます……」

穏やかな顔で諭《さと》されたミリヤムはぎこちなく頷く。なんだか変な気分だと思った。その顔を見上げるとどうにも居心地が悪く、身体がもぞもぞしてつい俯《うつむ》いてしまう。食堂とはまた違う場所で会ったせいかもしれないと思った。

「……壮観だな」

「え？」

気持ちのよさそうな声に顔を上げると、ヴォルデマーは広い干し場にずらりと並んだ洗濯物の列を眺めていた。そして彼はミリヤムに視線を移すと、「頑張ったな」と言いながら微笑む。

その顔を見た瞬間、ミリヤムの胸が少しじんとした。ここでは懸命に働いても「痴女《ちじょ》が……」と後ろ指を差されることも多い。褒められて思わず頬が熱くなる。

「では、お前も風に飛ばされぬようにな」

ミリヤムがぽけっとしているうちに、カゴの中に残っていたもう一枚のシーツも干してしまった彼は、身を翻《ひるがえ》して去っていこうとしていた。

「え？　あ⁉」

そのことに遅れて気がついたミリヤムは思わず飛び上がり、慌てて彼のあとを追う。

「あの‼　ヴォ、ヴォルデマー様！」

「なんだ？」

黒い毛並みの人狼隊士は足を止め、不思議そうな顔をして振り返った。

「……あの……ありがとうございました、その、昨日……」

照れくさそうに斜めを向きながら言うミリヤムの言葉に、ヴォルデマーは首を傾げる。

「昨日？」

「その、好物を聞いてくださって……嬉しかったです。……懐かしい感じがしました」

そう言いながらミリヤムの表情がわずかに変化した。そのはにかむような笑みに、今度はヴォルデマーが目を見張る。

「……懐かしい？」

彼の口の中でそれが繰り返されると、ミリヤムはまた少し表情を和らげて「はい」と答えた。

「小さな頃みたいで……私にそれを聞いてくるような人間は親くらいなものだったので」

何かを思い出すような笑みは、とても親しげで、これまでミリヤムが彼に見せたどの表情とも違うものだった。

それを見たヴォルデマーは一瞬の間、思わず息を止めた。しかしミリヤムは次の瞬間にはその表情を消し、では私は仕事がありますから、と慌てて立ち去っていく。

その後ろ姿を、ヴォルデマーはじっと見つめていた。

今彼が目にした表情は、あの夜——自分の膝でミリヤムが眠ったあの夜、彼が見たいと願い想像したそのままの笑顔だった。

心に灯る小さな達成感に、ヴォルデマーの胸もほんのりと温まっていた。

＊　＊　＊

それから幾日かが過ぎた。

ミリヤムは相変わらず使命を胸にせっせと仕事に勤《いそ》しんでいる。

イグナーツが約束してくれたとおり、隊士達には入浴方法について指導が入った。彼等は戸惑いを見せたようだが、ヴォルデマーのためだと上層部が押し切ったようで、皆渋々《しぶしぶ》それに従っている。

今日も大浴場の前で途方に暮れた獣人隊士が二人。虎顔の隊士が隣の隊士に困ったように問いかけた。

「なあ……石けんて……どうやって使うんだ？　俺、昨日やってみたんだけど全然泡立たねーんだが……」

「そりゃ、お前……汚れすぎてんだよ。根気よくやれよ」

「はあー？　……くっそ、ちまちまやるの面倒くせぇ……少しぐらい汚れてたって死にやしねぇのに……」

「あら、ではお手伝いしましょうか？」

「っ⁉」

不意にかかった声に隊士達が驚いて振り返ると、そこには目を細めた茶色の髪の娘が立っていた。その表情は冷たい。

「ミ、ミリヤム……」

「石けんの使い方がお分かりにならないなら、私めがもこもこの泡でふわっふわにして差し上げますけど。私め、石けんのエキスパート・ミリヤムにございます」

ずいっと足を踏み出すと、虎顔の隊士が後ずさる。

「……いや！　いい！　自分達でなんとかする！」

「い、行こうぜ……！」

隊士達は慌てて大浴場の中へ逃げ込んでいった。

「まったく……」

ミリヤムは箒《ほうき》を動かしながら鼻から息を吐き出す。

「おい、ミリヤム」

そこへイグナーツが現れた。それを見たミリヤムは地を蹴って身構える。

「また来た……！」

「そろそろ夕食の時間だ。さっさと来い」

イグナーツは手招くが、ミリヤムは「私はまだ仕事中です」と、素知らぬ顔で箒《ほうき》を動かしている。さりげなく徐々に距離を取ろうとしているのがバレバレだった。

「お前は……またそういう無駄な抵抗を……」

「もーいいでしょ!!　ヴォルデマー様とは今朝も一緒にご飯を食べたし、昼も一緒だったし……昨日もその前もそうだったでしょ!!　そろそろ一人でも惰性《だせい》で召し上がられますよ！　私がいなくたって!!」

ミリヤムは赤い顔で箒《ほうき》を忙《せわ》しなく動かし、ずんずん廊下を歩いていく。それを見たイグナーツはやれやれとため息をつくと、ミリヤムを追いかけてその腕を掴んだ。せっせと動く箒《ほうき》も取り上げる。

「ああ！　我が聖剣!!」

「お前、何故そんなに嫌なのだ？　ヴォルデマー様は親切にしてくださるだろう？」

そう言ってやると、困惑したような栗色の瞳がイグナーツを見上げた。

「ええ、ええ、あのお方は親切の塊《かたまり》のようなお方ですよ!!　でも……怖いんです。そのうち私……自分が餌づけされそうで!!」

わなわなと震え、ミリヤムは床の上に四《よ》つん這《ば》いになってうなだれた。

「毎日毎日、豚の帝王様の美味《おい》しいご飯を目の前に並べられると……だんだん自分の主人が誰だか忘れてしまいそうに……」

「おい待て、一応、今のお前は砦に雇われているのだろうが……」

青い顔をして汗をかいているミリヤムに、イグナーツがジト目を向けた。が、撥《は》ね返される。

「雇い主様に感謝！　でも我が心の君主はいつでもフロリアン坊ちゃまお一人です!!」

「……ああそうかよ……」

イグナーツが呆れに呆れを重ねている。ミリヤムは呻《うめ》きに呻《うめ》いている。

「私め、ちょっと捻《ひね》くれ者ですが根は単純なので、そのうち熱々のチーズをのせたトーストの香ばしさに懐柔《かいじゅう》されてしまいそうで……ああ、どうして私が坊ちゃま以外のことでこんなに頭を悩ませなければならないのでしょうか！」

「……ほう、お前そんなにヴォルデマー様のことを考えているのか？」

イグナーツが少し嬉しそうに驚いた。が……ミリヤムはそれをキッと睨《にら》み上げる。

「仕方ないでしょ！　朝起きたら朝食に呼ばれて、お昼になったら昼食に呼ばれて……そして最近気がついたら何故か夕食も共にしている始末です!!　そりゃあ始終ヴォルデマー様のことばかりにもなるでしょうよ!!」

「……それもそうか……」

そうなのだ。最初の頃こそ朝食と昼食だけを共にしていたのだが、そのうちどうしてだか夕食も一緒にとることになっていたのだ。

それがヴォルデマー自身の意思なのか、イグナーツもしくは豚の帝王様こと料理長の差し金なのかは分からないが……とにかくミリヤムは今、朝から晩までヴォルデマーの顔を見て過ごしていた。

ミリヤムは青い顔で床に向かって叫んだ。

「誰かこの現状に至った理由を説明してほしい……!!」

「ヴォルデマー様ご本人に聞けばいいだろ」

「聞きましたよ!?　聞きましたけどね!?　あの方、平然とした顔で『お前と食べたいからだ』……って、きっぱりすっぱり……これ答えになってます!?　なってるんですか!?　意味分からないと思うのは私めだけ!?」

　ヴォルデマーは彼女を見ると穏やかに微笑んで、あれやこれやと世話を焼く。それがまた心から楽しそうなので、ミリヤムも調子が狂ってしまうのだ。しかも、だんだん悪化しているように思う。特にあの干し場で二人で話したあとくらいから、ヴォルデマーの尻尾のうきうき具合が何故か増していて……意味が分からなかった。

　ミリヤムはわなわな震えて床に爪を立てている。だがイグナーツはしらっと言った。

「お前がそういう奇行を繰り返すから面白いと思われてるんじゃないのか？」と。ミリヤムは神妙な顔でなるほどと呻《うめ》く。

「つまり私めは、ご酔狂《すいきょう》にもあのお方の娯楽の一つとされているわけですか!?　なるほどなるほどそれならば納得ですが……って納得できません!!」

「……別にそんなことは言ってねーし……」とイグナーツが呟くも、ミリヤムは聞いていない。

「何故このような事態に……私めが帝王様の料理の美味《おい》しさに釣られ、ぼんやりしているうちに、皆さんもそれが当然のように振る舞われるから余計……ああ、これはまずい傾向ですよ⁉」

ミリヤムは思い込みが激しいだけでなく、他人に乗せられやすい性質も兼ね備えていた。乗せられたが最後、何かの拍子に我に返るまで突っ走ってしまうという恐ろしいコンボが発生する。我に返った時には既に手遅れなことも多々である。

「おおおお……使命に燃えてここまで来たというのに……何故こんな摩訶不思議《まかふしぎ》な……」

ミリヤムは四《よ》つん這《ば》いのまま青い顔をしている。それを見てイグナーツが呆れたように首を捻《ひね》った。

「分からんな。一体何がそんなに問題なのだ？　好物ならば喜んで賜《たまわ》っておればいいではないか」

「……お気楽な……過ぎたる幸運はむしろ不審です‼　何故にまだ出会って間もない貴族の方に、私めがせっせとチーズトーストを貢《みつ》がれなければならぬのです⁉」

詳しくは知らないが、イグナーツによればヴォルデマーもフロリアンと同じ貴族階級にあるという。もし元いた邸《やしき》でフロリアンにそんなことをさせでもしたら、侍女頭《じじょがしら》や執事長等に烈火のごとく叱られるばかりか、嫉妬した他の侍女達にいびられてしまう。使用人階級に生まれついたゆえの悲しい性《さが》か、ミリヤムはそういった〝使用人あるある〟に本気で怯《おび》えていた。

「怖い!!　好物を鼻先にぶら下げられ続けるこんな生活は初めてで……逆に蕁麻疹《じんましん》が出そう!!」

だがいくらそれを気味悪しと思って避けようとしても、広い砦のどこで何をしていようが必ずイグナーツに見つかってしまう。『獣人族の鼻恐るべし……』とミリヤムは思う。

「私は使用人なのに使用人なのに使用人なのに使用……」

「分かった分かった。念仏はやめろ。とりあえず行くぞ」

イグナーツはうなだれて呻《うめ》いているミリヤムを、ひょいっと持ち上げ肩に担《かつ》ぐ。毎度このスタイルで連行されるので、最早ミリヤムは驚きも抵抗もしなかった。逃げたところで首根っこを捕まえられてぶら下げられてしまう。いくら逃げ足が速かろうと、本気になった獣人の足に敵《かな》うはずがない。ミリヤムはイグナーツの背にだらんと腕を垂れさせながら思った。

(……あの恥ずかしさに……いつか慣れる日が来るのだろうか……)

ミリヤムが抵抗を見せるのは、何も後ろめたさだけが理由ではない。戸惑い、恥ずかしさ。それらをない交ぜにした不可思議な感情。

「ううう……」

これまでの二人の食事風景を思い出そうとすると、顔から火が出そうだった。

毎朝優しげに「おはよう」と挨拶《あいさつ》されて、食卓に着こうとすると椅子も引いてくれる。それから仕事のことをねぎらわれ、香りのいいお茶や、好物のチーズを「たくさん食べよ」と勧められる。そうして言われるままに食事をしてみせると「よく食べたな」と嬉しそうに褒められた。

それだけでもだいぶ気恥ずかしいが、別れていくらもしないうちに昼食で同じことをされ、更には夕食でもその繰り返し。ヴォルデマーはいつでもミリヤムの挙動を温かに愛《め》でている。静かに注がれる彼の視線を思い出すと、ミリヤムは胸がむず痒《がゆ》くて掻きむしりたい衝動に駆られる。

「……っなんでだぁあああ!!」

ミリヤムが思わず頭を抱えて叫んだところでイグナーツが足を止めた。

「うるさい……おい、着いたぞ」

「は!?」

ミリヤムは慌てて真っ赤な顔を上げる。――が……

「……あ、あれ……?」

ミリヤムは赤面したままきょとんと目を瞬《また》いた。

そこはいつもの使用人用の食堂だった。扉の向こうのテーブルには温かそうな湯気の立つスープや野菜、好物のチーズがのったパンなどが所狭しと並べられている。のだが。

「……？　あ、あの……ヴォルデマー様、は……？」

迎えてくれるはずの黒い毛並みの人狼の姿は、そこにはなかった。

ミリヤムはイグナーツの肩から下ろされながら、彼に戸惑ったような視線を向ける。と、その白豹《しろひょう》の隊士は含みのある顔で頷いた。

「うむ。ヴォルデマー様は、今晩近くの集落の宴《うたげ》に招かれていて、そちらに行かれている」

「へ……？　う、たげ……あ、ああ……そうなんですか……宴《うたげ》……」

なんだか肩透《かたす》かしを食らったような気がして、ミリヤムはすとんと肩を落とす。

「そういうわけで、今晩はお前にしっかり食事をとらせるよう、俺が直々《じきじき》に監督の命を受けた。ほらさっさと座れ」

「……ちょっと待ってくださいよ……」

イグナーツの言葉にミリヤムが異議ありと手を挙げる。

「そもそもこれはヴォルデマー様に栄養を摂らせるための……何故私めがこんなキツめ白ふわ様の監視付きで食事を……」

「黙れ。ヴォルデマー様がお前に食わせたいと仰《おお》せなのだ。黙って言いつけに従え」

誰がキツめだと言いながら、イグナーツは至って真面目にフォークを差し出してくる。

何か微妙に納得いかない気持ちではあったが、ミリヤムは椅子に座ってそれを受け取った。なんにせよ、食事はとらなければならない。

（……なんだ……ヴォルデマー様はいないのか……）

内心でぽつりとため息をつく。

いつもであれば目の前に陣取られ、顔に穴が開くのが先か、恥ずかしさのあまり胃に穴が開くのが先かというような目で見つめられるのだが……

いざその人がいないとなると、ほっとしたような、何か物足りないような不思議な心持ちだった。

複雑な感情を持て余しつつ食事をもそもそと食べていると――……ふと気がつけばイグナーツがにやにやと笑いながらミリヤムを見ていた。

「おいどうした、いやに元気がないな？」

ミリヤムはその愉快そうな様子を横目で見つつ、悔しそうに歯噛みする。

「……イグナーツ様……さては面白がってわざと最初に宴《うたげ》の件を言ってくれなかったんですね!?」

赤い顔で睨《にら》みつけると、イグナーツが噴き出した。

「お前のガッカリした顔は見ものだったぞ！　ヴォルデマー様に見せて差し上げたかっ

た！」

「ぐっ……ガッカリなど、してないっ!!　イグナーツ様のいじわる猫め!!　ガッカリなんかしていませんったら!!」

いくら否定してみても、イグナーツは腹を抱えて笑っている。ミリヤムは何故だか負けたような気持ちになるのだった。

＊　＊　＊

その夜、とある集落の長《おさ》の邸《やしき》では、盛大な宴《うたげ》が催《もよお》されていた。

それは盗賊の襲撃を受けたこの集落で、家屋類の修繕がある程度終了したことを祝うものだった。

修繕には盗賊撃退の任を果たしたベアエールデ砦の隊士達も参加していて、こたびの宴《うたげ》には当然、彼等とその代表であるヴォルデマーも招かれる運びとなった。

このフェルゼンという集落は砦の西に位置する狼族の村で、招かれた隊士達の中にはこの集落出身の者もおり、宴《うたげ》はとても賑《にぎ》わっていた。

ヴォルデマーは温かい火の傍《そば》で集落の長《おさ》の隣に座り、彼との会話を楽しんでいた。周囲ではここに住む人々や隊士達が賑《にぎ》やかに語らっている。二人はそれを満足そうに眺め、再び集落の中で宴《うたげ》を開けることを喜び、復興にかけたお互いの労をねぎらった。

そこへ着飾った集落の娘達が現れた。彼女達はそれぞれ料理の大皿を持ち、歓声を上げる男達の目の前に並べていく。

「お父様」

「おおウラ。ヴォルデマー様……娘のウラにございます」

ヴォルデマーの前に大皿を置いた娘が長《おさ》に促《うなが》され、上気した頬で微笑んだ。ウラと呼ばれた娘ももちろん人狼であり、優雅な所作で頭を下げる。しなやかな身体つきの美しい娘だった。

「ウラにございます。ヴォルデマー様」

「ウラ殿、もてなしに感謝する」

ヴォルデマーが生真面目な会釈《えしゃく》を返すと、長《おさ》が二人の姿に相好《そうごう》を崩す。

「ウラ、さあ酌《しゃく》をさせていただきなさい」

「はい、お父様」

ウラはヴォルデマーの隣に腰を下ろすと、彼が手にしている杯《さかずき》に酒を注ぐ。

「お酒も料理もたっぷり用意させていただきました。是非たくさん召し上がってくださいね」

そう言って微笑む娘に目礼し、ヴォルデマーは酒を口に運ぶ。その杯《さかずき》がすぐに空になったのを嬉しそうに見て、もう一度それを酒で満たしてから、ウラは彼のために料理を取ろうと、傍《そば》にいた他の娘から小皿を受け取った。その小皿を持ってきた娘もまた、ウラの隣にいるヴォルデマーを見てうっとりと表情を蕩《とろ》けさせている。

そんな娘達の様子にも気づかず、ヴォルデマーはウラが取り分けている料理をなんとなしに見ていた。

そしてふと――砦に残してきた賑《にぎ》やかな栗色の髪の娘を思い出した。

（……夕食はとっただろうか……まさか、まだ働いているなどということはないだろうな……）

この宴《うたげ》はどうしても外すことのできない約束で、彼女のことはイグナーツに託してきたが、ヴォルデマーはとても心配だった。彼女は普段から働きすぎのような気がして。

ヴォルデマーが見た限り、彼女は早食いで、しかもあまり量を食べない。いや、食べないというよりは、使用人生活が長く、食事が二の次になっていると言った方がいいのかもしれない。そんな娘のことが、ヴォルデマーは自分でも不思議なくらい心配だった。

それで、今夜は彼女の世話をイグナーツに任せてきたのだが……

（……フーゴにすればよかった……）

ヴォルデマーは若干《じゃっかん》後悔していた。側近のことはとても信頼しているが、彼が娘の隣にいるのを想像すると何故かひどく胸がもやもやした。長《おさ》や集落の者達には悪いが、早々に砦に戻りたくて堪《たま》らなかった。

そんな己にヴォルデマーはやれやれと苦笑を零《こぼ》す。

けれども、長《おさ》達の厚意に対し礼を欠くわけにもいかない。

そう思い直した彼はウラから差し出された皿を受け取った。砦ではあまり目にすることのない狼族特有の肉中心の品々は、ヴォルデマーにとっては馴染《なじ》み深く懐かしい代物だ。

（……あの娘に食べさせてみたい……）

ふとそんな思いに駆られた。これらの料理がどのようなものなのかを一つ一つ説明してやって、自分の幼少期の話でもしてみたかった。

そう思ってから、ヴォルデマーは自身の考えに驚く。

（……私は、己のことを彼女に知ってもらいたいのか……？）

それに気づくと、何故かやたらと心がむず痒《がゆ》かった。ヴォルデマーは照れくさそうに、ふよんと尾を弛《たゆ》ませる。

（だが……あの者がこれらの料理を見たら、肉ばかりだと目を丸くしそうだな……）

その様《さま》を思い浮かべると自然と心が和《なご》んで、ヴォルデマーは思わずふっと噴き出した。

そんな彼の様子を傍《そば》で見ていた長《おさ》とウラが驚いたように顔を見合わせる。親子は嬉しそうにこそこそと耳打ちし合う。

「お父様、ヴォルデマー様が微笑んでいらっしゃるわ……！　素敵……」

「なんと、今日はいつになくご機嫌ではないか！　ウラ、今宵こそはヴォルデマー様を射止めねばならぬぞ！」

長《おさ》は、うっとりとヴォルデマーを見上げている我が子に念を押す。

「まかせてお父様、今夜は絶対に逃がさないわ……！」

ウラの瞳はヴォルデマーを捉《とら》え、ぎらりと妖艶《ようえん》な光を放つのだった……

＊＊＊

同じ頃、ベアエールデ砦では一頻《ひとしき》りの間イグナーツに抗議したあと、ミリヤムがその反動のようにしょぼくれていた。

それにやれやれと呆れつつ、傍《そば》の椅子に座って自らも食事をとっていたイグナーツが、突然何かを思い出したように言った。

「そういえば、今日の宴《うたげ》はフェルゼンだったか……」

「フェルゼン？」

知らぬ言葉にミリヤムが顔を上げる。

「この辺りに点在する集落の一つで、砦の西にある。狼族の集落だ」

イグナーツの説明によると、砦の周辺にはいくつもの集落があり、それぞれに同じ種族の獣人達が暮らしているという。

隣の領にはあまり種族ごとに分かれた村というものはなかったので、ミリヤムはそれを不思議がった。ミリヤムのいた領都では様々な種族が混在していて、それは他の小さな町であっても変わらなかった。

イグナーツはその疑問に、こちらは環境が厳しいからだと説明する。特に冬季の寒さが厳しく、高地や山地も多いベアエールデ周辺では、生態を同じくする種族達が固まって暮らす方が生きやすいのだと。確かにミリヤムのいた隣の領はその多くが平地で、寒いといってもたかが知れている。

「はあ、そうですか、色々ご苦労がおありなのですねえ……」

「まあな。だが裏を返せば、それだけ我等獣人族が強靭《きょうじん》だとも言える」

イグナーツは誇らしげに尻尾を揺らしている。ミリヤムは手の平をパチパチと叩いた。

「なるほどなるほど……して、そのフェルゼンがどうしたのですか？」

「ん？　ああ……フェルゼンの長《おさ》はこの辺りの名士でな。あそこにはヴォルデマー様のご親類の生家もある」

「へえ……ヴォルデマー様の……」

興味を引かれたようにミリヤムが呟くと、イグナーツがいつものように意地の悪い顔をする。

「かの集落には美獣人が多いぞミリヤム。特に長《おさ》の娘は美しいと評判の人狼だ。確かウラ殿といったかな」

途端、ミリヤムの目がじっとりとしたものに変わる。

「……だったらなんなんですかイグナーツ様、ご尊顔に『こいつからかってやろう』と書いてございますけど……まったくこの猫は……」

「いいのか聞かなくて？　お前は知らないだろうが、ヴォルデマー様はそうした娘達にはとても人気があるんだぞ」

「娘達に〝も〟でしょう？　ここの隊士様方の暑苦しいヴォルデマー様愛は、もう聞き飽きるほどでございますし」

というか、イグナーツが一番暑苦しい、とミリヤムは得意げに話している豹《ひょう》の獣人を半眼で見た。そのイグナーツは嬉しそうに続ける。

「腕っ節も強いし、毛並みも豊かだし、お人柄もいい。それになんといっても辺境伯様のご次男だしな。血統も最高だ！」

「はいはいはいはいはい……愛ですねーもう分かりました、か……ら…………ん……？」

そのイグナーツの言葉が脳みそに届いた瞬間、ミリヤムの動きがぴたりと止まった。その手からはカランカランと人参《にんじん》の刺さったフォークが転がり落ちる。

「……？　どうかしたか？」

「……へ……伯……？」

ぎぎぎと機械音でも聞こえてきそうな動きで見られたイグナーツがきょとんとしている。

「それがなんだ。鳩が豆鉄砲《まめでっぽう》食らったような顔をして。まあそれよりも間抜けだがな」

「い、今、へん……へ、辺境伯様って……この領の領主様のことですか⁉　領主様の、ごごごご……⁉」

ミリヤムの顔からは滝のような汗が流れ出している。イグナーツはそれを見て「お前の顔すげえな」と半笑いしていた。

「なんだ、ご次男と言いたいのか？　そうだ。って……お前、本当に何も知らずにこの砦に来たのだな……」

なんという無謀、とイグナーツが呆れた顔をしてみせると、その前でミリヤムはざっと青ざめた。

辺境伯といえば、この砦を含む国の北一帯を治めている領主で、北の獣人達を一手にまとめ上げる権力者だ。〝伯〟という地位以上の力を持つとされ、格上の侯爵らとも肩を並べると言われている。つまり、ミリヤムからすると雲の上の存在もいいところなのである。

「……辺境伯様……ものすごい怖いお顔の人狼様で、身体も大きくて、牙も鋭くて、それ以上に眼光が鋭く鬼のように怖くて、配下の者はその氷の一睨《ひとにら》みでヒキガエルのように凍りつくという、あの⁉」

「……そんな噂が……お前それ他で言うなよ、どつかれるぞ」

「……ヴォルデマー様が、辺境伯様の……」

「そうだ、だからこの辺りの集落の娘達は、嫁の座を狙って——っ⁉」

イグナーツが言いかけたところでミリヤムが彼に飛びかかった。

「ぐ、首を、絞めるな……！」

「イグナーツさまあああ‼　なんでもっと早く言ってくれないの⁉　辺境伯様って！　辺境伯家の子息様って‼　それめちゃくちゃ偉い方じゃないですか‼　どうしよう……私ものすごい失礼なことしたかも……」

「したな。風呂場で丸洗いにしたり」

イグナーツの半笑いにミリヤムが驚愕《きょうがく》する。

「っ⁉　え⁉　わ、私……ヴォルデマー様のこと洗いましたっけ⁉　いつ⁉」

その悲鳴のような声に、今度はイグナーツがカッと猫目を見開き、椅子を撥《は》ね飛ばして立ち上がった。ミリヤムを首にぶら下げたまま。

「お前……いただろう⁉　お前が問答無用で丸洗いにした獣人隊士の中に、一際《ひときわ》体躯の逞《たくま》しい美しいお方が‼　あの鍛えられたお身体を見て（触って）なんで忘れられるんだ⁉」

「う、美しい鍛えられたお身体……⁉　知らないし！　どいつもこいつも毛並みの下は筋骨隆々《きんこつりゅうりゅう》で、そんないちいち……ひー‼　嘘でしょ……」

ミリヤムはイグナーツから離れると、へなへなと床に崩れ落ち、両手で顔を覆った。生まれて初めて恥ずかしさだけで死ねる、と思った。

その指の隙間から覗く顔が真っ赤なのを見て、イグナーツが目を丸くする。

「お前……まさか……（今更）照れているのか⁉」

「はあ⁉」

イグナーツの言葉に反射的に上げたその顔は、彼を睨《にら》んではいるものの耳まで真っ赤だ。

「お前……馬鹿じゃないのか⁉　本当にお前の羞恥心《しゅうちしん》の構造はどうなってんだ⁉」

「うるさいうるさい‼　……イグナーツさまぁああどうしよう‼」

「うわっ⁉」

ミリヤムはイグナーツに縋《すが》りつく。

「色々許容範囲を超えております！　は、恥ずかしい！　しかも辺境伯の子息様に対する無礼は、坊ちゃまどころか奥方様にも叱られるレベルです‼」

フロリアンの母である侯爵夫人は、ミリヤムにとって一番怖い存在だ。今度は顔色を青くしてがくがく震えるミリヤム。最早、食事どころではなかった。

呆れ果てるイグナーツの前で悶《もだ》え苦しむ彼女の様子に、使用人仲間達がなんだなんだと集まってくる。

「どうしたのミリーちゃん？　イグナーツ様にいじめられてるの？」

「違う‼」とイグナーツが叫ぶも、老婆達は相手にしない。

「まあ〜ミリーちゃんったら顔色がくるくる変わるのねぇ。人族さんって器用ねぇ」

「大丈夫よ、今度イグナーツ様のご飯にほうれん草をたくさん入れておくから。イグナーツ様、甘党でお野菜嫌いなのよ。うふふ」

同僚達は相変わらず呑気だが、今のミリヤムにはそれに付き合う余裕はなかった。

「ひぃいいいいいっ……謝罪……誠心誠意の謝罪が必須……回避不能！」

あああああ……と、ミリヤムの雄たけびは続く。


その夜。ミリヤムは砦の一階の窓から門の方をずっと見ていた。

イグナーツによれば、ヴォルデマー達はまだ集落の宴《うたげ》から戻ってきていないという。

こうして待っていればその帰宅姿が見られるかもと思ったのだ。一度は寝床に帰ろうとしたものの、とてもではないが心がざわめいて眠る気にはなれなかった。

暗く静かな廊下にはミリヤムが持ってきた小さなランプの灯りだけが光っている。窓の外には薄い羽のような雪がゆっくりと舞っていた。

風呂場でヴォルデマー達の身体を丸洗いにした件は正直、間違っているとは思っていない。フロリアンのためだけでなく、彼等の身体にとっても清潔な方がきっといいはずだ。

だが、あの美しい金色の瞳でこちらをじっと見つめる視線の主を、自分が問答無用で丸洗いにしたという事実を突きつけられると、突き抜けるような恥ずかしさがミリヤムを襲った。

「あぁああ……ごめんなさい、と言うべき⁉　い、や……分不相応なことをして、申し訳ありません……と……？」

そう口にすると、何故だか急に寂しくなった。彼が本当に遠い遠い存在なのだと実感し、ミリヤムはため息をついて肩を落とす。あの方と自分との間にはそんなに身分差があったのか、と落胆していた。そうすると、いよいよあのように甲斐甲斐《かいがい》しくされることが、使用人の自分には許されないのだと思えた。

そうは思うのに——……ミリヤムの脳裏には、ヴォルデマーが自分に向かって「好きなものは？」と、問いかけてくれた時のことが鮮明に思い出される。あの時はとても戸惑った。だが確かに嬉しかったのだ。懐かしい両親のように、自分に関心を寄せてくれる存在が現れたようで……とてもとても嬉しかった。

ミリヤムがもう一度深いため息をつくと、息が白く色づいた。とにかく今は一目姿を見て、できれば何か話をしたいと思った。

ミリヤムは寒そうに手を擦《こす》り合わせて窓の外を見る。そこにはしんとした雪夜の光景が広がっているだけで、未だその姿を見つけることは叶わなかった。

だった。


「ヴォルデマー様……」

複雑な思いの呟きは、廊下の闇に溶けていく。

そうして結局――その晩ミリヤムは、ヴォルデマーに会うことができなかったのだった。


「あら……？」

早朝の廊下を歩いていたサラは、食堂の入り口に誰かが倒れているのを見つけた。

「まあまあ、ミリーちゃんたら、こんなところで行き倒れて……どうかしたの？」

サラが声をかけると、ミリヤムよりも先にその腹が返事をした。

「あら、お腹がすいちゃった？」

サラは昨日は隊舎の方で仕事をしていて、この食堂での経緯を知らなかった。彼女は不思議そうにしながらも、ミリヤムを起こそうと両手を伸ばす。――と、ミリヤムがのろのろと自ら顔を上げた。

「お、はようございます、サラさん……」

「あらまあ……すごいクマ。眠れなかったの？　カーヤのイビキがまたひどかったの？」

サラの問いに、ミリヤムはよれよれの声で「違います……」と呻《うめ》いた。

「カーヤさんのイビキではなくて……己の至らなさを痛感して……瀕死です」

「あら、何があったの？」

「私……次の日の職務に影響が出るのは分かっていたのに……つい……夜更かしなんか……無理にでも寝なければいけなかったのに……」

どんなに疲れていても次の日が休みでない限り、その疲れは自分でなんとかするのが鉄則だ。不摂生を理由に職務に支障をきたすわけにはいかないのだ。

そう分かっていたはずなのに、ミリヤムは結局ついさっきまで一階の窓から外を見ていた。

「……嘆《なげ》かわしい……坊ちゃまのために一時も早くここを清潔にしなくてはならないっていうのに……愛に……坊ちゃま愛に苛《さいな》まれる!!」

床の上で呻《うめ》く娘に、サラがあらあらと苦笑する。

「そんなに後悔しなくても。若いんだもの、そういう時もあるわよ。さ、起きて。とにかくご飯を食べましょう。あら？　そういえば……ヴォルデマーはどうしたの？」

べそべそしているミリヤムを引きずりながら食堂の扉を開けたサラが、部屋の中にその姿がないことに首を傾げる。それを聞いたミリヤムはしゅんとしおれた。

「……ヴォルデマー様、まだお帰りになられてません……」

「そうなの？　珍しいこと……」

食堂の中にいた白兎の顔の老女が、二人の会話を聞いて反応する。

「あら、さっきお帰りになったみたいよ」

その言葉にミリヤムは驚いて顔を上げた。

「え……そうなんですか⁉」

「ええ。ついさっき門番が――」

「もうおります」

老女の言葉を遮《さえぎ》って、聞き慣れた低い声がかけられた。不意を衝かれたミリヤムが驚いて振り返ると、いつの間にかそこに黒い人狼の男が立っている。その姿を見て老女達が朗《ほが》らかに微笑んだ。

「おはようございますヴォルデマー様」

「おは……あら？　ミリーちゃんどうしたの？」

サラは自分の後ろに飛んで隠れた娘を見た。ミリヤムはサラの服の背中を掴んで顔を赤くしたり青くしたりとガクガク震えている。

サラは思った。……ミリーちゃん、また何かしたのね……と。

「おおお、ぉおお、おは、おはようござい、ますっ、ヴォ、ヴォルでまーさ、様……っ」

一晩待ち続けた人物が突然現れ、ミリヤムはすっかり慌てていた。声は裏返り、上手く言葉が出なかった。

ヴォルデマーはそんな彼女の顔を静かに見ていたが、その眉間《みけん》にふと苦しげな皺《しわ》が寄る。それを敏感に察したミリヤムは、胸の中をひやりとした風が吹き抜けていったような気がした。

（な、何？　なんだろう……）

しかし、ヴォルデマーはすぐに真顔に戻る。

「おはよう。……ミリヤム」

彼は静かにそう言いながら、すっとミリヤムから目を逸《そ》らした。それを見たミリヤムは激しく動揺する。その曇った表情は彼女が今まで向けられたことのないものだった。

「な、ななな……ヴォ、ヴォルデマー様!?　どうし……、わ、わた、私何か――」

と言いかけたミリヤムだったが、不興を買うようなことに心当たりがありすぎて愕然《がくぜん》とする。そもそも昨晩も謝りたくて彼の帰りを待っていたのだ。そしてミリヤムはハッとした。そういえば自分は徹夜してそのままの顔であり、先ほどサラにクマがひどいと言われたばかりだったと。

（ひぃいいいいい!!）

ミリヤムは思わず顔を両手で覆い隠した。

「ももも申し訳ありません、あの私……」

今からでも顔を洗って——と、思った瞬間、ミリヤムの顔にべちゃりと生温かい布が飛んできた。

「っ⁉　ぐっ、むわわっ」

サラが「おほほ」と上品に笑いながら、ぐいぐいミリヤムの顔を拭き上げる。

「ごめんなさいねー、ミリーちゃん今まだ仕度前なのよ。はいはいちょっと待ってね。今女心を磨き上げるわ。うふふ」

「さ、さすがサラさん‼　女歴ウン十ね、んん……‼」

「…………」

サラに顔をつるつるに拭き上げられたミリヤムは、ヴォルデマーに促《うなが》されて食卓に着いていた。

それはいつもどおりのようにも思えたが、やはり微妙に視線を外されているような気がして胸が痛む。ミリヤムが椅子に座る時、彼は普段と同じように甲斐甲斐《かいがい》しく椅子を引いてくれたのだが、その視線もどこか気まずげで。結局向かい合ってテーブルに着きはしたものの……動揺したミリヤムは少しも食欲が湧かなかった。

昨晩はあんなに話したいと願っていたのに最早それどころではなかった。今はただただ味のしないパンを機械的に口に運ぶ。

対するヴォルデマーの方も、食欲は今一つのようだった。いつもなら食い入るようにミリヤムに注がれる視線も、今日はテーブルの上に落とされてほとんど動かない。二人は重苦しい空気のまま朝食をとり、ついにその皿が空になる。

（……なくなっちゃっ……た……）

ミリヤムはわけも分からず泣きそうだった。ちっとも食べた気がしない。何を食べたのかすらよく覚えていなかった。

彼が辺境伯の息子だとか、自分が使用人だとか、そんなことはすっかりどこかに飛んでいって。ただ——昨日まで自分に与えられていた、優しげで、楽しそうな瞳に見守られた食卓が消えてしまったことが、とても寂しかった。

もしかして嫌われたんだろうかと思うと、胃の辺りが差し込むように痛んだ。

（……もっと、きちんと感謝しながら食べればよかった……！）

他人、それも異性にあんな扱いをしてもらったのは生まれて初めてで、いつもどこか警戒しながら彼の前に座っていた。もちろん毎回礼は伝えていたが、きっと可愛げのないものだったに違いない。

（もっと素直に喜んでお礼を言えば……）

そう思うのに、肝心な今、言葉がまったく出なかった。いつもなら余計なことまで喋《しゃべ》り立てる口が思うままにならないことが自分でも信じられない。

そうして二人の間には沈黙ばかりが続いて。いたたまれなさに耐えがたくなってきた時、結局ミリヤムを救ったのは、始業を知らせる鐘の音だった。

その鈍い金属音が耳に届いた瞬間、ミリヤムは弾かれたように勢いよく立ち上がる。

「っ！　しごっ、仕事‼　で、は、わ、私めは、これで失礼をば……あ、あの……あの、あ、ありがとうございました‼」

辛《かろ》うじて礼を叫び、ミリヤムは転がるように食堂を出ていった。

ヴォルデマーがそれを呼び止めようと手を上げかけ――そして、無言で下ろした。

「……」

その口からはやる瀬なさそうなため息が落とされ、それを背後で見ていたサラ達が顔を見合わせている。老女達の目にも、二人の様子がおかしいことがありありと見て取れた。

そして――

その日の昼食から、彼はミリヤムの前に姿を現さなくなったのだった。

ミリヤムがせっせと壁の汚れをモップで擦《こす》っていると、背後から相変わらずひそめるつもりもないらしい噂話が聞こえてくる。

「なあ、あいつヴォルデマー様に愛想つかされたって本当か？」

「さあ、別にそんなに親しい仲じゃなかっただろ。ヴォルデマー様っていえば、この間の宴《うたげ》で夜更けに集落の長《おさ》の娘の部屋から出てきたって話だ。そのうち結婚なさるんじゃないか？　ウラ嬢はヴォルデマー様と同じ人狼だし。あんな薄毛じゃ相手にならんだろ」

薄毛と言われたところでミリヤムはムカッときた。しかし、モップを振り回して襲いかかりたい衝動をなんとか堪《こら》える。隊士達は笑いながらミリヤムの背後を通り過ぎていった。

「……薄毛ってなんだ、薄毛って!!　くっそぉ、毛をむしってやりたい……」

壁に向かって歯噛みしながら、怒りを込めたモップを黒く汚れた壁にぶつける。

「大体……私達一緒にご飯食べてただけだし。愛想もくそもないわよ……何よ、ウラ嬢って……はー……」

ミリヤムは深いため息をつく。

あれからかれこれ三日は過ぎている。あの朝食以来、ヴォルデマーは彼女の前に姿を現さなかった。それに倣《なら》うようにイグナーツも顔を見せず。そこにまことしやかに聞こえてくるのは、ヴォルデマーがフェルゼンの長《おさ》の娘と婚約したのではないか……という話である。ここ最近彼とミリヤムが食事を共にしていたことを知る者達は、口々にミリヤムが彼に捨てられたのだと噂した。

その噂をミリヤムは複雑な思いで聞いていた。

別に捨てられたわけでも、そもそも拾われたわけでもないと思ったが……噂は既に広まりすぎていて、訂正もままならなかった。

その上、当のヴォルデマーもあれきり姿を現さないとなると――噂が、つまり〝ウラ嬢と婚約〟の部分が、あながち間違いではないのだろう、とミリヤムは思った。

それであの日ヴォルデマーの様子がおかしかったのかと腑《ふ》に落ちるも、だからと言ってミリヤムにはどうしようもない。別に自分は彼の恋人でもなんでもなかったし、それに文句を言えるような立場ではなかった。

「……一時的な幸運だったというわけですね……まあ、そりゃ、ご婚約もお決まりになったのなら、変な女に餌づけしている場合ではございませんよね……」

ミリヤムは、はあ、とため息を落とす。

その感情をもし文字で表すとしたら、それは〝諦めとわきまえ〟だ。

そもそも住む世界が違うのだと自らに言い聞かせながら、ミリヤムは粛々《しゅくしゅく》といつもどおりに過ごした。朝食をかき込んで職務に励み、昼食は隊士達より少し遅めにとって。働き終えたら夕食をとり、寝るまでの時間を掃除や大浴場前での張り込みに費《つい》やす……すっかり以前と同じ生活に戻っていた。

「……これでいいんだわ。これが元の私の生活だもの……」

ミリヤムは肩から力を抜いて、水の入ったバケツにモップを突っ込む。そうしながら、別になんてことないわ、と呟いた。

「そうよ……たった数日、一緒にご飯を食べさせていただいただけ。坊ちゃまと過ごした二十年に比べたらそんなの、なんだって言うのよ」

そうは言ってみたものの、何故だか胸はすかすかするし、夜もよく眠れなかった。そんな時、決まって頭に思い浮かぶのは、あの温かな食卓と月のような黄金の瞳だ。あの瞳に見守られながらの食事を思い出すと、慌ただしくかき込む今の食事はなんだかとても味気なかった。

「……はー……私、なんか変だ……」

ミリヤムはそう呟くと、憂鬱《ゆううつ》を振り払うように頭を大きく振った。こういう時は坊ちゃまのことを考えて元気を出さねばと、己の両頬をいい音をさせて引っぱたき、おまじないと称してはばからない念仏のような賛辞を垂れ流す。

「坊ちゃまの金髪は美しい、坊ちゃまは麗《うるわ》しい、坊ちゃまはお優しい、坊ちゃまは天使……坊ちゃまは……」

しかし、それもだんだんと尻すぼみしていき——いつの間にか無言になってバケツにモップを突っ込んだまま、その汚れた水面を睨《にら》んでいた。

不意にそこが波打って——……遅れてミリヤムは、それが己の涙のせいだと気がついた。


気持ちが沈んだままながら、なんとか掃除を終えたミリヤムは、掃除道具を引きずりながら重い足取りでその回廊を歩いていた。

白雪の中の回廊は静けさに包まれていて、なんとも幻想的で寂しげな光景だ。

足を止めたミリヤムは寒さに鼻を赤くしながら、天に向かって白い息を吐いた。

「……やることはたくさんだし、探さなければならないものもあるんだわ……」

ミリヤムにとって雪は味方だ。この雪がある限り、フロリアンはこの砦には来ないだろう。それは彼女にとっての猶予《ゆうよ》でもある。

心は未だ重い。けれど、雪を見ていると自然と身が引き締まった。ミリヤムは雪に向かって呟く。

「……ミリ、使命を忘れたの？　坊ちゃまがもうすぐここへいらしてしまうのよ……」

今は降り続く雪もいずれは解けてしまう。その前になんとしても砦を清潔にしておきたい。

ミリヤムは気合を入れ直すように肩で大きく息を吸い、「……よしっ」と呟いた。

幸いなことにこの砦にはまだまだ手入れが必要で、隊士達の身体からも毎日毎日毛が抜け落ちている。くよくよしている暇はなかった。

そうして再び歩き出したミリヤムだったのだが——

ふと、その耳に鼻をすするような音が聞こえて、彼女はもう一度足を止めた。

「……？」

見渡す限りでは、回廊は無人である。不思議に思ったミリヤムは、音の出所を探し、それらしき柱の裏をそっと覗き込んだ。

すると——黒っぽい外套《がいとう》を着込んだ少年が地面にうずくまっている。

「……いかがなさいましたか、そこな少年隊士様……」

「っ⁉　——っわ‼」

突然声をかけられた相手は相当驚いたらしく、飛び上がったあと、目の前の雪に頭から突っ込んでいった。

彼がミリヤムの方へ慌てて顔を向ける。泣き腫らしたような真っ赤な目が彼女を捉《とら》えると、その顔を見たミリヤムが驚く。

「あら、まあ……人族……？」

黒髪の彼は人族の少年のようだった。

ここではミリヤムのような人族は珍しい。この砦にもいることはいると聞いていたが、少なくともミリヤムは初遭遇である。

けれど、少年隊士は恥ずかしそうに立ち上がって首を横に振った。

「……違います。僕、混血なんです……あの、人族と犬族の……」

「混血……ああ、なるほど……」

よく見ると彼の外套《がいとう》の下からふさふさの尻尾の先が覗いている。それに、初めは髪かと思ったのだが、耳の辺りにはミリヤムとは違う形の大きな耳がついていた。

「それで、少年隊士様、どうなさったのですか？　まあまあ、雪にまみれて」

ミリヤムは少年隊士の外套《がいとう》から雪をはたき落としながら問いかけた。それはミリヤムに驚いて雪に突っ込んだせいでついたのだが、おめえのせいだよと指摘してくれる親切な者はここにはいない。

少年隊士はミリヤムの問いに眉尻を下げて目を潤ませる。

「……仲間達が……僕は混血だから……毛並みがみすぼらしい、薄毛だって……」

「うすげ……」

その言葉を聞いてミリヤムはカチンときた。ミリヤム自身、つい先ほど言われたばかりである。

「仕方ないんです。僕、見てのとおり尻尾と頭と耳にしか毛がありませんし、よくからかわれるんです。でも、今日はなんだか落ち込んでしまって……」

素直そうな風貌の彼は、がっくりと肩を落としている。

ミリヤムはそんな彼の話を厳しい顔つきで聞いていた。

「まったくここの連中ときたら薄毛薄毛って！　……私からしてみれば毛がない方がありがたいんですけどね⁉」

ミリヤムは毛だらけの砦を思って唸《うな》った。そして真剣な面持《おもも》ちで少年隊士に詰め寄る。

「いいじゃありませんか！　お坊ちゃま、完璧な風貌ですよ⁉」

「え？」

この世界では、人族と獣人族の混血は決して珍しくはない。ミリヤムの住んでいた領でも、人族ほど多くないにせよ混血らしき者もよく見かける。だからと言って、それを変だと言う人をミリヤムは見たことがない。

恐らくこの辺境伯領では、獣人の領主が土地を治め、獣人族が多いゆえに、その辺の事情が少し違うのだろうとは思っていたが――こうして悲しむ相手を見ると、なんだか自分のこととも重なって余計に腹が立った。

「薄毛がなんだ!! お坊ちゃまのお耳は可愛らしいですよ！ 尻尾もいいです！ 人気のスタイルですね！ 我が領に行けば、お姉様方に大人気間違いなしです！」

少年がぽかんとしている前で、ミリヤムは手を叩き、うんうんとしきりに頷いている。

「……そうですか？」

「ええ、ええ。間違いありません。それに、それくらいの方がお世話もしやすいです。素晴らしい。素晴らしい」

「……」

少年は鼻をすすって、それから控えめにはにかんだ。

「――と……いうことでっ」

「っ!?」

がしっ！ と、唐突にミリヤムが少年隊士の腕を掴む。

戸惑う少年隊士が目を丸くしてミリヤムを見ると、彼女は若干《じゃっかん》暗い笑みを浮かべていた。

「仕返しに行きましょうね」

「っ!?　え!?」

「薄毛なんて。ふふふ、薄毛なんて。ふふふ」

ミリヤムはにこにこしながら少年隊士を引っ張って歩き始めた。呆然としていた少年隊士が我に返って足を踏ん張る。

「ちょ……ダ、ダメですよ！　相手は皆のリーダーで……身分も高くて……!!」

少年隊士は慌ててミリヤムを止めようとするが、ミリヤムは使用人仕事で鍛えた力で彼をぐいぐい引っ張った。

「あらそれはいいですね、身分が高いお方なら、是非私めがお世話して差し上げないと」

「っ!?」

「大体お若いうちからそんな、薄毛なんて言って人を罵《ののし》っていたら、大人になってから出世できません。そのお家柄のよさそうなご実家のためにも、今のうちに世の中の理《ことわり》を教えて差し上げるのが親切というものです。ふふふ。さ、行きましょ行きましょ」

「ちょ、ちょ……お姉さん……!?」

慌てふためく少年隊士に、ミリヤムは微笑み続ける。若干《じゃっかん》、というか半分以上私怨であることは明らかだった。

少年はエメリヒと名乗った。

このベアエールデには大人の隊士達の隊舎の他に、見習い隊士達の隊舎がある。そこでは、まだ未成年の少年達が寝起きを共にしながら隊士を目指して頑張っていた。

ミリヤムは隊舎内に入ると、引きずってきたエメリヒ少年の腕を放した。少年は不安げな様子で、ミリヤムの後ろをヒヨコのようについてくる。

「ほらほら、エメリヒ坊ちゃん。外から帰ったら手洗いうがいをなさってください」

でなければこの雑菌だらけの砦で生き抜けませんよと叱咤《しった》していると、「……おや？」という声がした。管理人室にいる灰色の犬族らしき老人の声だった。彼は椅子に座ったまま管理人室の中から顔を出し、そこにミリヤムを見つけると相好《そうごう》を崩す。

「ミリーちゃん。こっちに来るのは珍しいのう。洗濯物を届けに来たのかい？」

「ロルフさんこんにちは。腰の調子はどうですか？　お薬飲み忘れたらダメですよ」

ミリヤムはそう言いながら辺りをキョロキョロと見回した。少年隊士達の洗濯物はミリヤムの担当ではない。彼女がこの隊舎に足を踏み入れたのは初めてだった。

「ロルフさん、少年隊士様達のことにはお詳しいですよね？」

「もうここに座って十年くらいにはなるかのぉ……なんだい？　今度はこっちを掃除するのかい？」

「いえ。少年隊士様達の隊舎には、フロリアン坊ちゃまは足を踏み入れそうにないですしねぇ、こっちは後回しです。教えてほしいのはこちらのガキ大将様のお名前です。エメリヒ坊ちゃんに聞いても教えてくれなくて」

「そんなことを言って、ミリーちゃんは結局掃除してしまいそうな気がするけどねぇ。ああ……ローラント達はまたエメリヒをいじめたのかい？　まったく仕方のない奴め……白豹《しろひょう》の偉そうなのが談話室でふんぞりかえっているはずじゃよ」

ロルフは受付台から乗り出して奥を指差してみせた。

「ありがとうございます。じゃあ行ってきます。あ、少年隊士様達も隊士様達用のお風呂場使っていいんでしたっけ？」

「いんや、こっちの裏の風呂場を使うんじゃ。そろそろ湯を入れる頃じゃな」

ロルフがにやりと笑う。ミリヤムもぐっと右手の親指を立てて頷いた。

かくして数十分後――

少年隊士達の浴場の脱衣所からは、ぎゃんぎゃんと賑《にぎ》やかな叫び声が上がっていた。

「ローラント坊ちゃん！　暴れたらダメでしょ！　あ！　爪！　爪痛い!!」

「やだ！　なんなんだお前!!」

ころころした丸いフォルムのローラントは、青い瞳でミリヤムを睨《にら》んだが、ミリヤムだって負けてはいない。

「ローラント坊ちゃん、高貴なお方がこんな泥んこじゃダメですよ！　お母様にも言われたでしょう!?　貴族男子たるもの上品でなければなりません。下々の手本になるような存在でなければ！　こんな手が泥んこのままお菓子食べているところをお母様に見つかったら叱られますよ!!」

「っ!?　は、母上のお言葉と同じだ……お、お前、まさか母上の使いか!?　告げ口するの!?」

「します！」

ミリヤムがきっぱりと言い切ると、ローラント少年は泥がこびりついたままの手で自分の両頬を挟み悲鳴を上げた。

「っ!!　や、やめろ……それだけは……母上はめちゃくちゃ怖いんだぞ!?」

「そうでしょうとも、そうでしょうとも！　さ、まずは身なりを整えなさいませ！　私めがお手伝いいたしますから！　それからお友達をいじめるようなことがあれば絶対に告げ口しますからね！　薄毛だなんて。薄毛の何が悪いのです？　ローラント坊ちゃんだって肉球のところには毛がないでしょ!!」

「っ!?　エメリヒのことか!?　な、なんで知ってるんだお前……し、しない！　もうしないから!!　くすぐらないでよ!!」

ミリヤムが足の肉球をくすぐると、豹《ひょう》の少年はきゃあきゃあ言って笑い転げた。

「はいはいはい。遊んでないで起きてくださいねー、お風呂に行きますよー」

ミリヤムがそう言うと、ローラントは渋々《しぶしぶ》ではあったが、案外大人しく自分で服を脱ぎ始めた。ミリヤムが睨《にら》んだとおり、彼は使用人に世話されることには慣れているようだった。

だが、両親のもとを離れてから、よほどのびのび暮らしていたらしい。彼は〝白豹《しろひょう》〟ということだったが、手足は泥だらけで、毛並みはほぼ灰色である。ミリヤムは呆れてため息をつく。

「……本当にこの砦は衛生面の規律が甘すぎるわよ……ほらほら坊ちゃん、行きますよ。まずはブラシで汚れを落とさないと……」

エメリヒ少年の仕返しをするつもりが、うっかり本気で世話を焼いているミリヤムであった。

そんな二人の様子を、少し離れた場所からエメリヒ少年とローラントの取り巻き二人が怖々《こわごわ》と覗いていた。少年達は、ミリヤムがなんだかんだと言いつつ自分達のリーダーを風呂場に追い立てていくのを仰天《ぎょうてん》しながら見守っている。

「す、すごい……ローラントの爪で引っかかれても全然怯《ひる》まないなんて……」

「あ、あれ俺知ってるぞ。大きい隊士様達から〝ちじょのミリヤム〟って呼ばれてる人族の女だ……」

「ちじょ……ちじょってなんだ?」

「わ、分かんない……でも多分、すごい通り名なんじゃないか? だってローラントが猫みたいに連れていかれたぞ……血の女、とか……?」

「出会うと血を見るってことか⁉ こ、こわい……」

十二歳かそこら、しかもずっとこの砦で見習いをしていて世間から離れて久しい彼等に、〝痴女《ちじょ》〟の意味は分からなかった……

それから一時間ほどあとのこと。ふわふわのローラントにブラシを当てながらミリヤムはハッとした。

周囲では同じくミリヤムが丸洗いにした少年隊士達が、脱衣所の中でケラケラ笑いながら追いかけっこをしている。その中には楽しそうなエメリヒの姿もあって、彼等はミリヤムが用意した替えの隊服に片足やら片腕やらを半端に突っ込んで走り回っていた。

「こらー!!　坊ちゃん達風邪ひくでしょ!!　さっさと着替え……あれ!?　仕返しどうなった!?」

ミリヤムはどうしてこうなったのか分からないという表情で首を傾げている。

「ミリヤムー」

「はいはいなんですか、ローラント坊ちゃん。どこか痒《かゆ》いところでもございますか」

ミリヤムが尋ねると、目の前のふくふくした少年は首を横に振る。すっかり洗われたローラントはふかふかで、そのぽっちゃりさに磨きがかかったように見えた……

「あのな、お前を見ると血が流れるって本当か？」

「はあ？　ちなみに現在流血しておりますのは私めですよ。ローラント坊ちゃん手加減なしで引っかくから」

ミリヤムは口を尖らせた。ローラントの抵抗により手や腕には数多《あまた》の引っかき傷ができている。

ローラントはそれを見ると、ぐるぐると喉を鳴らしてミリヤムにすり寄る。

「ごめんって。悪かった。ね、ミリヤムー」

「坊ちゃん……いくらローラント坊ちゃんが可愛い顔しても絆創膏《ばんそうこう》には勝てないんですよ。はいはいはい、もうこんなのどうってことありませんから。ちゃんと座ってください。で？　何故私めを見ると血が流れるんですか？」

「だってミリー、大きい隊士様達に〝血女《ちじょ》〟って呼ばれてるんでしょ？」

無邪気な顔でそう言われ、ミリヤムはローラントの背を梳《す》いていたブラシを止める。

エメリヒ達も遊びをやめて、興味津々《きょうみしんしん》で近寄ってくる。

「そうそう、俺聞いたんだ。なあミリヤム、どうやって血を出させるんだ？」

「引っかくんですか？　そんなに爪が鋭いようには見えませんけど……あの強そうな隊士様達を血だらけにするなんてすごいですよね」

ミリヤムは眉間《みけん》に皺《しわ》を寄せた。

「坊ちゃん達……お勉強不足でございますよ!!　さては、あんまり書物もお読みにならないんですね!?」

「え!?　なんで分かったの!?」

「〝痴女《ちじょ》〟というのは〝愚かしい女〟という意味です!!」

「え……？　ミリー愚かな女なの？」

少年隊士達が目を丸くしている。しかしミリヤムは澄ました顔でブラシを動かし始めた。

「愚かだなんて心外です。私めはお仕事しているだけですから。でなければローラント坊ちゃんみたいな毛づくろいの苦手な方はどうしたらいいんですか？　ね、ローラント坊ちゃん」

「うん。僕、家でもこんな感じだけど？　使用人達が背中流してくれるよ。だって背中めんどくさいもん」

ミリヤムとローラントがすっかり結託して「ねー」と頷き合うと、周りの少年達も「そうなんだー」と頷いた。

ミリヤムは思った。少年隊士様達は素晴らしい。なんて素直なんだろう、と。

エメリヒも先ほどまでは悪口を言われて落ち込んでいたというのに、今は一緒になって仲よく遊んでしまっている。その屈託《くったく》のなさに、ミリヤムは心から感心していた。

「素晴らしい。こうあるべきですよ。大人の隊士様方は色々気にしすぎです。はーまったく、隊士様方が皆、坊ちゃん達みたいだったら本当に楽なのに」

と、呟いたところで不意に聞き慣れた声がする。

「……お前は……一体何をしているんだ……」

「へ？」

呆れたような声にミリヤムが振り返ると――……脱衣所の入り口にイグナーツが立っていた。

イグナーツは入り口の扉を半分だけ開けて、そこから不審げな視線をミリヤムに向けている。

「ああっ!?　イグナーツ様だ!!」

「お前……今度は見習い達に手を出したのか……」

「人聞き悪!!」

「あ、兄上ー」

「ローラント……」

「へ!?」

備えつけの椅子にぺったりと座って毛並みを整えられていた豹《ひょう》の少年が、イグナーツに呑気に手を振った。それを見てミリヤムが目を丸くする。

「兄!?　……弟!?」

二人を見比べるように見ていると、イグナーツが半眼でじっとりとした視線をよこす。

「そうだ。そこのローラントは俺の弟だ。お前本当に何やってんだ……」

「……そういえば白豹《しろひょう》……どうりで触ったことのあるような見事なシルクタッチ……

真ん丸お顔でふくふくしてるから、全然イグナーツ様と結びつかなかった……ローラント坊ちゃん、お菓子食べすぎですよ!!」

「だってー」

「まったく、どうやって持ち込んでいるんだか……」

ミリヤムはしかめ面《つら》でぶつぶつ言っている。

「……おい……」

せっかく数日ぶりに会ったというのに、ぽっちゃりの弟にばかり注目されて全然相手にされないイグナーツが不満そうに声を上げた。

「……まあ、いいか……おい、ミリヤムお前、あまりやりすぎるなよ」

ではな、と言ってイグナーツが立ち去ろうとした時……ようやくミリヤムがハッとした。

「ちょ……っ！　イグナーツ様!!」

「っ!?　うっわ!?」

ミリヤムは扉に突進し、それを弾き飛ばすように開け放つと、その向こうにいたイグナーツの背に飛びかかった。

「なんなんですか!?　なんで最近お顔を見せてくださらなくなったんですか!?」

必死でかじりつくと、ずっと聞きたかったことがミリヤムの口から飛び出した。

「ちょ、おいっ！　は、放せ!!」

「私忘れてないんですからね!!　イグナーツ様、〝お疲れ気味の手ぬぐいの君〟の親御様の形見の手ぬぐい様を探すのお手伝いしてくださるって……約束したでしょ!!」

困ったような顔のイグナーツを見て、ミリヤムの瞳にじわりじわりと涙が浮かぶ。

「そ、それは覚えている、覚えているんだが……ヴォルデマー様が……」

その名を聞いた時、何かのタガが外れたような気がした。ミリヤムはイグナーツをキッと睨《にら》む。

「……急に姿が見えなくなったら、寂しいでしょっ!!」

「ミリヤム……」

「イグナーツ様も……ヴォルデマー様も!!　来なくなるなら来なくなるで、理由を言ってけ!!　馬鹿!!　嫌い!!」

ぎゃんっ……と、大声で泣き叫ぶと、周りの面々が耳を押さえてうっと仰《の》け反った。

イグナーツは腕を組み、難しい顔で黙り込んでいた。

見習い隊士達の脱衣所の椅子に座って、なんと言ったものかと考え込んでいるらしい。

その前では少年隊士達がべそべそ泣くミリヤムの顔を慌てて拭いている。

「……ありがとうございます坊ちゃん達……でもそれ雑巾《ぞうきん》なんですよ……」

「あれ？　そうなの？」

「はい、しかしおかげで涙は止まりましたし、臭くて正気に戻れます。効果抜群です……」

礼を言われたローラントとエメリヒ達は手にした雑巾《ぞうきん》を不思議そうに見下ろしていた。

ミリヤムは鼻をすすりながらイグナーツの方を見た。

「……イグナーツ様」

「俺もよく分からないんだが……ヴォルデマー様がお前のところに行ってはならんと……」

「……やっぱりヴォルデマー様は……怒っていらっしゃるんですか……？　私のお世話が無礼すぎたと……？」

「いやー……よく分からん」

ミリヤムが恐る恐る聞くも、イグナーツは困ったように首を捻《ひね》っている。

「……もしや、何か変な気を遣っていらっしゃいますか。……〝ウラ嬢〟のこと、とか……」

その名を口にすると何故だか胸がずきりと痛んで、ミリヤムは胸を手で押さえた。だがイグナーツは首を横に振る。

「ない。俺がお前に対してそんなもの遣うと思うか」

イグナーツはきっぱりと言い切ったが、ミリヤムもきっぱりと言い返した。

「遣うでしょう。イグナーツ様お優しいから、人のために結構あれこれ気を揉まれて……ほらほら何を隠しているんですか？　さっさと白状した方が御身のためですよ!?」

「……お前それ褒めてんの？　脅《おど》してんの？　いや、だから本当に分からないんだよ。あの日、早朝にお帰りになって、それ以来ヴォルデマー様の様子がおかしくて……俺もウラ嬢との噂は聞いたが……」

「あの、様子がおかしいってどんな風に……？　こ、恋煩《こいわずら》い的な……？」

ミリヤムはびくびくしながら問う。

「……とにかく元気がない。ため息が多いし、仕事量も落ちたような気がする。あとは、これが一番困っているんだが、また食が細くなられた」

「っ!?」

イグナーツは頭が痛そうにため息をついている。

「それでまたお前と食事したらどうかと……提案したんだが、ならぬと仰《おっしゃ》る。お前……何かヴォルデマー様のご不興を買うような真似をしたんじゃないのか？」

「だから……したって言ったでしょ!!　そんな心当たりはあり放題です！」

「……お前、堂々としてるよな……」

過剰なほどに、とイグナーツは思い切り呆れている。

そんな彼の前でミリヤムは勢いを急落させた。彼女はしゅんと俯《うつむ》いて肩を落とす。

「でも……ヴォルデマー様は……今まで気にされたようなご様子……なかったのに……」

ミリヤムは言葉尻をすぼませる。傍《そば》にあった椅子をイグナーツの横に引きずってくると、疲れたようにその上に腰を下ろした。

そうして二人は並んでため息をついた。その背には哀愁を漂わせている。

「はー……せっかくヴォルデマー様が食事をとられるようになったと思ったのに……」

「……様子がおかしくって、ため息が多くて、仕事が手につかなくて食欲がないって……それ、思いっきり恋煩《こいわずら》いなのでは……」

「……朝帰りされたしなぁ……」

「ちょっと……イグナーツ様……少年隊士様達の前で朝帰りとか……やめてくださいよ……教育に悪いでしょ……」

「すまん……。……ウラ嬢か……美獣人だが気が強くてなぁ……まぁ、ヴォルデマー様のご実家はお喜びになるだろうが……」

今まで仕事ばかりで浮いた話のなかったヴォルデマーが、同じ人狼の、しかも集落の長《おさ》の娘と恋仲になったという話が本当ならば、彼の父である辺境伯も喜んで受け入れるに違いない。

「……こういう話は必ずどこからか伝わるしなぁ……下手したらとんとん拍子に婚礼なんてことになるかも……」

「…………」

「兄上ーミリヤムが泣いてるけど」

「え⁉」

ローラントの言葉に、イグナーツが驚いて立ち上がる。見れば、弟が指差す先で、いつの間にかミリヤムがほろほろと涙を流していた。

「ちょ、お、お前泣くなよ‼」

「泣いてなんぞいない‼　私が坊ちゃま以外のことで泣くわけないでしょ‼」

ミリヤムはイグナーツを睨《にら》んだが、余計涙が溢《あふ》れる結果になった。

「ないてないっ、ひーんっ……！　いぐなーつさまの目がおかしい‼　ひー」

「……おかしくねぇし……ちょ、ローラントっ！　これどうしたらいいんだ⁉」

「兄上ったら……こういう時は慰めないと。ほらほらミリー、ローラントだよー」

ローラントが慌てる兄を押しのけ、ごろごろと喉を鳴らしながら、たった今洗ってふんわふんわになった身体をミリヤムにすり寄せる。

エメリヒもミリヤムの前に膝をついて、出ていた鼻水をぬぐう。今度は綺麗な布だった。

「ミリーさん鼻水出てますよ」

「え、えめりひぼっちゃん、ありがとうございます、ろ、ろぉらんとぼっちゃんんんっ、ふ、ふ゛わふ゛わですぅううううっ、ぽよぽよでっ、きもちぃいぃい、ひぃいいぃいっ」

ミリヤムにもふもふされているローラントがイグナーツに向かってドヤ顔した。

「……ミリヤム、俺のだってふわふわだ！　触れ！」

何故かカチンときたらしいイグナーツがミリヤムの隣にどかりと座り直し、毛並みの押し売りをしてくる。ひどく悲しんでいるミリヤムは戸惑うことなくイグナーツの膝に取りすがった。

「なんでだっ……どうしてかなしいのか、わからない……っ」

「お前なぁ……それってあれなんじゃないのか……？」

イグナーツは栗毛《くりげ》の頭をよしよしと撫でながらため息をつく。

「あれ……？　あれって……」

ミリヤムが涙と鼻水でべたべたにした顔を上げると、イグナーツが不憫《ふびん》そうな顔つきで呟く。

「〝恋煩《こいわずら》い〟」

「…………、…………っ⁉」

　イグナーツの言葉にミリヤムが目を丸くして飛び起きた。

「……今、な、んと仰《おっしゃ》いました……？」

「声、裏返ってるぞ。〝恋煩《こいわずら》い〟と言ったんだ」

　イグナーツがぽかんとしているミリヤムにもう一度言ってやると、彼女は椅子から転げ落ちた。

「こ、こここここ⁉　こ……？　こ⁉」

「お、おい大丈夫か？」

　ミリヤムは目を見開いて、床の上で己の両手を呆然と眺めている。

「……いや……っ！　違う！　え……⁉　どうなの⁉　そうなの⁉」

「俺に聞かれても……」

「ローラント坊ちゃん⁉」

「僕？　えっと……多分そう。…………なあエメリヒ、〝こいわずらい〟ってなんだっけ……？」

「何か患《わずら》ってるんじゃない……？」

「え？　じゃあ違う。だってミリヤムすごく元気だし」

「ええ⁉　やっぱり違うんですね⁉　ほらみろイグナーツ様‼」

「……ほらみろじゃねえ……そいつらに判断を委《ゆだ》ねるな‼」

イグナーツは猛烈に目を吊り上げて立ち上がり、己の弟に向かって「もっと勉強しろ！」と、憤慨《ふんがい》するのだった……

＊　＊　＊

雪の落ちる音がして、ヴォルデマーはふと執務机から顔を上げた。

窓の外には相変わらず純白の綿毛のような雪が深々《しんしん》と降っている。

「……」

ヴォルデマーはため息を落とし、手にしていた書類を机の上にそっと置いた。

ここ最近、彼はため息ばかりついている。仕事もあまり捗《はかど》っていない。いくら文字を視線で追っても、頭に入るどころか抜けていくような気すらした。こんな感覚は初めてだった。

これまでは仕事がいくらあろうとも、彼にとってその量は問題ではなかった。膨大な仕事も、積み重ねればいつかは終わる。長《ちょう》としての使命感の強いヴォルデマーは、使命のためならばいくらでも職務に取り組むことができた。

しかし――今の彼はどうだろう。

一般的に〝雑念〟と呼ばれるものに心をかき乱され、上手く集中できず仕事が手につかない。

やらなければ砦の皆の活動に支障が出るという思いが彼の気力を辛《かろ》うじて繋ぎ止めてはいたが、それでも普段の彼からすると、その処理能力は大幅に低下していると言わざるを得なかった。

「……不甲斐《ふがい》ない」

ヴォルデマーは苦悩の表情を浮かべる。こんなことではいけないのだと頭では分かっていた。そうは分かっていても尚、制御のできない感情を、ヴォルデマーは生まれて初めて抱えていた。

どうしたらよいのだと己を持て余し気味に呟いた時、部屋の戸を叩く音がした。

「ヴォルデマー様……」

戸の向こうからかけられた声は側近のものだ。

イグナーツは入室すると、まず長《ちょう》の様子を見て、それからその脇に置かれた食事が手つかずのままであるのを見て落胆する。だがイグナーツは今こそ自分がしっかりしなければと思った。

「ヴォルデマー様、これを……」

「……なんだ？」

側近から差し出された包みを、ヴォルデマーは不思議そうに受け取った。木綿の布に包まれたそれはほんのりと温かく、香ばしい香りがした。開かずともそれが食べ物であることを悟り、彼は苦笑を零《こぼ》しながら包みを机の上に置く。

「……悪いが今は」

いらぬ、と言いかけるが、今日の側近は引き下がらなかった。

「いいえ。本日は是非食していただかねば。あとで恐ろしいことになりますよ」

「……？　恐ろしいこと？」

怪訝《けげん》そうな長《ちょう》の金の瞳をまっすぐに見て、イグナーツは真剣な面持《おもも》ちで言った。

「それは……ミリヤムが用意したものなのです」

それを耳にした瞬間、ヴォルデマーの瞳が揺れる。

「……ミリヤム……ミュラー……？」

「そうです。召し上がらなければ腹を立てて突入してくるかもしれません。……いえ本当は、もうすぐにでもそうしたらどうかと言ったのですが……奴がそれはできぬと言うので私が代わりにお持ちしました。あの娘も心配しています……どうか召し上がってください」

「……」

ヴォルデマーは包みを無言で見つめている。しかし戸惑ったような手はそれでも動かなかった。

そんな長《ちょう》の様子にイグナーツが眉尻を下げる。

「……ヴォルデマー様、どうしてミリヤムと会ってやらぬのです？　お耳に入れるべきかは分かりませんが……泣いておりましたよ」

「……泣いて……？」

「はい。あやつは癇癪《かんしゃく》を起こしてよく泣き喚《わめ》きますが……あれは恐らく種類が違います。とても、悲しそうでした」

ヴォルデマーは眉間《みけん》に深い皺《しわ》を寄せた。苦しげに拳《こぶし》を握ったかと思うと、落ち着かぬ様子で目を閉じる。机上《きじょう》にはもどかしげなため息が転がった。

いつになく煮え切らない上官の態度にイグナーツが首を捻《ひね》る。彼がおかしくなったのはフェルゼンでの宴《うたげ》のあとのこと。てっきりその長《おさ》の娘と結ばれ、恋煩《こいわずら》いしているのだろうと思っていたのだが――……それにしては違和感がある。ミリヤムの話を出すと彼はいやに落ち着かない。

（この苦悩された様子は？　二心《ふたごころ》……？　……いや、心変わり、か……？）

生真面目な長《ちょう》が、ミリヤムを傷つけたことを思い悩んでいるというのはありそうな話だった。

だが、イグナーツが傍《そば》で見ていた限り、ヴォルデマーとミリヤムの間には、確かに他とは違う絆《きずな》のような何かが生まれつつあった。

それが、宴《うたげ》のあったあの夜に何かが変わってしまったのだ。

と、そこで件《くだん》の人狼嬢を思い出したイグナーツは、もしや、と思う。

あの気の強そうな娘のことだ。もしどこぞからミリヤムの噂でも耳にすれば、きっと黙っていないだろう。ヴォルデマーの心を手に入れたと確信したら、他の女の影を嫌い、婚姻を急《せ》かすくらいはするかもしれない。

「あの、ヴォルデマー様……フェルゼンのウラ嬢に何か……」

聞きづらそうな側近の言葉に、ヴォルデマーはしばし沈黙していた。が、やがて視線を窓の外に移し、ため息まじりにぽつりと答えた。

「……ウラ殿に言われたことを……ずっと考えている」

「ウラ嬢に……？　彼女はなんと……？　まさか……ご婚姻のことでございますか!?」

「……まあ、そうだ」

ヴォルデマーが頷くと、イグナーツは動揺して足を一歩後退させる。

（やはり……話がかなり進んでいる……!!）

確かに砦長の婚姻は喜ばしい話ではある。相手は領内の権力者の娘。話がまとまれば、砦と集落との連携もより確かなものとなるだろう。いくら彼が辺境伯の子息とはいえ、土地に根ざした領民達の協力なくしては砦の運営も円滑《えんかつ》にならないのだ。

だが、とイグナーツはうろたえた。

つい今しがた見習い隊士達の風呂場で、涙と鼻水を己の膝にすりつけて泣いていた娘のことを考えると……とてもじゃないが諸手《もろて》を挙げて祝福する気にはなれなかった。

「……ヴォルデマー様……そのような話がまとまりつつあるのならば、容易《たやす》く他の女人に近寄れぬというお気持ちは分かりますが……！　せめて……せめてミリヤムにきちんと説明してやってください！」

「他の女人……？　……いや、それだけではなく……実はこんなものが届いた」

ヴォルデマーは重い表情で机の引き出しから一通の手紙を取り出し、イグナーツに開いてみせる。

けた。
その文面にさっと目を通したイグナーツが、ヴォルデマーに困惑したような顔を向
「……これは……?」
「……これは、真実なのですか?」
「……私が見る限りでは、署名も侯爵家の印璽《いんじ》も本物だな」
俄《にわ》かには信じがたいという側近の視線に、ヴォルデマーは深いため息で応じる。
「……お前もあの娘の言動を覚えているだろう? ミリヤム・ミュラーが、彼を好いて
いるのは間違いない……」
「まあ……それは確かに、そう、なのですが……」
「しばらく考えたいのだ。このような手紙を受け取っておきながら……迂闊《うかつ》なことはで
きぬ」
「……迂闊《うかつ》……迂闊《うかつ》とは一体どういう……?」
イグナーツはヴォルデマーを心配そうに見る。だが上官はそれきり黙り込んで何も語
らなかった。その瞳ににじみ出る苦悩の色を見ると、イグナーツもそれ以上の言葉をか
けることができない。
そうしてイグナーツはどこか気落ちした様子で部屋を出た。彼はこのことをどうやっ

てミリヤムに伝えたものかと思い悩んでいた……

イグナーツが部屋をあとにすると、残されたヴォルデマーは机の上に置いたままの木綿の包みに目をやった。

脳裏に思い出されるのは、先日の宴《うたげ》の夜のことだ。彼の苦悩はそこから始まった。

そろそろ宴《うたげ》もお開きという頃。具合が悪いと言うウラを部屋まで送っていくと、彼女は急にしなだれかかってきたのだ。色香をまとわせながら伸ばされる腕を、ヴォルデマーがやんわりと拒むと、彼女は傷ついたように涙して——だが簡単には引き下がらなかった。

何故、見ていたいと思うのか。

何故、傍《そば》にいたいと思うのか。

せつせつと語られる娘の想いに、ヴォルデマーはしっかりと耳を傾けた。譲歩はできないが、せめてその気持ちだけは受け止めておこうと思った。もとより彼女に惑わされない自信があったからこそ、部屋まで送り届けたのだ。

だが——それは思わぬ結果を呼び起こすことになる。

ウラが語る己への想いを聞いていくうちに、ヴォルデマーは気がついた。

己の中にも——同じ想いがあることに。

その感情が誰に向かうものなのかに気づいた彼は、一瞬呆然とする。と、それは察しのいいウラ達にもすぐに伝わったようだった。彼女とそのお付きの女達は、好いた女がいるのかとヴォルデマーに迫り、どんな娘なのか、その者と婚姻を考えているのかと問いただした。

しかし皮肉にも、そうして問われれば問われるほどに、ヴォルデマーの中ではその想いが次第に明確なものとなっていった。

――そうだったのか、と思った一方、戸惑いを禁じ得なかった。

永らく覚えのない感情の芽生えにはもちろん喜びを感じた。できればずっと傍《そば》にありたいと思った。

だが――もし首尾よく彼がミリヤムの気持ちを得たとしても、その道は易《やす》いとは言えない。身分差、種族の問題など、多くの壁がそこには立ち塞がることだろう。

憤《いきどお》る娘達をなんとか宥《なだ》めた彼は、そんな困惑を抱えたまま帰路につく。

そして砦に戻ると――そこへ一通の手紙が届けられていた。

それが、先ほど彼がイグナーツに見せた、フロリアン・リヒターからの手紙だった。邸《やしき》を飛び出していった娘を脅威から守ってほしいと懇願《こんがん》するその手紙。読み進めていくと、ヴォルデマーにとっては苦い内容が記されていた。しかし、それもミリヤムの普段の言動を考えると、納得がいくような気がした。

そして、ヴォルデマーはミリヤムに会いに行くことを己に禁じた。

これまでと同じように彼女と会い続けていれば——引き返せなくなる。自分の気持ちが、その瀬戸際まで来ていることに気がついていた。

執務机の上に置かれた包みを眺めていたヴォルデマーは、わずかに躊躇《ちゅうちょ》したあと、そっと手を伸ばしてその布を開く。そして中身を見た瞬間、寂しそうな笑みを零《こぼ》した。

「……ミリヤム……」

包みの中からは、木の実と、焼いたチーズを挟んだパンが出てきた。それはヴォルデマーとミリヤム、それぞれの好物だった。

手軽につまめるという理由で好んでいる赤い実を、黙々と食べてみせると、「よくそんな酸っぱいものを食べられますね」と目を丸くされたことを思い出す。

そんなミリヤムの好物だと聞いてからは毎食用意するようになったチーズを、彼女はおずおずと食べて、幾度目かの食事の時にやっとか細い声で「美味《おい》しいです」と言った。その言葉を勝ち得たことが、自分でも不思議なくらい嬉しくて。

それは、楽しく愉快な思い出のはずだった。いつまでも緊張しているミリヤムに、次はどうしてやればいいのだろうと考えを巡らせる食卓は、本当にほのぼのとしていて楽しかった。

——それなのに。

彼の胸には今、戸惑いと苦さが広がっている。泣いていたという娘の顔を想像すると

ひどく心が重く、その口からは、嘆《なげ》くようなため息が漏らされた。

＊　＊　＊

少年達は脱衣所でイグナーツにしこたま叱られていた。正座で。

そんな彼等と別れたあと、ミリヤムは己の職場に戻っていた。

乾いた洗濯物をたたみながらも、ため息が尽きることはない。ヴォルデマーのことが

前にも増して頭を離れず、考えても考えても混乱するばかりであった。

「……はぁ……、あー……」

ただ、認めなければならないと思うのは、自分の中にヴォルデマーに会いたいという

気持ちが確かにあることと、ヴォルデマーとウラ嬢の話を聞くと心底辛いということ

だった。それが嫉妬であるということはもうミリヤムにも分かっていた。

「これは……私、本当にヴォルデマー様に……こ………」

それを口にしようとすると、かっと顔に熱が集まり、どうしてもその先が出ない。ミリヤムは赤い顔で思わず叫ぶ。

「生まれてこの方、坊ちゃましか愛せなかったこの私めが!?」

しかし、とミリヤムは泣きたい気持ちになった。今更そんなことに気がついてどうするのだ。下手にその感情に名前をつけられてしまったせいで、どツボにはまってしまったようで……

と、そこへ背後から声をかけられる。

「ミリーちゃん」

「うわっ!?　……な、なんだサラさんか……」

驚くミリヤムに、サラはにっこりと微笑んだ。

「お客様よ」

「へ？　……わ、私に……？」

サラはいやににんまりしている。その表情には嫌な予感しかしなかった。

「ひ、ひぃいいいいい」

その客人を戸口から覗き見たミリヤムは思わず悲鳴を上げた。

ミリヤム達の食堂で〝彼女〟はつんと澄まして着席している。雪のような白い毛並み、すらりとした手足、美しい瞳のその人は、色鮮やかな衣装を身にまとい優雅にお茶を飲んでいる。非常に絵になる光景だが、ミリヤムは嫌な予感以上のものを感じた。

「サ、サラさん……もしかしてあのお嬢さんは……いいや、待てミリ。聞いたら終わりのような気がするわ……こんな……こんな修羅場的展開が自分に訪れるわけが……そもそもあの方が私のことをご存知なわけ……」

「うふふ。ミリーちゃん、現実逃避は女が廃《すた》るわ。ウラ嬢よ」

サラがにっこり笑っている。目がキランと光った。

「っ!? む、無情! サラさん……さすが女性歴ウン十年……容赦なし……女の貫禄……」

「ちょっと！」

背後から鋭い声をかけられてミリヤムは猫のように飛び上がった。

「は、はぃぃっ!?」

振り返ると、目を吊り上げたウラ嬢が仁王立ちしている。ただしかなり優雅に。

「な、なんでしょうかお嬢様……!!」

「……あなたがミリヤム・ミュラーね……」

「さ、左様でございますが……」

思わず違うと言ってしまいそうになるが、この砦で人族の女はミリヤム一人である。多分すぐバレるとミリヤムは観念した。逃げてもきっと速攻で捕まるに違いない。お嬢様はとても足が速そうだった。

そのお嬢様は上から下までミリヤムをじろじろと厳しい目で見ている。

「……ふぅ……ん、あなたがねぇ……」

ふんっと鼻を鳴らされてミリヤムは仰《の》け反った。実に迫力のある美女である。

ウラ嬢は細めた目でミリヤムを見下ろしながら、傍《そば》の椅子を指差す。

「私、あなたに聞きたいことがあって来たの。ちょっとそこにお座りなさい」

「え？　な、何ゆえ……」と問い返すと、カッと牙を剥《む》かれた。ミリヤムは無駄口を叩かず大人しくその椅子に正座する。

立派な牙のお嬢様は、煌《きら》びやかな民族衣装にそれが引き立てられて、殊更《ことさら》に怖かった。

長く侍女社会――女性の縦社会に身を置いてきたミリヤムは、女の怖さをよく知っている。

（こ、このお方が……ヴォルデマー様のお嫁様になられるお方……な、何故私のところへ……はっ⁉　もしや婚約者に横恋慕《よこれんぼ》している邪魔な羽虫と思われ……ちょ、よ、横恋《よこれん》慕《ぼ》ってっ！　横恋慕《よこれんぼ》って!?　私、恋慕《れんぼ》してるの!?）

ミリヤムは身体を折ってその恥ずかしさに耐えた。状況的にはそう言えなくもないような気がしてもやもや考えていると、苛々《いらいら》とした叱責が飛ぶ。

「ちょっと……!!　あなた私の話を聞いてる!?」

「あ、申し訳ありません、動揺してしまって……」

聞いてませんでしたと正直に言うと、ウラ嬢はじろりと目を細めた。

「……その様子……さては私のこと、もう知っているのね？」

「は、はあ……」

睨《にら》まれてミリヤムは頷く。

「お噂くらいですが……」

「噂？　どんな噂よ？」

ウラ嬢は不快そうに眉をひそめている。

「え、ええと、ヴォルデマー様と……ご結婚なさるって……」

そう口にした時、ミリヤムの胸が突かれたように痛んだ。あまりの痛みに涙腺《るいせん》が緩む。しかし、ヴォルデマーの恋の相手の前でなど絶対に涙したりしてなるものかと思った。

ウラはそんなミリヤムに鋭い視線を送りながら、ふぅんと呟く。

「ここではもうそんな噂が流れているの……まあ無理もないわね。ヴォルデマー様が明け方まで私の部屋にいたのは本当だもの」

「っ!?」

お嬢様は「私の部屋」をいやに強調して言った。ミリヤムはテーブルの下で手を握り締める。

「それで？　あなたそれを聞いてどう思うの？」

ウラ嬢はうっすらと微笑み、首を傾げてミリヤムを見ている。それが可愛くて憎らしくてミリヤムは尚更カチンときた。奥歯を噛み締めて、声を絞り出す。もうほぼ睨《にら》んでいた。

「どうとは？　どうもこうも……さぞお似合いのご夫婦になられることでしょう。使用人の私めには関係のないお話ですよ！　へっ」

へっと言ってしまった。それを聞いたウラ嬢も目を険悪に細めて鼻を鳴らす。

「お似合いぃ……？　あらあらあら……そうなのぉ、関係ないのぉ……嬉しいことぉ……」

そう言いながらも、ちっとも嬉しそうではない。ウラは椅子から勢いをつけて立ち上がると、ミリヤムを高慢に睨《にら》み下ろす。そして彼女を指差して強く言い放った。

「私はねぇ……ヴォルデマー様が好きなの！　結婚したいのよ!!」

「っ!?」

「一生の伴侶になるのよ!?　そのためなら多少汚いこともやってみせるわ!!」

吼《ほ》えるような言い切り方に、ミリヤムは衝撃を受ける。

「な、なんと雄々《おお》しい……」

思わずそう漏らしてウラ嬢を見上げる。その様子は実に堂々としていて、未だ「恋だ、恋でない」と、うだうだと埒《らち》の明かない己と比べ、なんと清々しいのだろうと思った。

ミリヤムは羨望《せんぼう》にも似た感情を覚え、胸が切なくなる。

(私も、こんな風に言えたら……)

ウラは燃えるような敵意を隠そうともせずに、言葉を続ける。

「あなたがそういうつもりなら、ヴォルデマー様は私のものよ。せいぜいそこで私達を祝福していなさい!!」

ウラは鼻を鳴らして身を翻《ひるがえ》し、部屋を出ていこうとした。

「あ！　お、お待ちください!!」

ミリヤムは慌ててウラを呼び止める。

そして思わず呼び止めてしまったことに一瞬自分で驚いて——ミリヤムはその時、己の中に一つの想いがあることをはっきりと悟った。

振り返ったウラが自分を怪訝《けげん》そうに睨《にら》んでいるのを見て、椅子から無言で立ち上がる。ただの羨望《せんぼう》で終わるほど、ミリヤムは大人しい娘ではなかった。たとえその想いが叶わなくても、言いたいことだけは言ってしまうのがミリヤムだった。

「私……祝福いたしません」

ミリヤムは拳《こぶし》を握り、きっぱりと言った。

ウラの瞳が更に鋭く彼女を射たが、ミリヤムは怯《ひる》まなかった。一呼吸し、それからウラをまっすぐに見て続ける。

「私も……ヴォルデマー様が好きです、お嬢様」

ミリヤムの宣戦布告ともとれる宣言を聞いて、ウラ嬢は「いい度胸ね」と怖くも美しい笑顔で去っていった。

「ミリーちゃん、よくやったわ……！」

「すごく漢《おとこ》らしかったわよ！　偉いわ、さすがミリーちゃん!!　あんなに怖いお嬢さんに、よく立ち向かったわねぇ」

周囲では興奮冷めやらぬお婆ちゃま連中がきゃあきゃあ騒いでいる。当のミリヤムは

といえば——すっかり力を使い果たし、テーブルにつっぷして頭から湯気を出していた。

「はー……女の戦いは精神を削られます……」

「それでミリーちゃん、どうするの!?」

「え？　あの……どう、とは……？　私め、既に公衆の面前での告白に、精神力をごっそり消耗してしまったんですが……」

サラの期待のこもった瞳にミリヤムは戸惑う。サラは決まっているじゃないと鼻息を荒くした。

「どうやってウラ嬢を蹴落と……ヴォルデマーを射止めるかよ！」

「蹴落とすって言いましたね。蹴落とすって……そんなこと言われましても。あれが蹴落とされるようなお嬢様に見えましたか？　あの方は絶対、恋敵《こいがたき》がいる方が燃え盛っておしまいになられるお方ですよ……」

「じゃあどうするの？　指をくわえて見てるなんて嫌よ！　面白くないわ!!」

老女達はざわめき始めた。

「皆さんがすっかり野次馬に……」

ミリヤムはげっそりしながら苦笑する。そのやる瀬なさそうな笑い方に、周囲の老女達が皆不思議そうな顔をした。

「……ミリーちゃん？」

「ご期待に添えなくて申し訳ないのですが……私は祝福できないだけですよ」

「……どういうこと？」

サラの問いにミリヤムは首を横に振る。

「……ヴォルデマー様と私めとでは身分が違いすぎるように思います。それに私めには大切な使命もございますし……」

それを置いて別のことにかまけてはいられないと、ミリヤムはため息をついた。

「どうやら私はヴォルデマー様のことをお慕《した》いしているようです。それは分かりました。でも、既に婚姻の決まったお二方の間に割り込んでいくような余力は、今の私にはないんです」

例えば自分が彼女とヴォルデマーの間に割り込むとして、そのためにはヴォルデマーに会いに行き、想いが成就《じょうじゅ》するようにせっせと努力しなければならない。

「そうして、せっせと努力しているうちに、砦では皆様の毛が舞い、雑菌と埃《ほこり》が増えていき、いずれ我が愛しの坊ちゃまが、この砦に到着なさってしまうわけです……坊ちゃまは我が人生一美しい存在です。雑菌とは相容《あいい》れない存在なのです」

「ミリーちゃん……でも……」

「サラさん、相手は辺境伯様のご子息なんですよ？　私では釣り合いません。さっきのは……ただ悔しかったから。わきまえないといけないと分かっていても、堂々としているお嬢様に対して、自分のうじうじしたところが情けなく、悔しかったんです。だからつい」

そう言うと、サラが案じるようにミリヤムの手を取った。サラは逡巡《しゅんじゅん》してから、「……それでいいの？」と、それだけを言った。

眉尻を下げるサラにミリヤムは「ええ」と、にっこりと微笑んだ。

「陰ながらお慕《した》いするくらいは使用人にも許されるはずです。使命に励んで、いずれ気持ちが薄れるまでお慕《した》いするくらいは……ウラ様がお許しくださるといいんですけどね……」

それから数日。

今ほど職務がありがたいと思ったことはない。と、ミリヤムはしみじみ感じていた。ミリヤムにとってそれは初めての失恋で、無論とても辛かった。夜は泣けたし、もう布団から出たくない、と思ったりもした。

しかし、この砦に辿り着いた時、ここにフロリアンが来たらきっと汚染されて病気になるに違いないと心の底から怯《おび》えたことを思い出すと……ただ寝床に閉じこもっているわけにはいかなかった。何かにつまずいて転んだからといって、大切な主《あるじ》のための使命を放り出すことはできない。辛くても働くほかなかった。

だが、不思議なことに、こうして無理にでも寝床から這《は》い出して仕事をこなしていると、とても気持ちが楽だった。

毎日掃除してきた甲斐あって、砦の雰囲気も徐々に変わりつつある。明らかにゴミの量は減り、隊士達の身なりも随分改善されてきた。その成果を見ると少しだけ元気になれる気がするのだった。

「ふう……」

ミリヤムは床から立ち上がって腰をぐっと反らすように伸ばす。窓の外は既に黄昏時《たそがれどき》を過ぎていた。

隙間時間を縫うようにして掃除していた中央棟の清掃が、やっと一段落し、ほっと胸を撫で下ろす。何もかもをたった一人でこなしたものだから、日数としては大分かかってしまった。

ミリヤムは使っていた雑巾《ぞうきん》をバケツの中に放って、冷え切った手を擦《こす》り合わせる。バケツの水はすっかり黒くなっていた。

「……よし」

ミリヤムはバケツを持ち上げて、次の仕事へ駆け出した。

砦の中を歩いていると、今でも様々な噂がミリヤムの耳に届く。好奇の視線も相変わらずだ。

「ウラ嬢がもう花嫁衣裳を仕立て屋に頼みに行ったらしい」とか、「ヴォルデマー様が集落の長《おさ》と式の段取りを打ち合わせしていた」とか。未だに「痴女《ちじょ》のミリヤムが失恋したらしい」といった内容のものも根強い。

そんな噂を聞いた時、以前はとても腹が立ったし悔しかった。

だが正直今は、ご丁寧に立ち向かっていく気力はない。たとえそれがただの噂話であったとしても聞きたくはなくて、そそくさと隊士達の傍《そば》を離れていくだけだった。

「……半分当たってるしなあ……」

ミリヤムの口からはため息が漏れ、次いで癒《いや》しのおまじないと言い張ってはばからない念仏がぶつぶつと繰り返される。

「……坊ちゃま坊ちゃま坊ちゃま、坊ちゃまのため坊ちゃまのため坊ちゃまのため……こんなことで坊ちゃまとの愛と信頼の二十年は崩れないのよ……坊ちゃま坊ちゃま……」

あまりにそれを繰り返しすぎて、最近陰で「ミリヤムがウラ嬢に呪いをかけている」

と噂されていることにミリヤムはまだ気がついていなかった……

そして、最近変わったことがもう一つある。

「洗濯物ですよー……」

ミリヤムが乾いた洗濯物を腕に抱え隊舎に入っていくと、そこにいた者達がわっと飛び上がった。

次の瞬間、ミリヤムはぎゅうぎゅうの毛玉の中に埋もれていた。

「ちょ、く、苦し……!!」

「ミリヤムー!!」

「なあなあなあ！　今日な！　俺、冬眠中の蛇を見つけて！　それでな！」

「池が凍ってて」

「見たこともない虫が寝台にいっぱい」

「ぼ、坊ちゃん達！　せ、洗濯物が皺《しわ》になりますっ！　は、離れて!!　ぎゃー!!」

「み、みんな、ミリーさんが窒息しちゃうよっ」

ミリヤムに詰めかけたのはローラント以下、少年隊士達である。必死にミリヤムを毛玉の渦《うず》の中から引っ張り出そうとしているのはエメリヒだった。

――そう、ミリヤムは突然、少年隊士達の洗濯物担当に配置換えされたのだ。

最初は急なことに驚いたのだが、雇われ人としては、申しつけられれば従わざるを得ない。ミリヤムは慣れた大人の隊士達の隊舎を離れ、この見習い隊士達の隊舎の方へ通うようになっていた。

傷心のミリヤムを慰めるためにイグナーツがちびっ子達の中に彼女を放り込んだか、でなければ「ヴォルデマーと結婚するためなら汚い手でも使う」と豪語していったウラ嬢に、彼の周りをウロチョロできないように手を回されたのか。そのどちらかだろう。

事実、ミリヤムは洗濯場と少年隊士達の隊舎との往復が多くなり、掃除の時以外では大人の隊士達とはあまり顔を合わせることがなくなった。中央棟の掃除も終わってしまった今、ヴォルデマーとの遭遇率もかなり低くなっているはずだ。

ヴォルデマーとあれきりになってしまったことはとても悲しかった。しかし、その方がいいのかもしれないとも思っていた。下手に顔を見てしまえば余計辛くなるに違いない。

けれどそう思うことすらも切なくて、ミリヤムは再び落ち込みそうに――なったのだが。

そんなミリヤムを落ち込んだままにさせなかったのが、この少年隊士達である。

「あ!?　こらー!!　裸で外に出るのはおやめください!!」

ミリヤムの目の前で幾人かの見習い隊士達が笑いながら外へ飛び出していった。

この雪にもかかわらず、入浴直前と直後は何故かテンションが上がるらしく、必ず裸のまま外に遊びに行く少年達がいるのである。そして彼等はずぶ濡れで帰ってくる。獣人族は寒さには強いから風邪などひいたりしないが、びしょ濡れになった身体で隊舎の中を走り回るので堪《たま》らない。

「あ!　また濡れたまま寝床に……!　こらー!!　誰ですか談話室でお菓子食べ散らかしたのは……ローラント坊ちゃん、ちょっとこっちいらっしゃい!!　ぎゃ!!　また服に穴が……繕《つくろ》ったばっかりなのに……!!」

「なーミリーお腹すいたよーお菓子がなくなっちゃったんだよーミリーなんか作ってよー」

「ローラント坊ちゃんまたですか!?　どれだけ蓄えるおつもりなんですか!?　脂肪細胞は増えたら減らせないんですよ!?」

「えー違うよー、これは冬毛だよ。ふ・ゆ・げ♪」

「虚偽の申告不可!!」

ミリヤムはローラントのシャツからちょっぴりはみ出していた横っ腹を掴む。途端にローラントがきゃらきゃら笑って転げ回った。

「くすぐったいっ」

「まったくっ！　ローラント坊ちゃんたら、またボタンが弾け飛んでしまっているではないですか!!　何回つければ……」

と、ここは始終こんな感じなのである。大人の隊士達の隊舎とは違った意味で毎日が戦争で、ミリヤムはすっかり寮母さんと化していた。

ミリヤムは青い顔でその白いふわふわの物体を見た。

「……ローラント坊ちゃん……？　どうして……こうも抜け毛が取れるのです？　……ちゃんとお風呂で身体を洗ってらっしゃいますか……？」

「えー？」

彼の耳の間を前から後ろへブラシで梳《す》くと、そこからはごっそりと毛が取れて、ミリヤムはうっと仰《の》け反った。それでも尚、その可愛らしい後頭部には白い豹《ひょう》柄の毛並みがふさふさしている。……ミリヤムはそこに無限の宇宙を見た。

「はー……ローラント坊ちゃんをお世話していると、おかげでなんか色々吹き飛びますよ……」

そう言うと、ふっくらした白豹《しろひょう》の少年はくすくすと笑う。

隊服のボタンが取れたと言って持ってきた彼のそれを繕《つくろ》い終えて、しかしその上着の裏にびっしりついた毛を見て恐れおののいたミリヤムは、そのままブラッシングすることにした。

ブラシを当てれば当てるほどに毛は取れるが、当の本人は少しも悪びれることがない。

「ふふふ、僕って手のかかる可愛いお坊ちゃまだからぁ」

くりっとした青い瞳で見上げられて、ミリヤムはしらっとした表情でそれを受け止める。

「……そのふてぶてしさ、最早愛しいレベルですね……ただ私めは鼻炎になりますけど」

「そうなの？　ねーミリー、もう僕のお嫁さんになったらいいんじゃない？　一生このふかふかを独占だよ？　僕んちお金持ちだよ？」

「ほう……この鼻炎持ちでよろしいと仰《おっしゃ》いますか……さすがローラント坊ちゃんは太っ腹ですねえ」

「だよねー」

という会話を、背後からなんとも微妙な表情で見ているのは、イグナーツだった。

「……お前達……本当にいいコンビだな……」

「ああ、イグナーツ様……」

「兄上～」

ひらひらと手を振る弟に、イグナーツは鼻の頭に皺《しわ》を寄せて唸《うな》る。

「ローラント……お前、ミリヤムが落ち込んでるとか言ってなかったか⁉　そいつ本当に落ち込んでいるのか⁉」

「え？　ミリー落ち込んでるよ？」

ねえ、とローラントが己の背後に立っている娘を振り返ると、彼女は素知らぬ顔でその伸びた首の下にブラシを当てた。

「……全然です、ミリはちっとも落ち込んでなんかいません。ウラ嬢なんか、ウラ嬢なんか気にしてません！」

スンとした顔で視線を逸《そ》らす娘は懸命にローラントをブラッシングしている。

「私めなんか。私めなんか！　こんな鼻炎持ちの、無駄にブラッシング技量に長《た》けた、坊ちゃまマニアの娘なんか！　どうせ好きになってくれる殿方なんぞおりません‼　へっ‼」

ミリヤムがやさぐれたようにそう言うと、ローラントが「だから僕がいるってばー」とけらけら笑っている。だが、そんなミリヤムにイグナーツが怪訝《けげん》そうに首を傾げる。

「何言ってるんだ……？　お前フロリアン・リヒター殿に嫁ぐ予定があるんだろうが……」

そのいつもどおり呆れを大いに含ませた言い方に、ミリヤムは「……はあ？」と、耳の後ろに手を添えて眉をひそめた。

「あの、今なんと……？　何やら愛しき名前が輝かしくて、その他の言葉が頭に届きませんでしたが……」

「だから……お前はフロリアン・リヒター殿の妻になると——」と、イグナーツは言いかけたが、ミリヤムは病人を見るような目で彼を見返していた。

「……イグナーツ様、どうなさいましたか。あれですか？　『恋煩《こいわずら》いでは』などと言って私めを惑わしたことへの償いですかそれは……？　私めをあまりにも哀れみすぎて、心地よい妄想で救ってやろうとかいうあれですか？」

「あ゛!?」

途端、イグナーツが半眼になる。だがミリヤムは目を細めて首を横に振った。

「そのお気持ちは痛み入りますが、しかし、その妄想は落第点ですよ!!　あまりにも現実味のない妄想は誰のことも救いません！」

ミリヤムはブラシを持ったままの腕で×印を作った。

「不合格です！」

「意味の分からないことを言っている場合か！　さてはお前、しらばっくれるつもりだな⁉　ま、まさか事実を隠したまま、ヴォルデマー様を手玉に取ろうとしていたのか⁉」

「〝あ⁉」

今度はミリヤムが凶悪な顔で表情を歪める。

「……意味の分からないのはこちらなんですけど……手玉って……取れてないからこうして落ち込んでローラント坊ちゃんの毛をしつこくむしってるんでしょ⁉」

「あれ？　僕むしられてたの？」

ハゲる、と笑い転げるローラント。

「何が手玉だ‼　あームカムカする‼　私が取ってるのは手玉じゃなくて毛玉です‼」

ミリヤムは急に苛々《いらいら》し始めて、イグナーツに対し「ローラント坊ちゃんから取った毛玉に埋めてやろうか」などと毒づいている。

「大体なんで私めがあの天使のごときフロリアン坊ちゃまの妻になんかなれるんですか。天使のお嫁さんがただの使用人でいいわけないでしょう⁉　女神レベルじゃないと許可が下りませんよ‼　主に私めの‼」

「なんだと……？　しかし手紙には……」

イグナーツが首を捻《ひね》ってそう漏らす。その言葉に今度はミリヤムが首を捻《ひね》った。

「手紙……？　手紙ってなんですか？」

「先日ヴォルデマー様宛に届いたフロリアン・リヒター殿からの手紙だ……お前は彼と婚約するからそのつもりで、と書いてあったぞ」

「…………………」

ミリヤムに長い沈黙が訪れた。一応言葉は耳に届いたが、脳で理解するのに時間がかかっている。

「……おい……？」

「……それ……その手紙、私が出したんじゃないですか……？」

「はぁ!?」

「多分、坊ちゃま恋しさと、初恋が散った心痛のあまり……私が夢遊病とかで妄想の手紙を書いたんですよきっと。禁断症状が甚《はなは》だしいですねえ、ふふふふふ、さすが私」

ミリヤムは笑いながら手を振った。

「そんな、坊ちゃまと私めなどが結婚なんて、ふ、まさか。坊ちゃまには将来私めが筋肉質で坊ちゃまを守ってくれそうな女神様を探してくると決めているんです。それはもう、我が最大の野望ですから……もーほら手紙をお見せください。きっと私めの筆跡です。ほらほらほら」

ミリヤムはそう言って手を出すが、イグナーツは愚か者を見る目で彼女をじとりと見ている。

「……手紙はヴォルデマー様のところだ。大体……砦にいるお前に、侯爵家の印璽《いんじ》を捺《お》せるわけがないだろうが。あれは間違いなくリヒター家から出されたものだ。……なんだ、妄想の手紙って」

阿呆か、とイグナーツに睨《にら》まれて、ミリヤムはきょとんとした。

「侯爵家の……印……？」

「フロリアン殿の手紙を要約すれば……お前を自分と婚約させる用意があるから、自分が連れ戻しに行けるまで他の男を近づけないでほしいとのことだった」

「…………」

「彼からの正式な依頼となると、それはもう我等が領と侯爵領の間の問題にもなる。お前が大人の隊士達の担当から見習い達の方へ異動になったのもそのせいだ。いくらお前自身が痴女《ちじょ》まがいの行動で男を寄りつかせないといっても、大人の隊士達の中には置いておけん」

目を点にして呆気《あっけ》にとられ、黙り込んでしまったミリヤムに、イグナーツは困ったような顔を近づけた。

「なあミリヤム。ヴォルデマー様がお前と距離をお取りになったのは、つまりこの手紙のせいだ」

「……え?」

「もちろんご自身の婚約のこともあるだろうが、お前とヴォルデマー様は、少し前まで仲がよかっただろう? これ以上近づくのはお互いのためにならないと思われたんじゃないか?」

「…………」

「お前は事あるごとに坊ちゃま坊ちゃまとうるさいし……お互い相手がいるのなら、そりゃ、まあ近づくべきではないよな」

イグナーツの言葉に、ミリヤムは黙り込んで——結局そのことについて何かを言うことはなかった。

ミリヤムが少年隊士用の隊舎をとぼとぼ出ていくと、それまで二人の会話を大人しく聞いていたローラントが兄をじろりと横目で見た。

「……駄目じゃないか兄上。僕がせっかくミリーを慰めてたのに……なんかまたしょんぼりしちゃったじゃない」

「そうか？　別に普通に見えたが……」

イグナーツがきょとんとすると、ローラントがやれやれと首を振る。

「これだから兄上は……ミリー、最近ご飯食べれてないいんだよ。サラおばちゃん達が心配してたんだ。ご飯を前にするとヴォルデマー様のこと思い出して食が進まないみたいだって」

「え……」

「だから僕がふわふわ毛並みと子供の無邪気さを駆使して気を楽にさせようと思ってたのに。言ったでしょ、ミリー落ち込んでるよって。本当に兄上は……鈍い!!　ミリーは素直じゃないんだから注意してよ……」

白豹《しろひょう》の弟は、はーと大人びた長いため息をつく。

「っ!?　そ、そうなのか!?」

今更慌てるイグナーツだった。

少年隊士達の隊舎から出たあと、ミリヤムはため息をつきながら廊下を歩いていた。

「……まったく……坊ちゃまときたら……公式文書で悪戯《いたずら》するのはおやめくださいとあ

れだけ言っておいたのに……」

ミリヤムはイグナーツが教えてくれた手紙の内容を欠片《かけら》も信じていなかった。愛しい主《あるじ》ではあるのだが、主従関係の線引きというものをきっちりと叩き込まれてきたミリヤムには、その内容を信じることができなかった。主《あるじ》は主《あるじ》であり、使用人は使用人なのだ。乳母《うば》の娘ということで多少優遇されていることは彼女も理解しているが、それはそれ、これはこれである。

「そう、天使のお嫁様は天使であるべきです」

もしくは女神、とミリヤムは一人頷く。

そこで彼女はふと、そうか、と気づいて表情を曇らせた。

つまり、ヴォルデマーもミリヤムがフロリアンに嫁ぐと誤解しているわけだ。

「……それもあって、あのお食事会がなくなったわけですね……」

ミリヤムはとぼとぼと歩きながら呟く。

「…………ま、いいか……」

そう言って次に落とされたため息は諦めに満ちていた。

フロリアンがどんな思惑でそんなことを手紙に書いてよこしたのかは分からないが……そんな手紙があろうがなかろうが、ヴォルデマーがウラのような分相応な娘と婚姻を結ぶだろうことも、己が彼と同じ人狼ではなく身分も最底辺に近いことも変わりはしない。

「……なあんにも変わらないわ……変わらないんだわ……」

これまでどおり、己の居場所をわきまえて、主《あるじ》のために励むだけだ。とミリヤムは自分に言い聞かせた。

ただ、その言葉の語尾はわずかに震えていた。それが悲しさからなのか、悔しさからなのか、今のミリヤムには分からなかった。

＊　＊　＊

それからまた幾日かが経った。

城門塔の上で警備にあたっていた隊士の一人は、外部から吹きつけられる風に首をすくめていた。いかに寒さに強い彼等でも、地上から遥か上、城壁の歩廊の上ともなると、雪山から流れくる冷たい空気に晒《さら》されて身震いするような寒さだった。

「春はまだかねえ……毎年毎年よくこれだけ雪が降るもんだぜ……ん？」

胸壁の狭間から外の雪を眺めていた犬族の隊士は、そこに流れてくる冷たい空気の中に見知らぬ匂いを感じ取る。

「どうした？」

相棒の隊士が鼻を動かしている彼に問う。と、犬族の隊士は目を細めて遠くを睨《にら》んでいた。

「……馬と人族の匂いがする」

「ん？　訪問者か？」

相棒も同じように彼の鼻先の方向へと視線を送る。すると遠く、その白い景色の中に何かの集団を捉《とら》えた。規模は一個中隊ほどあるだろうか。まだ米粒のような大きさにしか見えないが、その動きからして馬に乗っていることが分かる。

「隊列を組んでるな……今日は訪問者の予定はあったか？」

「……あるとすれば、〝牡鹿〟だな……」

彼はそう言って目を凝らしたが、犬族は鼻が利く分、あまり視力には優れていない。

「……まだ駄目だな……だが、旗は掲げられている」

隊士は誰か目のいい奴連れてこい！　と階下に声を放つ。

「とりあえずヴォルデマー様に報告だ。もしかしたら――向かってくる方向からして、青い牡鹿の旗かもしれないと伝えてきてくれ」

犬族の隊士がそう言うと、相棒は頷いて塔を下りていった。

集団はゆっくりゆっくり雪原の中を進んでくる。見張りの隊士はその旗印を見ようと、再び雪原の方へ目を凝らした。もしそれが青き牡鹿の紋ならば、彼等はそれをずっと待ちかねていたのだ。

隊士は祈るような気持ちで彼等が近づいてくるのを待つのだった……


——そうして数刻後。

隊士達が期待したとおり、砦の門の外にはいくつもの青い牡鹿の旗がはためいていた。旗を掲げる兵の集団は皆馬に騎乗し、多くがその旗と同じ色の制服を身にまとっているが、中には案内役に雇われたらしい獣人達の姿もある。

そんな集団の中に、一際《ひときわ》清廉な気配を放つ存在があった。

重い跳ね上げ式の門扉《もんぴ》の向こうに現れたその青年は、ヴォルデマーの顔を確認すると、雪原に映える青き旗々の中央でにっこりと微笑んだ。

彼は引き連れた兵団の先頭に立ち、騎乗したままゆっくりと砦の門を潜《くぐ》る。すると周囲にいた隊士達の中からはどよめきが上がった。

歪みを知らなそうな美しい肩までの金髪は、両サイドを邪魔にならぬよう丁寧に編み込まれている。暗い色の外套《がいとう》を着込んでいても、透き通るような肌の色と柔らかい髪の色は際立っていて、まるで見事な絵姿のようだった。金の睫《まつげ》に縁取られた瞳は緑がかった青色で、懐かしそうにヴォルデマーを見ていた。

彼を初めて見た隊士達が——人とは違う美的感覚を持っているはずの彼等が、フロリアンを見ると寸《すん》の間《ま》、時を止めたように彼に見入っている。

「お久しぶりです、ヴォルデマー様」

フロリアンは馬を下りると、ヴォルデマーの傍《そば》に駆け寄って嬉しそうに微笑んだ。

「フロリアン殿……このような雪の中をよくいらしてくれた」

ヴォルデマーは彼を歓迎し、差し出された手を固く握る。華やかな見た目に似合わず力強い手の平は硬い。それを感じたヴォルデマーはそっと微笑む。

「……しっかりと武芸に励んでおいでのようだ」

そう言われた青年の方も、にこりと彼に微笑みを返した。

「ひとまず中へ」

「ありがとうございます。ではルキはついておいで。他の者はご案内に従いなさい」

フロリアンが背後の兵団にそう声をかけると、その中から一人の騎士が彼等の傍《そば》にやってきた。眼鏡の奥にある瞳を少々緊張させた黒い髪の青年は、ヴォルデマーに向かって丁寧に頭を下げる。

「ヴォルデマー様、我が領の騎士ルカスです。お役立ていただきたく連れてまいりました」

「砦長様、ルカスと申します。以後お見知りおきを」

「ああ、よろしく頼む」

真面目そうな青年に挨拶《あいさつ》を返し、ヴォルデマーは二人を促《うなが》して砦の方へと向かった。

すると、歩き始めてすぐフロリアンが申し訳なさそうな顔で、連れてくるはずの兵士の数が予定より少なくなってしまったと告げた。

「このような半端な兵団で押しかけてしまって申し訳ありません」

金の髪の青年は、歩きながら頭を下げて、それから苦笑を零《こぼ》す。

「雪道を案内してくれる獣人族の者達を雇ったのですが、彼等に補助できる人数には限界がありまして。面目次第もございません」

それに対しヴォルデマーは「いいえ」と首を振る。

「あれで十分です。しかし……雪解けを待つというお話でしたが……いかがなさったのです？」

ヴォルデマーが足を止めてそう問うと、フロリアンは真剣な顔つきで彼を見た。

「手紙をお読みいただけたでしょうか。私の侍女はいかがしておりますか？」

やはり、とヴォルデマーは心が波立つのを感じながら頷く。

「……ミリヤム・ミュラーが心配でいらしたのですね？」

ヴォルデマーが問うと、フロリアンはしっかりと頷いた。背後でルカスが微かにため息をつく。

「はい。手紙にも書かせていただきましたが、あの者は昔から思いつきで思わぬことをするので……できれば早めに手元に戻したかったのです。そろそろ雪も減ってきたということで少し強行してまいりました」

柔らかく微笑む青年に、ヴォルデマーの胸中がざわめいた。

確かに彼が言うとおり冬の盛りは越え、砦周辺でも雪が少しずつ解けつつある。だが侯爵領からベアエールデに向かおうとすれば険しい峠《とうげ》を抜ける必要があり、ヴォルデマーは日々の報告でその峠《とうげ》の雪が未だ解消していないのを承知していた。それを押してまで出向いたということが、フロリアンの想いの強さを表しているような気がして、とても穏やかな気持ちではいられなかった。

と、再び歩み始めたヴォルデマーの足がぴたりと止まる。三角の耳がピンとそばだち、何か音を拾おうとするように動いた。

「……」

「……？　いかがなさいましたか？」

フロリアンとルカスも不思議そうに足を止めた。

だがヴォルデマーは無言のまま、砦の中央棟の方をじっと見つめている。

それを見た主従が何事かと、その視線を追うと――……

ぼすぼすぼすぼす、と雪を蹴散らしながら向かってくるものがあった。それは、必死の形相で白い広場を駆けてくる。

「…………ぼ、ぼ、ぼ、ぼっちゃっ！　ぼっちゃまぁあああああ!!」

「あ、ミリー」

「……」

フロリアンは嬉しそうに腕を広げたが、ルカスが無言で主《あるじ》の前に立ち塞がる。すると、猪《いのしし》のように猛進していた娘が足に急ブレーキをかけた。

「ぼ……ぎゃあああああ!?　ル、ルッキッ!?　うわあああああ!!」

騒々しい娘は見知った顔を見て、身を翻《ひるがえ》して逃げ出した。が、素早いルカスはあっという間にその首根っこを引っつかみ、ぶら下げる。

「……おいこの猪娘《いのししむすめ》……誰がルッキだ。フロリアン様にぶつかったらどうする」

「ひぃいいいいい!!　なんであんたがここに……」

「フロリアン様の護衛に決まってるだろうが!! 貴様のおかげでフロリアン様は雪の峠《とうげ》を越えねばならなかったのだぞ!? 使用人の風上にも置けぬ……!! お・前・はっ!!」

ルカスはミリヤムの頭を両側から拳《こぶし》で挟むと、ぐりぐりと圧をかけた。

「あ、あぃたあああああ!! 懐かしきこの痛み、いったっぃ!!」

「反省しろ!!」

というやり取りを見ながら、フロリアンは「和《なご》むなぁ」と微笑んでいる。

ヴォルデマーはなんとも言えない複雑そうな顔でそれを眺めていた。

「ルキ、ほどほどに。ミリーおいで」

フロリアンがそう言うと、ルカスは渋々《しぶしぶ》その両手をミリヤムの頭から離した。途端、ミリヤムがフロリアンの傍《そば》に駆け寄った。「ぼ……っ!!」と言って顔を両手で覆い、「ちゃま!!」と言って涙ぐんだ顔を上げる。

「久々の眩《まばゆ》さで目が視力を失いそうです!! やっぱり坊ちゃまの麗《うるわ》しさは天下一……ですが……どうしてこんなにお早い到着なんでございますか!? まだ掃除が完璧ではないのに!!」

「それはまあ、君が心配だったからだけど。ミリーは目を離すと何するか分からないからねえ」

「あああああ、なんという光栄な……さすがの天使……」

と、言ったところで、ミリヤムは、はたと気がついた。そこにヴォルデマーがいることに。彼の金の瞳がじっと自分を見ていることに気がつくと——彼女の顔色は失われ、その動きがカチリと凍る。

「……ミリー？」

フロリアンがぴくりとも動かなくなったミリヤムを不思議そうに覗き込む。その距離感の近さがヴォルデマーの胸にちくりと刺さった。

ヴォルデマーはそんな二人から視線を逸《そ》らすと、フロリアンに言う。

「……つもる話もおありでしょう。配下の者に客間に案内させます。どうぞ中へ」

そう言った彼は、傍《そば》に控えていたイグナーツと二言《ふたこと》三言《みこと》交わすと、あとは任せたと告げ、フロリアン達に一礼してその場を立ち去った。

「……？　ヴォルデマー様？」

そのどこか暗い表情にフロリアンがきょとんとして、去っていくヴォルデマーの背中を見ている。と、そこへイグナーツが進み出た。

「イグナーツ・フロトーです。よろしくお願いします。お部屋までご案内したいのですが……」

イグナーツは客人達の隣でぶつぶつ念仏を呟き始めた娘を見て「うへぇ」という顔をした。同じようにそれに気がついたルカスが顔をしかめ、フロリアンは首を傾げる。

「ミリー、どうしたの？　真顔が怖いよ」

「申し訳ありません、現在精神的ダメージの軽減をはかっておりまして……坊ちゃまが坊ちゃまが坊ちゃまが坊ちゃ……」

「精神？」

「……フロリアン様、とりあえず馬鹿は放っておきましょう」

ルカスはそう言うと、慣れた手つきでミリヤムを肩に担《かつ》ぐ。ミリヤムはぶつぶつ念仏を唱えたまま大人しくしていた。その異様な光景にイグナーツが引いている。

「あ、あの、そいつ、大丈夫ですか……？」

「ああこれですか？　ええ、大丈夫です」

いつもこうなんですよ、とフロリアンはにっこり微笑む。

「ルカスはミリヤムとは幼馴染《おさななじみ》ですから任せておけば平気です」

こう見えて仲がいいんですよとフロリアンが言うと、背後でルカスがめちゃくちゃ嫌そうな顔をした。その顔に一抹の不安を抱くイグナーツは、ぺったりと耳を後ろに倒すのだった。

イグナーツの案内で彼等が暖かい客間に辿り着くと、ミリヤムは弾かれたように覚醒《かくせい》し、慌ててフロリアンの世話を焼き始めた。

「いいよ、自分でやるから」

精神的ダメージがあるんでしょと、フロリアンがそれを止めようとするも、ミリヤムは断固として聞き入れなかった。

「久しぶりの坊ちゃまのお世話をさせていただけないなんて、それこそ精神に大打撃です……お預け行為……勝ち誇ったルキの顔……羨《うらや》ましすぎて憤死《ふんし》します……」

「分かったから、その真顔やめようね」

怖いから、と言うフロリアンに許可を得ると、ミリヤムは侯爵家の邸《やしき》にいた頃のように彼の外套《がいとう》を脱がし始めた。それを傍《そば》に立つルカスに手渡すと、ルカスは無言でその汚れを丁寧に落とし、備えつけられていた衣類箪笥《いるいだんす》の中にそれを収める。

ミリヤムとルカスは慣れた様子でフロリアンの革鎧《かわよろい》やその他の装具を外し、彼に新しい服を用意した。それは見事な連携だった。

フロリアンは身支度が全て終わると、ほっとしたように微笑んだ。濃紺の布張りの長椅子に腰を下ろし、持ち込んだ書類や書物を整理し始める。

「ルキもそろそろ休みなさい。身体も随分冷えただろう。さすがにベアエールデの寒さは桁違いだ。ミリー、君よくあの雪の峠《とうげ》を越えたねえ」

「馬鹿は寒さに強いんでしょう」

傍《そば》で荷解《にほど》きをしていたルカスが間髪《かんはつ》を容《い》れずに言い放つ。ミリヤムは「へっ」と目を細めて幼馴染《おさななじみ》の顔を見た。

「じゃあ私が世界で一番寒さに強いんでしょうよ」

だが即座に「だろうな」と返されて、ミリヤムは悔しそうに歯噛みする。その二人の様子を見たフロリアンは「和《なご》むなぁ」と笑っていた。

ミリヤムとルカスは、フロリアンがイグナーツに話したとおり、子供の頃からの付き合いだった。

男爵家出身のルカスは、本来ならミリヤムにとっては敬《うやま》うべき対象である。だが、ミリヤムは彼に複雑な感情を抱いていた。

フロリアンの生家であるリヒター家には、昔から幾人もの貴族や騎士の子供達が預けられていた。女児であれば貴婦人となるため。男児であれば小姓《こしょう》となり、従者を経て騎士を目指すため。

ルカスもそうして預けられた子供のうちの一人だったのだが、その中でも彼は特にフロリアンとは馬が合った。二人は身分差がありつつも、友情を築いていくことになるのだが……そこには一つ、強烈に面倒な障害があった。

他でもない、当時はまだ侍女見習いをしていたミリヤムである。

その頃から既にフロリアンに偏執的な愛情を持っていたミリヤムは、ルカスを勝手にライバル認定した。自分はフロリアンに仕えることはできても、共に遊ぶということは許されていないわけで、それができるルカスが死ぬほど羨《うらや》ましかったのだ。

そうしてミリヤムは「私の天使様に馴《な》れ馴《な》れしい奴」と彼に突っかかり、ルカス少年の方もまた親友の傍《そば》にいる変な侍女に反感を持った。そうしてお互い角を突き合わせて十数年。そのままの関係性でここまで来た二人なのである。時には性別関係なく取っ組み合いをしてきた二人の間に遠慮という文字はない。

「……くそー久しぶりに坊ちゃまに逢《あ》えたと思ったら……どうしてルキまで……」

ミリヤムはフロリアンにお茶を用意しながらぼやいた。ルカスはそれを無視し、フロリアンはくすくす笑っている。

「だって、ルキがいると心強いし、ミリーもちょっと怒られた方がいいと思って。皆すごく心配したんだよ？」

「それはありがたき幸せにございますが……」

「こらこら」

ミリヤムがティーポットを傾けながらルカスを睨《にら》んでいると、フロリアンはしなやかな指先でその歪んだ眉を正すように優しく撫でた。それからへの字に曲がった口元を両手で挟んで自分の方を向かせる。

「せっかく久しぶりに会えたというのに……、私の可愛い侍女は私にしかめ面《つら》しか見せないつもりなのかな？」

「は、はひ、もぉひわふぇありまへん、しんぱいしていただひもうひわへありまへん」

「本当だよミリー。とても心配した。何も言わずに行ってしまうんだもの」

もうあのようなことはしては駄目だよ、と、宝石のような瞳に顔を覗き込まれたミリヤムは、そのあまりの引力にくらっとよろめく。そしてフロリアンの手から慌てて逃れると、壁際まで勢いよく退《しりぞ》いて壁を平手でばんばん打つ。

「……やっぱい、萌え死……!!　坊ちゃま……可愛い……っ！　申し訳ありませんがっ、久々すぎて坊ちゃまに対する免疫力が低下しています……っ、ちょっと手加減していただけますか!?　苦しっ、坊ちゃまの麗《うるわ》しさに息を吸うのを忘れてしまう……!!」

「……馬鹿が進行してますね」

はあはあ言っているミリヤムに、ぼそりと呟くルカス。だがもう幸せすぎてなんとでも言えばいいと思うミリヤムだった。

そうこうしながらも……ミリヤムがなんとかフロリアンに茶を出し終えると、主《あるじ》は自分の向かい側に座るようにと促《うなが》した。

「邸《やしき》で執事長と侍女頭《じじょがしら》が、君が絶対に砦長様に嫌がらせするだろうって断言してたから心配してたんだよ」

フロリアンの言葉に、ミリヤムは手を叩きながら上司二人に賛辞を送った。

「おお……ビンゴです。さすが、さすが皆様よく分かってらっしゃる」

うんうんと頷く娘にフロリアンが表情を曇らせた。

「え……本当に？　本当に砦長様に嫌がらせしてしまったの？」

「……どうせ雑巾《ぞうきん》の絞り汁でも茶に入れるとか、そんなところですよ。くだらない」

そう言ったルカスがしらっとした横目でミリヤムを睨《にら》む。

「何故分かる……」

ミリヤムは仰《の》け反ってルカスを見ていた。

「ミリー……」

「いえ坊ちゃま、でもそれは未遂《みすい》です。その前に疲れて寝落ちしてしまいました。無断侵入した砦長様の執務室で」

それを聞いた二人は深いため息をついている。

「それ本当に大丈夫だったの……？　ああ、あとで謝罪を入れておかないと……」

「馬鹿者!!　本当に……お前の間抜けさには呆れる!!」

「……申し訳ありません」

主にフロリアンの心配そうな顔に対してミリヤムはしゅんとした。それを見た金糸《きんし》の髪の主《あるじ》はやれやれと笑う。

「まあ、でも相変わらずなようで少し安心したよ……ミリーがここに来たわけはなんとなく分かったんだけど、本当にミリーは何をするか分からないから……見える範囲にいないと心配なんだよね……で、それ以外には変わりはないよね？」

安堵したように微笑まれて、ミリヤムはぴたりと動きを止める。

「……変わり……ですか……？」

漆黒《しっこく》の毛並みが美しい人狼の姿がぱっと思い浮かんで、ミリヤムはずずんと表情を暗くした。

「う……」

「ミリー？　どうしたの？」

フロリアンとルカスが他にも何かやらかしたのか、とミリヤムを見ている。しかしミリヤムは何をどう言ったらいいものかと惑う。

ヴォルデマーのことや、自分の気持ちなど、（隊士の浴場へ侵入して痴女《ちじょ》扱いされた件などは置いておくとして）話さねばならないことは山ほどある気がするのだが、それらを口にしようとするといやに苦しかった。

ミリヤムは困り果てた。愛しの主《あるじ》との再会にいくらか気持ちも上向いたが、まだ駄目なのだな、と思った。しかし、主《あるじ》がヴォルデマーに宛てた不可解な手紙の一件もある。そうなると彼の話題に触れないわけにはいかなかった。

あれこれ考えて——とりあえずは、まずその疑問をぶつけてみようとミリヤムは意を決した。

「あの、坊ちゃま……お聞きしたいことがあるのですが……」

暗い顔をしていたミリヤムがようやく喋《しゃべ》り出したのを見て、フロリアンが頷く。

「うん、どうしたの？」

「ええとあの……坊ちゃまがお出しになったヴォルデマー様へのお手紙なんですが……何か不思議なことを……お書きになりませんでしたか？」

「不思議なこと？」

「はあ、いえ、あの……まさかとは思っているのですよ？　品行方正、天使のような坊ちゃまも、長い人生、たまには悪戯《いたずら》なさりたいでしょうし……」

「悪戯《いたずら》？」

ミリヤムが恐る恐る、探り探りという風に話すので、フロリアンはきょとんと首を傾げる。ミリヤムはそんな彼に、今度は子供を叱るような表情を作った。

「ええ、ええ、分かっております。私もたまには坊ちゃまに、よそのお若い殿方のように楽しく愉快に弾けてほしいと思うこともございますよ？　でもね、坊ちゃま。お遊びに公式文書をお使いになるのはいかがなものでしょうか……いえ、私的なお手紙でしたら公式文書とは呼ばないかもしれませんけどね、お相手は辺境伯のご子息なんですよ？大体ヴォルデマー様はものすごく真面目なお方なんですから冗談はいけません、冗談は」

「……一体なんの話なの、ミリー？」

「ですから……その、坊ちゃまが私めを……娶《めと》るという……あのお手紙の……」

「ああ、そのこと？」

ミリヤムの長い長い前置きに、やっと話を理解したらしいフロリアンが身体を折って笑い出した。聞いていたルカスは口を真一文字に引き結んで、それをやれやれと見ている。

「坊ちゃま……」

その彼等の様子に、ミリヤムはフロリアン悪戯説《いたずら》を確信して半眼になる。

フロリアンは心底愉快そうに、華やかな微笑を見せた。

「生真面目な顔してお説教を始めるから、一体なんのことかと思ったよ」

「う……っ、久々の天使の微笑み、眩《まばゆ》すぎて目に刺さる……っ!!」

「ふふふ……ミリーそれね、冗談じゃないよ」

「へ？」

フロリアンから返ってきた言葉に、ミリヤムは「なんですって？」と、耳元に手を当てて問い返した。その耳に愛してやまない主《あるじ》の金糸《きんし》がさらりと流れる音が届く。主《あるじ》は柔和《にゅうわ》な顔つきで首を傾け、ミリヤムをにこにこと見つめていた。

「冗談ではないよ？」

「え？　……ええ、ええ、分かっておりますよ。冗談ではありませんよねぇまったく」

一瞬動きを止めて、それからまた「はいはい」と動き出したミリヤムにフロリアンが首を振る。

「違うよミリー。私は本気だと言っているんだ」

「…………はぁ……そう、で、ございます、か……？」

ミリヤムは戸惑って首を傾けた。一つもピンとこなかった。

フロリアンはそんなミリヤムの様子に一瞬くすりと笑うと、長椅子から立ち上がる。そして未だぽかんとしているミリヤムの傍《そば》に片膝をついて、彼女の膝の上に揃えられていた手を取った。ミリヤムはいきなり主《あるじ》が自分にひざまずいたことにギョッとして、立ち上がろうとしたが、フロリアンの手がそれを許さなかった。

「ぼ……っ、なに⁉」

「ミリー、あのね、私は本気で君をもらう気でいるんだけど」

「も……ぉっ⁉　も⁉」

もらうって何を、と脳の情報伝達が上手くいっていないミリヤムは助けを求めるようにルカスを見る。が、幼馴染《おさななじみ》は相変わらずの苦い表情をしているだけだった。

「っ⁉　っ⁉」

混乱するミリヤムへ、フロリアンはその日一番の微笑みを注ぐ。美しく、春の暖かい日差しのような柔らかな眼差しは、やはりどこか楽しそうだった。

「ミリー、私と結婚してくれる？」

「…………けぇっ、え⁉」

あまりの衝撃の大きさに――……ミリヤムは転がり落ちそうなほどに目を見開いた。その口は、ただひたすらに「けけけけ」と繰り返すのだった……

＊　＊　＊

そうして「けけけ」と言ったあと、ミリヤムがどうなったかというと。

彼女は高熱を出して医務室送りとなった。

ひざまずいたフロリアンに手を取られたミリヤムは、しばらくわなわなしていたが――……顔色が徐々に赤くなっていったかと思うと、そのまま目を回して真後ろに引っくり返った。それには一緒にいた二人もさすがに驚いて、彼女はフロリアンに抱えられ、すぐに医務室まで運び込まれたのだった。

そのことをサラから伝え聞いたヴォルデマーは、即座に仕事を中断して病室に駆けつけた。色々と思うところはあったが……彼も自分の足を止めることはできなかった。

不安に逸《はや》る気持ちを抑えながら病室の扉を開けると――その寝床の傍《そば》には、フロリアン・リヒターの姿があった。フロリアンは寝台の枕元に椅子を置いて、心配そうにミリヤムの顔を眺めている。その手がミリヤムの手に繋がれているのを見て、ヴォルデマーは思わず足を止めた。

「…………」

「おや……」

　彼の気配に気づいたフロリアンがふと顔を上げる。彼はヴォルデマーの方を見て一瞬不思議そうな顔をしたが、すぐに立ち上がって頭を下げた。

「おいででしたか、ヴォルデマー様」

「……倒れたと……聞いたのですが……」

　ヴォルデマーはひとまず雑念を振り払い、寝床の傍《そば》に近寄ってミリヤムの顔を覗き込んだ。

　ミリヤムは眠っているようだったが、頬が赤く呼吸も荒い。時折うわ言のように「けけ」と漏らしているのが気になるが、その様子はいかにも苦しそうで、見ているヴォルデマーの胸が痛んだ。

「……具合は……？」

「熱が高くて……医師殿にあまり興奮させるなと叱られてしまいました。疲れも溜まっていたようです」

　フロリアンはため息まじりの苦笑を浮かべている。そして眠っている娘をちらりと見てから、ヴォルデマーに視線を戻した。

「……ヴォルデマー様、少し……お話ししてもよろしいでしょうか。できれば別の部屋で」

娘が起きてしまわないか気にしているらしい青年に、ヴォルデマーが「ええ」と頷いて返す。すると、彼は「ありがとうございます」と微笑んでヴォルデマーに頭を下げる。フロリアンはミリヤムの手を丁寧に布団の中に戻し、寝床の傍《そば》を離れた。その親しげな様子を、ヴォルデマーは無言で見つめていた。

二人は砦医師のヴォルフガングにミリヤムのことを頼み、病室をあとにした。そのままヴォルデマーの執務室へ向かい、長椅子の上に落ち着くと、まずフロリアンが頭を深く下げる。

「到着早々、お騒がせして申し訳ありません」

「いえ、頭を下げられるようなことでは。……しかし何故あの者が床《とこ》につくこととなったのかは、お聞かせ願いたい」

ヴォルデマーに静かに見据えられ、フロリアンも頭を上げて彼を見た。そして「少し個人的な話になるのですが」と前置きしてからゆっくりと、しかしはっきりと言う。

「彼女に、結婚の申し込みをいたしました」

薄く微笑んで言われた言葉にヴォルデマーが息を呑む。膝の上の拳《こぶし》は強く握り締められた。

「……手紙のとおりに、ということですね……？」

「ええ。それで、随分と驚かせてしまったようで……無理もないとは思うのですが、まさか寝込むほどとは……」

フロリアンはため息をついて言った。ヴォルデマーは戸惑いながらも平静を保とうとする。

「……お聞きしてもよいか」

「はい。なんなりと」

「何故、彼女はそこまで驚いたのですか？　手紙と彼女の様子から、私は貴殿らがお互いそのつもりでいるのだとばかり思っていたのですが……寝込むほどに驚いたということは……貴殿は今まで彼女に、その意思があることを話してはこなかった？」

フロリアン自身がヴォルデマーに手紙を書いてよこし、尚且《なおか》つミリヤムが人目もはばからずに彼に対する愛をあれだけ叫んでいたのだ。当然そこには何かしらの約束のようなものがあるのだろうと思っていた。

ヴォルデマーが戸惑ったように問うと、フロリアンは苦笑する。

「いいえ、話してきました」

「では何ゆえ、あの者は倒れるほどに驚いたのですか？」

ヴォルデマーが怪訝《けげん》な顔をすると、フロリアンは困ったように笑った。

「それが……彼女の中では、私が使用人である彼女に求婚するなどということは、よほどありえぬことらしく……それらしいことを私が言っても一晩寝ると、『昨日夢で坊ちゃまに告白されました』とか、『妄想で記憶を改ざんしました』とか、嬉々として言い出すんですよ。要するに私がいくら彼女に愛を囁《ささや》こうと、全て想像上の出来事にされてしまうんですね」

「…………ん？」

ヴォルデマーは一瞬意味が理解できず当惑して首を傾げた。フロリアンは尚も苦笑を深くする。

「ミリヤムが私のことを天使だなんだと言っているのをお聞きになってはいませんか？どうも、私はあの者に人間扱いされていない節がありまして……想像上の生き物か何かと思われているみたいなんです」

天使とか妖精とか、と笑いながら言うフロリアンに、ヴォルデマーはそんな馬鹿な、と胸中で思った。が、確かにミリヤムが目の前にいる青年のことを天使どころか「坊ちゃまは神様です」と叫んでいるのを聞いたことがあった。

「……あれは、本気なのですか……」

「ええ。……どうも私の乳母《うば》をしていた彼女の母親や、周囲の使用人達に、そう刷り込まれていたらしく……今回の求婚のことも目が覚めたらきっと『いい夢を見ました』などと言い出すでしょう。まったく、困ったものです……」

フロリアンはそう言いながらも、どこか諦めたような顔をしている。

「まあ、そろそろ信じてもらわねば困りますので、なんとかしようとは思っているのですが。ちなみに、告白したのは今回で二十七回目なんですよ」

そう朗《ほが》らかに笑う美しい青年を見て、ヴォルデマーは絶句した。

つまりミリヤムの中で、フロリアンは神聖化されすぎているのだろう。

しかし、と思うヴォルデマー。

「……ある意味、彼女のその認識は正しい部分もあります。お父上は貴殿が彼女と婚姻を結ぶことに納得を……？　面倒な話ではありますが……血統や身分という問題に、我々の周囲の人間は常に過敏だ」

「ええ」

ヴォルデマーの気の重そうな口調に、フロリアンはくすりと小さく笑う。

「もちろん、父も最初はいい顔をしませんでした。ですが私は三男ですし」

大して問題ではありませんでした、とにっこり微笑む。

だがその実、彼はミリヤムに求婚するにあたって、父とある取引を交わしていた。それは自分の二人の兄達に、当時舞い込んでいた縁談よりも条件のいい縁談をまとめるというものである。

そうして自分が空ける穴を埋めることができるなら、ミリヤムとの結婚を許そうと言われたのが、彼が十二歳の時。弱冠十二歳の少年には、武術大会で優勝せよと言われた方がまだ容易《たやす》かったかもしれない。

だがしかし、その無理難題をフロリアンはたった数年でやってのけたのである。

まずは長男に、次は次男に、自領の置かれた状況や立ち位置をあらゆる角度から検証し、地位が高いだけでなく、より領に利益をもたらすだろう家の娘を選び出した。おまけに兄達と彼女等がお互い惹かれ合うよう、衣服から嗜《たしな》み、振る舞いまでを指導させるべく息のかかった者達をそれぞれの家に送り込む徹底ぶり。その結果には侯爵も舌を巻いた。

フロリアンは怪訝《けげん》そうな人狼隊長に「運よく兄達がいい縁談を決めてくれたので」と笑う。ヴォルデマーはその説明に「何かあるな」とは思ったが、追及はしなかった。

「……上手く立ち回られたということだな……」

その言葉にフロリアンはくすりと笑う。彼の方でも何か察しをつけられたことは分かっているが、それでも多くを聞き出そうとしないところがヴォルデマーらしいなと思っていた。

「ええ、まあ。父さえ納得させればあとは簡単です。母は文句を言いません。……当家にとってミリヤムは少し特別なので」

「特別……？」

「ええ。……お聞きになりますか？　多少込み入った話になるのですが……」

ヴォルデマーは「お聞かせいただけるのなら」と、躊躇《ためら》うことなく頷いた。

するとフロリアンは笑顔の中にふっと寂しそうな色をにじませる。

「……当家は……ミリヤムに多大な借りがあるのです」

「借り、ですか……？」

ヴォルデマーは眉をひそめた。一介の使用人に、侯爵家が多大な借りを作るなど、只事とは思えない。フロリアンはそこで初めて少しだけ視線を下に落とした。

「はい……実はあの子は天涯孤独の身の上です。父親は早くに亡くしており、母親は当家で亡くなりました」

憂《うれ》いをにじませた言葉に、ヴォルデマーは目を見張る。心の中に冷えた空気がさっと入り込んだような気がした。そんな寂しさなど、ミリヤムからは微塵《みじん》も感じたことがなく、だから余計に驚いた。そして同時にわずかな悔しさも覚える。

（……私はまだ、あの者のことを、何も知らぬ……）

そう思い知らされることが、何故だかひどく辛かった。ヴォルデマーは密かに奥歯を噛んで拳《こぶし》を握り締めた。

フロリアンは深いため息をついて視線を上げる。いつの間にか、そこにあった柔らかな笑みは消えていた。彼はまっすぐにヴォルデマーを見て、ゆっくりと告げる。

「そうさせてしまったのは、私です」

「……フロリアン……殿……？」

ヴォルデマーが言葉の意味を量《はか》りかねて眉間《みけん》に皺《しわ》を寄せると、フロリアンは悲しそうに微笑んだ。

「あの子の母親は……私が殺してしまったんです」

ヴォルデマーが息を呑む音だけが、部屋の中にささやかに響いていた。


衝撃的な発言のあと、その場には沈黙が流れた。フロリアンの目の前に座る人狼の身体からは、わずかに怒りのようなものが漏れ出《い》でた。しかし、それは部屋の中の冷えた空気に溶けて消える。

「……それには……いかなる理由が……？」

何かを抑えるように腕を組んだヴォルデマーの言葉に、フロリアンは彼らしいなと思いつつ、目元を少し和らげた。そして小さく頷いて、「忘れもしません」と静かに語り始める。伏せられた青緑の瞳には月の色の睫《まつげ》が影を作る。

「……私が十一になった年の冬でした。私は病《やまい》に罹《かか》ったんです」

「……病《やまい》……？」

「はい」

それは突然のことだった。いつもどおりに槍の稽古《けいこ》から部屋に戻ると、身体に急激な悪寒《おかん》を感じた。風邪でもひいたのかと軽い気持ちでいたのだが、その夜、彼は高熱を出して一時前後不覚の状態に陥《おちい》ってしまう。

すぐさま街から医者が呼ばれ、邸《やしき》の者達はその診断を怯《おび》えるように待っていた。そうして下された診断は、彼等にとって決して喜ばしいものではなく——邸《やしき》には大きな恐怖がもたらされた。

彼の部屋にはほとんどの者が近寄らなくなり、父や兄弟、母親ですら姿をぴたりと見せなくなった。フロリアンは小さく笑う。

「まあ仕方ありません。我が領では、その前の年も同じ病《やまい》が流行し、幾人もの死者を出したんです。深窓《しんそう》の令嬢として育った母や使用人達が戸惑い怯《おび》えるのも無理のない話でした。ですが……そんな時、一人だけいつもどおりに傍《そば》に上がってくれた者がいたんです。それが、ミリヤムの母親であり私の乳母《うば》であるアリーナでした」

懐かしむようなその表情は、まるで母親の話をするかのように親しげで、信頼感に満ちていた。

「彼女は昔から大層私を可愛がってくれていて、その時、医師以外で積極的に私を看病してくれたのは彼女だけでした」

「……」

ヴォルデマーはなんと言っていいか分からず眉間《みけん》に皺《しわ》を寄せる。が、次の瞬間、フロリアンは噴き出すように笑った。それに驚くヴォルデマーに、彼はすみませんと苦笑する。

「申し訳ない。つい思い出してしまって」

「……一体何を……？」

深刻な話の間に笑い出した彼に、ヴォルデマーが首を傾げる。

「余談ではあるのですが……その時ミリヤムは彼女に縛り上げられてしまって」

「縛……ミリヤムが？　母親に？　……何故？」

「それが、私の傍《そば》に行くと言って聞かぬので、『もう面倒になり柱に繋いできました』と」

フロリアンはそう言いながら昔を思い出したのか、悲しくも優しい顔をした。

ミリヤムの母アリーナは彼の薬の用意をしながら、寝床で目を丸くした少年に平然と答えたのだ。

『あれが今の坊ちゃまを目にしたら、多分泣き喚《わめ》いてひどいことになります。それでは坊ちゃまが静かに眠れませんし、無鉄砲にも万能薬を探しに行くとか言って飛び出していきかねないでしょう？』

人魚の涙とか、不死鳥の尾羽《おばね》とか、一角獣の角とか、とアリーナは仏頂面《ぶっちょうづら》で首を振る。

それを聞いた当時のフロリアンは、ぐったりと寝台の上に横たわったまま心配そうに彼女を見上げた。確かにその姿は普段の彼よりも顔色が白く、少し痩せてもいた。この時は既に熱は下がっていたが、まだ喉が痛いので、喋《しゃべ》りながらたまに辛そうに顔をしかめていた。

『柱って……そんなことをして大丈夫なの……？　ミリー、女の子なのに……』

しかしアリーナはけろりとした顔で言った。

『大丈夫でございます。しっかり縛ってきましたよ。ルカス坊ちゃんに見張ってもらっていますからご心配なく』

『しっかり……』

フロリアンはそういうつもりで聞いたわけではなかったが、彼女の傍《そば》にルカスがいると知って少しほっとした。

『あの跳ね返りが柱に縛られたくらいでどうにかなるとお思いなら、坊ちゃまはまだまだ甘いですねえ。今頃必死に抜け出そうとしながら、私とルカス坊ちゃんに呪いの言葉でも吐いてますよ。まったく、一体誰に似てあのような娘になったのでしょうねぇ』

フロリアンは弱々しく笑った。

『間違いなく、アリーナに似たんだと思うけど』

『私ですか？　とんでもない、我が娘ながら年々変態じみてくるんで心配ですよ私は。まあ、あの子もフロリアン様をこうして笑顔にさせるところだけは褒めてやりたいですけどねぇ』

そう言いながらフロリアンの顔を痛々しそうに見下ろした彼女は、それでも微笑んで、『大丈夫ですからね、坊ちゃま』と言った。

そうしてアリーナは、ずっと一人看病を続けた。その昼夜問わない献身の甲斐あって、それから幾日かあとにはフロリアンも寝台から起き上がれるまでになる。アリーナはそれを心から喜んで、『ひとまず娘の縄を解《ほど》きに行ってきます』と言い、彼の部屋から下がっていった。

しかし――やがて別の者達が恐る恐る姿を見せるようになると、今度はアリーナがぴたりと姿を現さなくなった。

不審に思ったフロリアンは、やっと見舞いに来た母に、彼女とミリヤムがどうしているのか教えてほしいと懇願《こんがん》した。すると当時まだ若かった母は少し怯《おび》えたような表情で、彼女達には休みをやったのだと答えた。ここ幾日かアリーナは昼夜問わず、ずっと看病をしていたから疲れたようだ、と。

「それも当然だと、当時の私は思ってしまって。ミリヤムも私に母親を独占されて寂しかったことだろうと思ったんです……母のおかしな態度も、まだ私から病《やまい》がうつるのを心配しているのだろうと……でも……私はもっと不審に思うべきだったのですね……」

フロリアンは憂《うれ》いを湛《たた》えた瞳でため息をついた。

「いくら休暇であろうとも、あのミリヤムが、それまで一日たりとも私に顔を見せぬ日がなかった娘が、一度も様子を見に来ないなんておかしいと……」

悔やむような青年の姿に、ヴォルデマーは思わず問う。

「……もしや、彼女の母は……」

「そうです……その時、既にアリーナは病《やまい》に臥《ふ》していたのです」

フロリアンはゆっくりと悲しそうに続ける。

「それどころかアリーナはそのまま亡くなってしまいました」

言いながら彼が見せた沈痛な面持《おもも》ちに、ヴォルデマーも言葉を失くす。

それこそが、目の前の青年がその人を〝殺《あや》めた〟と言った理由であり、リヒター家がミリヤムに借りを作ったということの意味なのだと悟ると、胸中が重苦しい気持ちに満たされた。

「結局……ミリヤムが私の前に現れたのは、それから一月《ひとつき》ほどあとのことで……ミリヤムはその時、喪服を身につけていました」

「……」

ミリヤムはその日、母の葬儀や色々な手続きを終え、やっと侯爵家の邸《やしき》に戻ってきたばかりだった。フロリアンの母が色々と手筈《てはず》を整えてくれて、他に身寄りがないミリヤムの手伝いをするために、ルカスがずっと彼女と共にいてくれた。

まだ少年少女と言える歳の二人は、悲しみをゆっくり感じる間もなく、次から次へと葬儀やらなんやらをこなさねばならず、心身共に疲れ切っていた。侯爵邸の裏門にやっとのことで辿り着くと、遠回りな順路ではなく、庭園の中を突っ切って行こうと、どちらからともなく言い出して、二人は重い足取りで庭園の方へと歩いていった。門番も、すれ違った庭師達も、皆がアリーナの死を悼《いた》んでミリヤムに悲しそうな視線を向けていた。

だがその途中、二人は運悪くこの時一番出会ってはいけない人物に出くわしてしまったのだ。

ミリヤムはそれまで俯《うつむ》いてとぼとぼと歩いていたが、その時季は花がなく寂しい薔薇《ばら》の庭園の中に、天使と崇《あが》める主《あるじ》の姿を発見する。一瞬表情を輝かせ、反射的に彼に駆け寄ろうとした――が、フロリアンと目が合うと、ハッと我に返って困ったような顔をした。

フロリアンが、おや、と思った瞬間、ミリヤムは隣にいた少年の後ろに慌てて身を隠し、そのルカスもまた、フロリアンの姿を見て、しまったという表情で動揺を見せた。

何事だろうと瞳を瞬《またた》かせたフロリアンは、一瞬見えたミリヤムの服装が全身真っ黒な喪服であったことに気がついた。聡《さと》い彼はすぐそのわけを悟り、彼女達の行動の意味を知って息を呑む。

驚いて持っていたものを全て地面に取り落とした。それがなんだったのかはもう記憶にない。ただ、耳障りな金属音が、悲しい気持ちと共に今も心の中にこびりついている。

「……皆して私にはアリーナが亡くなったことを伏せるつもりだったのですね。ミリヤムも、ルカスも、私の家族達も。ミリヤムはそれからいきなり邸《やしき》に走り込んでいって、普段の仕事着に着替え、私のところまでまた駆け戻ってきました。いくら問いただしても『病み上がりで見間違われたのですね、あれはただの黒っぽい服です』と言って譲らなかった。でも私がしつこく追及すると、彼女も終《しま》いには観念して、母が……つい数日前に亡くなったということを教えてくれました」

金色の髪の少年は愕然《がくぜん》として、しばしミリヤムの顔が見られなかった。己が失ったもの、失わせたものの大きさに涙が溢《あふ》れてきて。だが、一番悲しんでいるだろう娘の前で泣き崩れることなどできずに、ただ呆然と立ち尽くした。

そんなフロリアンを見て、ミリヤムはただただ心配そうだった。母が倒れてからその看病を経て、亡くなるまでを見送ったミリヤムは、既に泣き尽くしていたようだった。

当時の様子を聞いて、ヴォルデマーはやる瀬ない気持ちでため息をついた。その微かな音を聞きながら、フロリアンは呟くように続ける。

「……ミリヤムは私を慰めて、それから言いました。自分を邸《やしき》から出さないでくれ、と」

「……邸《やしき》から？　どういうことですか？」

「私の母が、犠牲になったアリーナへの贖罪《しょくざい》と感謝、そして肉親を失ったミリヤムに対する哀れみからか……ミリヤムをどこかの良家の養女にしてやろうと言い出したらしく……ミリヤムはそれを嫌がったんです」

フロリアンはミリヤムに何故嫌なのだと聞いた。その話を受ければミリヤムも天涯孤独になることを避けられる。今より格段にいい暮らしができるだろうし、いい家に嫁ぐこともできるかもしれなかった。

だが、ミリヤムは頑《がん》として聞き入れなかった。母親の遺言があるから、と。

「遺言……？」

ヴォルデマーが問うと、フロリアンは泣き笑いのような顔をした。

「アリーナときたら……今わの際《きわ》に……ミリヤムに、よりにもよって私のことを頼むと言ったらしいんです」

「……フロリアン殿を？」

「そうです……あの者は、私を我が子のように可愛がってくれていました。そして侍女の鑑《かがみ》のような者でした。そんなアリーナの言いそうなことです。しかし……アリーナが同じ姿勢を我が子にも求めてしまったことで、ミリヤムはその言葉に縛られてしまった」

ミリヤムはその母の遺志のとおり、リヒター家から出るのは死んでも嫌だと言い張った。そしてフロリアンと彼の母の前でこう言った。だって、他に誰もいなかったではないか、と。

『坊ちゃまが病《やまい》に倒れた時、母さん以外の誰も坊ちゃまの傍《そば》にいなかったではないですか！　私がいなくなったら、次に坊ちゃまに何かあった時、一体誰が坊ちゃまのお世話をするんですか⁉』

それまで彼女が見せたこともない苛烈《かれつ》で燃えるような瞳に貫かれ、フロリアンはもう何も言えなかった。フロリアンの病《やまい》に怯《おび》えて逃げた母も同様だった。

フロリアンは一瞬目を伏せ、ゆっくりと深呼吸をした。そうすると、いつでもその時の感情を思い出すことができた。ミリヤムに対する痛ましさと愛おしさ、それから己の決意とを。

そうして彼は顔を上げ、目の前で押し黙っているヴォルデマーをまっすぐに見た。苦しそうな顔だと思った。それが何故なのか、もうフロリアンには薄々分かっていた。

フロリアンは軽く身を正してヴォルデマーに言う。

「私は……あの者から母を奪い、他の家に迎えられる機会をも奪いました。ですから……きっといつか私が彼女の家族になりたいと、ずっと思っていたんです」

彼はその表情から悲しみを消し、穏やかで澄んだ瞳をヴォルデマーに向ける。

「身分違いだなんだと言う者もおりますが……私は本気です。ミリヤムが……喪服を慌てて着替えて戻った時、かじかむ手で小さなボタンを懸命に留めながら、あれは喪服ではないと言い張るのを目にした時……私は彼女を守っていくと決めたのです」

フロリアンはいつものように柔和《にゅうわ》な微笑みを浮かべた。

それはまるで、その想いが不動で、揺るぎないものだという自信のようにも見えた。

その姿勢は、ヴォルデマーの心に深く響くのだった。

＊　＊　＊

「うお……？」

ひんやりとした感触に目を開けると、そこには仏頂面《ぶっちょうづら》の幼馴染《おさななじみ》の顔があった。ミリヤムの頭にのっていた手ぬぐいを取り替えたルカスは、その瞳が開かれたのに気づいて余計むっとした顔になる。

「おい馬鹿、お前倒れるんじゃねえよ。フロリアン様が気になさる」

「え？　私倒れましたっけ？」

「倒れたからここにいるんだろうが……」

ルカスの嫌そうな顔に、ミリヤムは「ここ？」と言って寝台の上に半身を起こし、辺りを見回す。そこが病室なのだと悟ると、彼女は首を傾げた。

「……あれ？　どこからどこまでが夢なんだろう……？　ルキがいるということは、坊ちゃまが来たのは夢じゃない。でもそのあとは絶対に夢……」

と呟いたところで、ずがんと頭に鉄拳が落とされた。

「っったぁああ!?」

「この阿呆!!」

ルカスの怒声と同時に、病室の扉が勢いよく開いて、白いふさふさの犬族医師ヴォルフガングが現れる。彼は吊り上がった目で「病人を騒がすんじゃねえ!!」と吼《ほ》え、木戸を割れそうな勢いで閉じて去っていった……

残された二人は一瞬無言になる。

「……ふ、ふふふ……怖いでしょう? 当砦の白もふ様は……当砦随一のふさふさ様なんですよ……」

「……なんでお前が勝ち誇ってる……それよりお前、もうそろそろ、その現実見ないところをなんとかしろ」

「現実?」

ルカスはため息をついてミリヤムの額から転がり落ちた手ぬぐいを拾い、それを傍《そば》に置かれた水桶の中でもう一度濡らして絞る。それからミリヤムを睨《にら》むと鬼のような形相で「寝ろ!」と命じた。ミリヤムはそれをしかめ面《つら》の上目遣いで窺っている。

「……相変わらずの母性……恐妻タイプ……」

「黙れ。いいからさっさと寝ろ」

ルカスの増すばかりの眼力に、ミリヤムは渋々《しぶしぶ》布団の中に身体を戻した。

「四の五の言ってないで薬を飲め。この跳ね返りが……大体お前がこんなところまで来るから……フロリアン様はついてこないようにと仰《おつしゃ》ったんだろう⁉　それなら邸《やしき》で大人しくしてろよ、なんでベアエールデまで来てお前の面倒見なくちゃならないんだ……」

「……ちょいとそこな騎士さん……誰も頼んじゃいませんが。でもありがとう。まあいずれ分かりますよ、砦の毛だらけの有様を見れば。この衛生状態で坊ちゃまに最も必要なのは！　掃除能力を有する私めですよ⁉　剣で埃《ほこり》が掃《はら》えますか？　槍で廊下を綺麗にできますか⁉」

熱で顔を真っ赤にしたまま勝ち誇るミリヤムに、ルカスはため息をついて首を横に振った。

「はー……こいつなんでこんな風になったんだ……？　アリーナおばさんの代わりに厳しく躾《しつ》けてきたはずなのに……」

「……あらまあ躾《しつ》けられてましたか、私……」

ルカスは手に負えないという表情をしてミリヤムを見た。

「お前……なんであの時、養女に出してもらわなかった？　そうすればもっと教育してもらえたし、その曲がりくねった筋金入りの使用人根性とか変態気質も薄れていっただろうに……」

「変態？　私は変態じゃありませんけど」

「言われた当人は皆そう言うんだよ」

「…………」

ルカスは「いいか？」と言いながら唐突に彼女の両頬をつまむ。

「……ぃた……」

「いいから聞け。……フロリアン様がお前に求婚なさったのは……お前の夢でも妄想でもない。現実だ」

「………げ、んじつ……？」

「そろそろちゃんと信じろ。フロリアン様は本気だぞ。俺だってありえないと思うし、領民達もありえないと思うだろうが……フロリアン様があろうことかお前にひざまずかれたんだぞ!?　信じて差し上げなければ失礼だろう！　記憶を捻《ね》じ曲げるんじゃない！」

「坊ちゃまが？　私めに？　……ルキ、あんた熱でもあるんじゃ……私の母さんみたいな気分でいすぎて、とうとう私の妄想がうつるようになっちゃったの!?」

ルカスは「そんなわけあるか」と疲れたようなため息をつく。

「大体お前はたとえ妄想であっても、フロリアン様を自分にひざまずかせたいなどと不敬なことを思うのか!?」

「まさか。麗《うるわ》しいお膝が汚れてしまう……」

「だろう。お前がそんなこと思うはずがない」

「え……ちょ、では本当に……？　……いやでも……」

ミリヤムはどうしても信じられず、怪訝《けげん》そうな顔で視線をふらふら彷徨《さまよ》わせている。

「お前……はあ……………あのな、俺達はここに着いたばかりで、これから職務で色々と忙しくなる。落ち着くまでは、お前にそう構ってはいられないだろう」

「はい」

「坊ちゃまは雪解けしたら、すぐにでもお前を侯爵邸へ送り返すおつもりだ」

「は……え!?」

ルカスの言葉に頷きかけたミリヤムは、次の瞬間、驚いて身体を起こした。寝台の上で仰天《ぎょうてん》しているミリヤムにルカスは平然と続ける。

「何を驚く？　当たり前だろうが。フロリアン様はお前を心配して出立を早められたんだぞ？　早々に安全な場所に移すのは当たり前だ」

「で、でも、ここもそんなに危ないところでは……」

ミリヤムは慌ててそう言うが、ルカスは取り合わない。刺すような視線をミリヤムに向けて、しっかり理解させようとするように彼はゆっくりと言った。

「ミリヤム、お前は、フロリアン様の、妻となるのだ」

「……」

幼馴染《おさななじみ》の押しつけるような言葉に、ミリヤムが唖然《あぜん》と口を開ける。

「お前は領に戻り、侯爵邸でしばらく花嫁修業をすることになるだろう。侯爵閣下《かっか》はお前を配下の誰かの家に養女に入れようと仰《おっしゃ》るかもしれない。そのままでは身分差がありすぎて色々面倒だからと」

「はなよめ？　え？　へ!?　あ、あああああっ、ちょ、ちょ、ちょっと待って！　落ち着いて!!」

「お前がな。とにかくそれまでにしっかり記憶を呼び起こして覚悟を決めておけ。いいな？」

「え!?　一体どこからの記憶を……？　いや、いいなじゃないよ……!?　ちょっと待ってってば!!　ああああああ！　じょ、情報整理ができない!!」

と、頭がパンクしそうなミリヤムが叫んだ時——病室の扉が再び激しい音を立てて開け放たれる。

ぎょっとした二人が振り返ると、白犬医師ヴォルフガングがくりくりした黒い瞳を仄《ほの》暗《ぐら》く見開いて、のっそりとそこに立っていた……

「……病人を……騒がすなって、言ってんだろうが……」

その禍々《まがまが》しい迫力にルカスは引きつり、ミリヤムは『白い悪魔が来た』と言いかけたが——その前に白いふさふさの手が、ミリヤムの顔面をもっふり押して寝台へと押しつける。

「てめえは寝てろ‼　騒ぐな‼」

「天国の感触‼　肉球様……‼　申し訳ありません‼」

「……」

医師と患者の妙なやり取りを、無言で見つめるルカスであった。

そうしてルカスは病室を追い出された。廊下で眉間《みけん》に皺《しわ》を寄せていると、そこに軽やかな足音が近づいてきた。

「おや、ルキ」

「……フロリアン様」

やってきたフロリアンは不思議そうに首を傾げる。ルカスは白く長い毛にまみれていた。

「どうしたの？　仔犬とでも戯《たわむ》れたのかい？　ミリーは大丈夫？」

「…………ええまあ。熱が出ていてもこっちが疲れるくらいに元気です、あいつは」

と、げっそりしているルカス。

「そう？　ミリーの顔を見ていきたいんだけど」

「今は……ちょっと難しいかもしれません……」

ルカスはヴォルフガングの形相を思い浮かべながら、彼にボサボサにされた白い毛まみれの頭を少し傾けて、疲れた様子で呟いた。眼鏡は鼻の中ほどまでずり落ちている。

ルカスのそんな様子にきょとんとしながら、フロリアンは「そう、なの？」と小首を傾げた。

「まあ……それなら、ちょっと時間を消費してしまったし……そろそろ皆のところに戻ろう。夜には砦の皆さんが歓迎の宴《うたげ》を催《もよお》してくださるようだから、それまでに荷物の整理などは一通り終わらせてしまいたい」

「はい」

ルカスは眼鏡を直し、背筋を伸ばして頷く。フロリアンはミリヤムのいる病室の方を少し見て、それから足を来た方向へと戻し始めた。ルカスもそのあとに続く。

「……フロリアン様……砦長様の方はいかがでしたか？」

「ん？　そうだね……」

ルカスの問いに、フロリアンは先ほどの執務室でのやり取りを思い出した。

あのあとヴォルデマーは腕を組んでしばし沈黙した。それは彼の中にあるものと、新たに得た情報や感情とを整理しようとしているように見えた。

最初はフロリアンも昔の話を持ち出すつもりはなかったのだ。だが、ヴォルデマーの真摯《しんし》な目は何かの答えを求めている気がして、その問いにきちんと答えておくべきだと感じたのだった。

フロリアンはルカスに向かって苦笑する。

「……どうやら……思いがけずちょっと複雑なことになっているようだ。まさかこんなことになろうとはね……」

「複雑、ですか……？」

ルカスは怪訝《けげん》そうな顔をするが、フロリアンは微笑むばかりだ。ルカスは首を捻《ひね》る。

「まあ、まだ詳しいことは分からないけど。……お前に言うのが怖いなあ……またひどく憤慨《ふんがい》しそうだ……やれやれ」

「……それは、ミリヤムがらみということですね？」

ルカスの目が一気に細められ、空気がいくらか冷えたような気がした。それを見たフロリアンは察しがいいなあ、と笑うのだった。

＊＊＊

ミリヤムの知恵熱は次の日にはすっかり下がっていた。

しかし、その足取りはふらふらと覚束《おぼつか》ない。その心に小波を立てるのは、ルカスに真実だと突きつけられた一件だ。すなわち、フロリアンの求婚である。

ミリヤムはそんな馬鹿なと思ったが、生真面目な幼馴染《おさななじみ》の顔に、偽《いつわ》りの色は皆無《かいむ》だった。

（――もし……ルカスの話が本当なら――……私に坊ちゃまの望みを断るという選択肢はない……）

けれど、それは思ってもみなかった話だ。フロリアンのことは物心ついた時から愛してきたが、恋愛というより敬愛と、弟に向けるような親愛だった。

自分達は主《あるじ》と乳母《うば》の子という特殊な関係で、ミリヤムもその辺りの感情をすっきりと説明することはできない。だが、少なくとも、彼の妻の座に納まろうなんて、恐れ多くて考えもしなかった。

事の真偽をもう一度確かめたいと思っても、フロリアン達はさっそく砦の職務に取りかかり、忙しくしているようだった。

ルカスが言ったとおり、彼等は本来この砦の人材不足を補うための協力者としてここを訪れたのだ。その職務に慣れるまではそうそう時間も作れないに違いない。そしてミリヤムが問いたいこともまた、そう簡単に話の済む問題ではなかった。

ミリヤムは仕方なく、少し時間を空けてから主《あるじ》に説明を求めることにした。

それに忙しいのはミリヤムとて同じだった。彼女はもともと、フロリアンがここで快適かつ健康的に過ごせるようにと押しかけたのだ。これまでも懸命に働いてきたミリヤムではあったが、今ここがそのレベルに達しているとはとても言えなかった。

「そ、掃除を急がないと……」

ミリヤムは青ざめた顔で箒《ほうき》を握り締めた。とりあえず何が先かと言われれば、今目の前に転がる問題である。フロリアンを獣砦の雑菌から死守すること、それに尽きる。

だが、ふとミリヤムの両肩が力を失う。その目はどこか彷徨《さまよ》うような目をしていた。

（……それが私の仕事で……使命だったはずなのに……）

途方に暮れたミリヤムは、もう一度己を奮い立たせるためにぎゅっと拳《こぶし》を握る。そして箒《ほうき》をもう一度握り直すと、全速力で駆け出した。

「……！　花嫁修業って！　なんだあああああっ!!」

失恋からの求婚。己に降りかかっている事態に耐え切れなくなったミリヤムは叫んだ。ルカスのあほー!!　と。そうしてミリヤムは猛烈な勢いで廊下を掃いていくのだった……


廊下に散らばる様々な色の毛や埃《ほこり》を集め終えたミリヤムは、次は鬼の形相で洗濯番の仕事をこなした。そうこうして息つく間もなく夕刻までを過ごすと、今度は夕食が終わったばかりだというのに、腹ぺこで死にそうだと足にまとわりつくローラントのために、スープとパンを用意した。

それらを盆にのせて少年隊士達の隊舎に足を踏み入れようとすると――……その前を、何かが疾風のように通り過ぎていった。

「ローラ……わっ!?」

瞬《まばた》きしてから目で追うと――裸――とまではいかないが、下着姿のローラントが外に飛び出していくところだった。一緒に雪に突っ込んでいった取り巻き二人は素っ裸だ。

彼等はケラケラ笑いながら雪を掴んでお互いに投げ合っている。

「……」

一体なんなんだと、ミリヤムは思った。

ミリヤムにとっては意味不明の行動だったが、管理人のロルフによると昔からこうらしい。彼等は雪に裸で突っ込むのが大好きで、そのまま隊舎を汚すのもいつものことのようだ。が、掃除と洗濯をする側からすると迷惑極まりない。

「……くそー……野菜スティックとかにしてやればよかった……」

ミリヤムは手に持ったスープとパンを睨《にら》んでから、傍《そば》でオロオロしていたエメリヒにそれを預け、駆け出した。

「こらー!!　坊ちゃん達!!　さっさとお風呂に入りなさい!!　消灯までに寝る用意しなきゃダメでしょ!!」

既に月の出ている時刻である。ミリヤムがエプロンをたくし上げて走っていくと、ローラント達は蜘蛛《くも》の子を散らすように夜の雪の上を笑いながら逃げていった。

「こら!!　早く戻って!!」

「きゃははは!　ミリヤムーこっちだよー」

ミリヤムが必死で追いかけるも、ローラントは最早雪原と化した訓練場の方へ向かっていく。

「な、ぽっちゃり蓄えているはずなのに……どうしてこんなに足が速いの……!?」

ローラントは雪の上をぴょんぴょんと跳ね回って実に身軽だった。ミリヤムは懸命に走るのだが、雪に足をとられて思うように進めない。

「ローラント坊ちゃん!! ぐっ、雪で足が……」

「ミリーったら、足遅いなー」

ローラントに鼻で笑われ、ミリヤムはむっとして顔を上げた。

「そんなことは——ぶっ!?」

そこに雪玉が飛んできて、それをまともに顔で受けたミリヤムは勢いよく後ろに引っくり返った。遠くからはローラントのケラケラ笑う声が聞こえてくる。

「ぶ、ぼへっ……つ、冷た! ろぉらんとぼっちゃん!!」

叫びながらミリヤムは思った。きっと明日の朝には声が嗄《か》れてしまっているだろう。

怒って起き上がろうとするが、雪が深く、背面から埋もれたせいもあって、これがなかなか難しい。昼間に天気がよかったせいか、少し解けて水を含んだ雪はとても重かった。

「ちょ、お、重いっ! ローラント坊ちゃん笑ってないで助けて!」

もともとローラント達ほど雪に慣れ親しんでいないミリヤムは、もがきながら悲鳴を上げる。

すると、ローラント達が戻ってきてくれたのか、突然身体がぐっと引っ張り上げられた。

「あ、ありがとう、ローラント坊ちゃ、ん……？」

若干《じゃっかん》目を回しながらも、引っ張り上げてくれた相手に目をやって――……ミリヤムは一瞬動きを止める。そこにいたのはローラントではなかった。いや、正確にはローラントもいたのだが。

ミリヤムの腕を掴んでいたのは、黒い外套《がいとう》を頭からかぶった大きな人物だった。辺りは暗く、口元も防寒用の襟巻《えりま》きで覆われていてその表情は見えない。だが、その人物は片手で軽々とローラント（ぽっちゃり＋ぱんつ）の首根っこを捕まえて、反対の手でミリヤムを雪の中から拾い上げてくれたらしかった。

「あ、りがとうございま、す……あれ……？」

ミリヤムは首を傾げた。どこかでこのシルエットを見たことがあるような気がしたのだ。

どこだっただろう、と暗いフードの中をまじまじと見上げた。だが、ミリヤムが思い出す前に、黒い外套《がいとう》の隊士はローラントを傍《そば》に下ろすと、身を翻《ひるがえ》して行ってしまおうとする。

「あ……!?」

その時、翻《ひるがえ》った外套《がいとう》の下にちらりと覗く黒い尻尾を見て、ミリヤムはハッとした。

「……もしかして……〝お疲れ気味の手ぬぐいの君〟⁉」

「え？　何それ……」

すかさずローラントが突っ込む。が、ミリヤムには聞こえなかった。

「あ、あの！　お忘れでしょうか！　少し前に私、鼻水を拭いていただいて……あの、手ぬぐいをお借りした者なんです！　あなたが〝手ぬぐいの君〟ですよね⁉」

ミリヤムが必死で雪を掻き分け近寄っていくと、彼は一瞬の間を置いて、無言でこくりと頷いた。

それを見たミリヤムは息を呑んだ。探していた人物をやっと見つけた安堵感と、その人に返すべきものを未だ見つけられていない罪悪感が、ここ最近の不安定な精神状態に拍車をかけて急激に泣きたくなる。

「っ⁉」

「ミリー⁉」

いきなりどっと泣き出したミリヤムに、二人が驚いている。

「わ、わたし、手ぬぐいひったくったくせに……か、か、形見なのに……！　も、もう少し待っていてください‼」

「……？　あ……」

ミリヤムは素早く身を返すと、隊舎の方へ雪を撥《は》ね飛ばす勢いで走っていった。泣いて走りながらも「坊ちゃん達は、さっさとお風呂に入るんですよ!!」と怒鳴るのは忘れなかった。

「……はぁ……」

雪の中に残された二人は無言でそれを見送っていたが、不意に外套《がいとう》の男が大きなため息をついた。彼が伸ばした黒い手が、呼び止めたかった相手を見失い、寂しそうに下ろされる。

そんな男をローラント（ぱんつ）は、じろりと見上げた。

「……ヴォルデマー様……ミリヤムを泣かせちゃだめでしょ」

「……すまぬ」

「いけないんですよ、女の人を泣かすのは。あとが怖いって父上も言っていました。ヴォルデマー様、砦長なのになんでミリヤムにいじわるするの？　嫌いなの？」

ローラントの問いにヴォルデマーは首を振る。

「……いや……意地が悪かったか……？」

「僕知ってるんです、ヴォルデマー様、兄上にミリヤムのところへ行ったらダメだって命令したんでしょ？　兄上とミリヤムは仲がいいのに……どうしてですか？　それなのにヴォルデマー様は、たまにミリヤムをこっそり監視してるし……何かたくらんでるんですか？　僕は兄上とミリヤムにもっと仲よくなってほしいんですけど」

ローラントはぷりぷり怒っている。ヴォルデマーは苦笑して、もう一度ため息をついた。

「それはすまない。だがお前の兄に、あの者をやるわけにはいかんのだ。……あの者には既に……決まった相手がいるらしい……」

「え……ミリーに？」

その返答にも驚いたが、言葉尻がいやに寂しげだったので、ローラントは不思議そうにヴォルデマーを見上げた。彼はミリヤムが去った方向を静かに見つめている。

「それに私も……あの者が他の男と戯《たわむ》れる姿は見たくないしな……」

「ヴォルデマー様？」

ローラントが目をパチパチさせながら呼びかけると、ヴォルデマーはふっと笑った。

「なんでもない。ローラント、雪遊びもほどほどにせよ。……あまり、ミリヤムを困らせるなよ……」

ヴォルデマーはローラントの耳の傍《そば》を軽く撫でると、その場から去っていった。ローラントはきょとんと瞬《まばた》きして首を傾げる。

「あれ……？　どういうこと？」

子供ながら、ヴォルデマーとミリヤムの様子を怪訝《けげん》に思ったものの——夜食を食べたらすっかりそのことを忘れてしまったローラント。

＊　＊　＊

異変が起きたのは、彼が眠りについた夜更けのことだった。

少年達の隊舎にある自分の寝床で丸くなって寝ていると、誰かが彼を大きく揺さぶり起こした。

「ローラントちゃん、ローラントちゃん、ちょっと起きて！」

「……ほあ……やだ起きない……」

「ローラントったら！　大変なんだよ、起きてよローラント!!」

「へえ……？　えめりひ……？」

友人の必死な声にローラントが寝ぼけ眼《まなこ》を擦《こす》って起き上がると、そこには今にも泣き出しそうなエメリヒと、使用人の老女達がロウソクを手に集まっていた。

「あれ？　お婆ちゃん達……どうかしたの……？　もうごはん？」

「ローラントちゃん、ほら目を覚まして！」

不思議そうなローラントに、エメリヒが不安げな顔で問いかける。

「ローラント……ミリーさんが帰ってこないらしいんだ、君何か知らない？」

「へ……みりー？」

エメリヒの言葉にローラントが瞳を瞬《またた》くと、心配そうなサラが答える。

「晩ご飯にも戻ってこなかったし、寝床にも帰ってこないの……どこかでまた掃除でもしてるんじゃないかと思っていたんだけど……もう真夜中だっていうのに……ローラントちゃん、ミリーちゃんと今晩会ったんでしょう？　何か知らないかしら……」

「みりー……えっと、雪の中で鬼ごっこして……そふぇで……えーと……」

ローラントは寝起きの頭を働かそうと懸命だ。

「それで……ヴォルデマー様が来て、雪に埋もれたミリーを助けて……ミリーが泣き出して……」

「ヴォルデマー様？　ヴォルデマー様が来たの？」

カーヤの問いにローラントが「うん」と頷く。

「それで……ミリーちゃんはどうして泣いたの？　そのあとどこに行ったのかしら？」

「うーん……なんか、手ぬぐいの君がどうとか……ヴォルデマー様が手ぬぐいの君で、えーと、もうちょっと待ってくださいって……」

「手ぬぐい？」

「ミリーちゃんが前から探してたあれじゃない？　鼻水がポケットの中で寝かされたら困るから奪い取ったっていう……」

「……失くしたって落ち込んでたわね……」

「その持ち主がヴォルデマー様だったってこと？　それで、どうしてミリーちゃんが帰ってこないの⁉」

「分からないわ……」

そんなサラ達に、ローラントは目元をこしょこしょと擦《こす》り、欠伸《あくび》をしながら言う。

「ふぁあ……どうせ、あのフロリアンとかいうお兄さんのところなんじゃないのぉ？」

「いいえ、そこは真っ先に見に行ったの。確信もないまま心配をおかけするわけにはいかないから詳しいことは話さないできたんだけど……」

サラ達は途方に暮れたような顔をしている。そんな老女達に、やっと目が覚めてきたローラントが眉間《みけん》に皺《しわ》を寄せた。

「……ん？　ちょっと待ってよ。匂いは？　匂いを辿ればすぐ見つけられるんじゃ……」

皆、獣人族である。それぞれ個体差はあるものの、彼等は嗅覚《きゅうかく》に優れ、人の匂いを追うくらいなんでもないはずだ。混血のエメリヒですら、人族よりは嗅覚《きゅうかく》が鋭いはずだった。

戸惑いながらローラントが寝床から這《は》い出すと、エメリヒが困ったように窓のカーテンを開いてみせた。その窓には——縦に流れる水の筋がいくつもついていた。

「……雨？」

「最近少し暖かいせいで雪が雨に変わったみたいで……そこまでひどく降ってはないんだけど、匂いがぼやけて上手く追えないんだ……ミリーさんはどこにでも出入りしてるから、あちこちに匂いがあるし……」

「え？　ミリー外にいるの⁉」

ローラントが驚いて声を上げる。近頃暖かくなってきたとはいえ、雪深い季節であることに違いはない。夜の外気は氷点下になることもある。

「……私達も外にいるはずがないと思って……建物の中はさんざん探したんだけどいないの。こうなると外だとしか……」

困り果てたようなサラに、ローラントがそんな馬鹿なと目を丸くする。

「だって……ミリーは人族なのに……あの薄毛で外にずっといたら死んじゃうよ⁉」

「そうなのよ……だからローラントちゃん達、お願い……」

「分かった」

ローラントはサラが言い切る前に躊躇《ちゅうちょ》なく頷くと、さっと寝巻きを脱いだ。それから無駄のない動きで見習い用の隊服に袖を通していく。

見習いとはいえ、彼等は毎日訓練を受け続けてきた立派な隊士候補だ。少なくとも老女達に暗い外を捜索させるよりは何倍も早いと考え、ローラントはきびきびと準備を整えていく。

それを見たエメリヒも他の少年隊士達を起こしに走っていった。二人共、ミリヤムと戯《たわむ》れている時とは別人の動きである。

「お婆ちゃん達はヴォルデマー様に話をしてきて。あとはフロリアンさんにも話をした方がいいと思う。僕等、先に外を探しに行ってくるよ」

そう言い残し、ローラントは外套《がいとう》を掴んで砦の外へ駆け出していった──

＊　＊　＊

ヴォルデマーは執務机の椅子に座って、数刻前ミリヤムと会った時のことを思い出していた。

（あの時、お前は何故泣いたんだ……？）

見守るだけのつもりが、雪の中でもがく彼女を見て、ついその前に姿を現してしまった。

すると彼女は不思議な名で自分を呼んだ。

〝お疲れ気味の手ぬぐいの君〟。そう呼ばれ、出会った時に貸した手ぬぐいのことを思い出して、ああなるほど、と思った。だが、その直後、どうしてミリヤムが泣き出したのか、ヴォルデマーにはさっぱり分からなかったのだ。

（……距離を取ったことを悲しんでいるのか……？　だが、もう少し待ってくれ、とは一体なんのことだ……？）

そのことがずっと気になって、机の上に仕事の書類を並べてみても少しも捗《はかど》らなかった。ヴォルデマーは頭を抱えて目を閉じ、俯《うつむ》いてため息をついた。瞼《まぶた》の裏にはあの泣き顔が映っていて消えることがない。

「……？」

と、その時不意に、遠くから近づいてくる慌ただしい物音に気がついた。不審に思ったヴォルデマーが顔を上げると、傍《そば》で書棚を整理していたイグナーツも扉の方を怪訝《けげん》そうに見ている。

「……？　なんでしょうか、このような夜更けに……」

「……ご老体達が走っているようだ、何かあったな……」

足音が誰のものかを聞き分けたヴォルデマーは、立ち上がって壁にかけてあった上着に手を伸ばす。イグナーツも手にしていた書物を壁の棚に戻すと、彼女等を迎えるために扉を開けた。

するとほどなくして廊下の先に、階段を必死で駆け上がってきたらしいカーヤ達が現れる。

「はあ、はあ……これだからっ階段は嫌いなのよ……どうして平屋じゃ駄目なの!? 周りに土地は余りまくってるっていうのにっ！　本当に老人に優しくないったら……ばあふりーって言葉を知らないのかしらっ！」

「ちょっと……減らず口叩いてる暇あるんなら足を動かしなさい足を！　はぁ、ひぃっ……あぁぁ、足と腰が痛い……そうね、確かに緊急時にこれじゃあホント困るわ……あ！　イグナーツ様、大変、大変なの！」

カーヤが階段の一番上の段に手をついたまま、しきりに手招いている。

「大丈夫か？　珍しいな、貴殿等が砦の最上階に来るなど……」

イグナーツと、遅れてヴォルデマーも彼女達に駆け寄る。すると、カーヤは彼等の足をがしっと鷲掴《わしづか》みにした。

「な、なんだ!?」

「イグナーツ様、こんな苦行のような階段上りはお仕事でも嫌です。いえ、それどころじゃないですってば！」

カーヤが突然怒り出して、イグナーツは首をすくめる。

「な、なんだってんだ……」

「ミリーちゃんが!!　帰ってこないんです!!」

牝牛のカーヤは鼻から爆風を噴き出しながら苛立たしげに床を殴った。床にはくっきりとその痕が残る。彼女の言葉を聞いた瞬間、ヴォルデマーの耳がピクリと動いた。

「今……ミリヤムと言ったか……？」

ヴォルデマーは未だ階段にへたり込んでいるカーヤの前に膝をつく。

「……どういうことだ……!?」

「ヴォルデマー様ぁ、ミリーちゃんを探してください！　ミリーちゃん、外で何かあったのかも……」

カーヤに縋《すが》られたヴォルデマーは一気に表情を強張らせた。

「ミリヤムがいない……？　こんな夜更けにか？」

イグナーツも眉間《みけん》に皺《しわ》を寄せているが、その表情は怪訝《けげん》そうだ。

「あいつのことだ、またどこかで掃除でもして寝こけているのでは……？」

「私達も最初はそう思ってたんですけど……」

イグナーツの言葉に、カーヤも一緒についてきた熊顔の老婆も困ったような顔をする。

確かにミリヤムにはたくさんの前科があった。あちこち掃除した挙句《あげく》、寝床に辿り着けず廊下で寝ていたり、食堂で転がっていたり。隊長室を掃除した時も、結局そこで睡魔《すいま》に負けてヴォルデマーの膝で目覚める事態となった。

でも、とカーヤは不安そうな顔で続ける。

「この間あの子、夜更かしで体調管理を疎《おろそ》かにしてしまったと言って、ものすごく落ち込んでいたんです。それで私も気になっていて……どこかで居眠りしてるんだったら可哀想だと思って、サラと建物内は探して歩きました」

「サラは私達の中では嗅覚《きゅうかく》が鈍ってない方だし……でも地下の私達の居住区にも、隊舎にも、見習いちゃん達の隊舎の方にもいませんでした。もちろんこの中央棟にもおりません。今、見習いちゃん達が外も探しに行ってくれてるんですけど……」

「……建物内に、いないのだな？」

ヴォルデマーはそう問うと、険しい顔つきのまま階下へと駆け出した。イグナーツも慌ててそれに続く。

「ヴォルデマー様！」

困惑顔で追いついてきたイグナーツに、ヴォルデマーは「捜索を」と短く命じる。

「お前は嗅覚《きゅうかく》に優れた隊士を集めてくれ。私は先に見習い隊士達と合流する。……どこかで眠っていてくれるならまだいい。だが、もしこの寒空の下で何かがあったなら、それは命に関わる。……その姿を見るまでは決して手を抜くな」

「は！」

イグナーツは表情を引き締めると、頷いて隊舎の方へ走っていった。

「……ミリヤム……」

外へと急ぐヴォルデマーの口からは思わずその名が漏れる。不安にざわめく心をなんとか宥《なだ》めようとするが、数刻前の様子を思い出すと、とてもではないが上手くいかなかった。

イグナーツと別れたヴォルデマーが棟を出ると、暗がりの中には既に行き交う獣人達の目がいくつも輝いていた。それが少年隊士達のものであるとすぐに分かる。

その中から、ヴォルデマーはローラントとエメリヒの姿を探し出した。そうして彼等のもとに向かおうとしたのだが、ふと足元の感触に顔をしかめる。地面はいやにぬかるんでいた。

「……そうか、雨か……」

ミリヤムに泣かれたことばかり考えていて、いつの間にか雨が降っていたことにも気がついていなかった。捜索が難航するわけである。

さすがに目も鼻も衰《おとろ》えた老女達に夜の野外を捜索させるのは無理があるが、見習い達はそうではない。天候さえよければ匂いを追って、たちどころにミリヤムの居場所を突き止めただろう。

「あ！　ヴォルデマー様！」

「エメリヒ、見つかったか……!?」

「いいえ……今のところ報告がありません」

エメリヒが辛そうな顔で首を振る。その隣にいたローラントは、真剣な面持《おもも》ちをヴォルデマーに向けた。

「ヴォルデマー様、南北の門番に確認しましたが、ミリヤムはそのどちらにも姿を見せてません。砦を出た形跡はないとのことでした。建物内も一応見に行かせてますが連絡はありません。僕らの隊舎の周辺にもいませんでした」

「……そうか、ご苦労だった。引き続き頼む」

「はい」

「あの……ヴォルデマー様、ミリーさんに何かあったんでしょうか……寒さが人族にとって害になるっていうのはミリーさん自身、身にしみて分かってると思うんです……もしかして、どこかで怪我でもして動けないとか……」

エメリヒの言葉にヴォルデマーが顔を歪めた。

今夜は比較的暖かい夜とはいえ、早朝に向けてどんどん気温は下がっていくだろう。特別な装備もなしに人族がこの空気に晒《さら》され続けることは、命に関わる危険行為だ。

エメリヒの言うとおりミリヤムとてそれは分かっているはずで、それゆえに心配で堪《たま》らなかった。

ヴォルデマーは自身の呼吸がだんだん短く速くなっているのに気がついた。胸の辺りがひやりとしているのは寒さのせいではない。この冷気の中で手の平にも汗がにじんでいる。

(一体どこに……お前に一体何があった……)

と、そこへ新たに近づいてくる一団があった。

「ヴォルデマー様！」

フロリアンとルカスだった。その背後には侯爵家の兵達の姿も見える。彼等は手にした灯りを頼りにヴォルデマーに駆け寄ると、強張った顔つきで問う。

「ミリーが……いなくなったとは本当ですか？」

「フロリアン殿……」

駆け寄ってきた金の髪の青年は、いつになく青い顔をしていた。声は落ち着いていたが、わずかに語尾が震え、心中の動揺を窺わせた。ヴォルデマーが無言で頷くと、フロリアンが息を呑む。

ルカスがヴォルデマーに申し出た。

「ヴォルデマー様、我々も捜索に加えてください。フロリアン様は部屋にお戻りを。あやつのことは我等が探します」

そう言ってルカスは主《あるじ》を室内に戻そうとしたが――フロリアンはそれを拒むように視線を厳しくした。

「いや……そんなわけにはいかない。私も行く」

「しかし……」

「ルカス、問答している時間が惜しい。お前の立場も分かるが理解してくれ」

フロリアンはいつになく強い光を宿した視線でルカスを刺す。

「私は、ミリヤムを探す」

きっぱりとした低い声にルカスが押し黙る。

「ヴォルデマー様、お使いいただけますか」

その瞳の中に、彼の固い意志を感じたヴォルデマーは、しっかりと頷くのだった。

隊舎に行っていたイグナーツが不安そうな顔でヴォルデマーのもとまで戻ってきた。

「隊士達にミリヤムの匂いを覚えさせるため、奴の私室に向かわせました。しかし、やはり外は匂いが薄いです……人海戦術《じんかいせんじゅつ》の方がいいかと思い、隊士長達に部下を叩き起こすよう言っておきました。できれば……各城壁塔への捜索にそちらの人手をお貸しいただきたいのですが……」

イグナーツがフロリアンに向かってそう言うと、彼はルカスと一瞬視線を合わせる。

するとルカスが頷き、イグナーツの方へ進み出た。

「そちらは私共がまいります」

ルカスはそう言うと、仲間の兵士達を引き連れて駆けていった。

その後ろ姿を見送ることなく、ヴォルデマーが急《せ》いた様子で皆の顔を見回す。

「しらみ潰しに探すのは彼等や隊士達に任せるとして……少し情報を整理したい。誰か彼女の行き先に心当たりのある者はいるか」

ヴォルデマーはフロリアン、イグナーツ、ローラント、エメリヒの四人に問うた。

いくら辺境の地とはいえ、その昔、隣国の力が強かった頃に築かれたベアエールデは、城壁の内部が広く、地形が複雑な箇所も多い。捜索に時間をかけるわけにはいかない今、闇雲な動きは避けたかった。

「ミリーの……」

「ミリヤムの行きそうな場所……」

「……あ！」

その時ローラントが短く叫んだ。彼は挙手をしてヴォルデマーに迫っていく。

「あの！　ヴォルデマー様、ミリーは手ぬぐいを探しに行ったってことはないでしょうか！」

その言葉にヴォルデマーのこめかみがぴくりと反応した。

「……手ぬぐい……？」

「そうです！　だってほら、今日、ミリー何か様子がおかしかったじゃないですか、急に泣き出したりして……すごく思いつめた様子で手ぬぐいの君がどうたら……」

「……泣いて……？」

ローラントの言葉に、今度はフロリアンが怪訝《けげん》な顔をする。が、彼は会話には口を挟まなかった。

「しかし……何故ミリヤムが手ぬぐいを探すんだ？　あれは──」

「あっ！」

ヴォルデマーの言葉を遮《さえぎ》って、考え込んでいたイグナーツが叫び声を上げた。

「イグナーツ？」

「まさかあいつ……いや、こんな夜更けに……いくらなんでも……」

「……どういうことだ……いいから話せ！」

「ひっ⁉」

低い声で叱咤《しった》されてイグナーツが飛び上がる。

「も、申し訳ありません、その……もしかしたら……焼き場かもしれません……」

「……焼き場……？」

思いがけない場所の名が出てきて、皆が訝《いぶか》しんでいる。イグナーツは慌てた様子で続けた。

「実はあいつ、ずっと前からその手ぬぐいを探しておりまして……どこかで失くしたらしく……」

「……ずっと……？　失くした？」

イグナーツの言葉に、ヴォルデマーの目が見開かれた。

「はい、誰だかの親の形見の手ぬぐいを預かったのに、それをゴミの中に落としたのではないかと言うので、探すのを手伝ったことがございます。しかし焼き場は雪深くなり……目的のゴミも埋もれてしまったので、春を待つように言ったのですが……」

「イグナーツ殿、それで焼き場はどちらに――」

ありますか、というフロリアンの言葉が終わる前に、ヴォルデマーはその場から駆け出していた。それはまさに風のような速さで――……驚く面々がその残像を追うように視線を走らせた時、彼の姿は既に闇に消えていた。人族であるフロリアンにはとても追えない速度であった。

「……ヴォルデマー様……？」

フロリアンは戸惑った。彼が駆け出す直前、視界の端に映ったその表情は、悲痛さに満ちていた。

「……どうやら焼き場に向かわれたようですね……先導します。ついてきてください！」

イグナーツの声で我に返ったフロリアンは、急いでそのあとを追う。今はミリヤムの無事よりも優先すべきことはないと、頭に浮かんだ疑問を振り払う。

「ミリー……」

どうか無事でいてほしい、と彼は祈るように囁《ささや》いた。

――ミリヤムが手ぬぐいを探していた。

その言葉が頭の中で反響して、ヴォルデマーは激しく動揺していた。走りながら頭の中で情報を整理していくが、それが整理されればされるだけ、その動揺は深まるかのようだった。

手ぬぐいは間違いなく自分のものだ。だが、それは既にヴォルデマーの手元にある。ミリヤムが隊長室で眠りこけたあの日、そのポケットから零《こぼ》れ落ちたのを拾って彼女の顔を拭くのに使ったからだ。

（そうだ……返してもらったと、私は知らせていなかった……）

あの手ぬぐいは彼にとってはなんの思い入れもないただの手ぬぐいで。だからそれほど気にかけていなかったし、親の形見などと言い出したミリヤムのことも、おかしな勘違いをするものだ、と愉快に思う程度だったのだ。

だが、ミリヤムからすれば、返そうとして持ち歩いていたそれがいきなりなくなれば、自らが紛失したと思い込むのも無理はない。

最初に出会った時、そして今夜外で会った時も、自分が外套《がいとう》を着込んでいて人相も分からぬ風体だったことを思い出し、ヴォルデマーは歯噛みした。今夜ミリヤムがどうして泣き出したのかも、ようやく理解できたのだった。

（それで……焼き場にまで探しに……自分はなんと罪なことを……）

彼女がそれを未だに探していたなんて、思いもよらなかった。そんなところにまで足を運ぶくらいだ。他の場所もさんざん探し回ったのだろう。

もしそのせいで、ミリヤムに何かあったらと思うと、ゾッとして血の気が引いた。

形見ではないと言ってやる機会も、もう返してもらったと言う機会もいくらでもあったはずなのに、どうして自分はそれを言ってやらなかったのだとヴォルデマーは深く悔やんだ。

心配で、不安で、胸が突かれたように痛くて。ヴォルデマーは声を絞り出す。

「……ミリヤムっ!!」

伝令が飛んだのか、城壁の歩廊の上や砦のそこかしこに、普段より明るい篝火《かがりび》が焚かれ始めた。

暗い夜空の下に照らし出された砦に視線を彷徨《さまよ》わせ、今、その敷地のどこにいるのだと、ヴォルデマーは耐えがたい焦燥に喘《あえ》ぐ。

刻一刻と、夜の冷気は砦を冷やしていくだろう。口元から漏れる息の白さにさえ焦りを募《つの》らせ、ヴォルデマーは焼き場へと足を急がせた。

焼き場は砦の東にあった。

他の建物からは充分に距離を取り、建物との境には防火樹が立ち並ぶ。更に万一の火事を防ぐための堀がぐるりと周囲を取り囲んでいて、そこを越えた先がやっと焼き場となっていた。

ヴォルデマーは防火樹の林を一気に駆け抜けると、その勢いのまま堀を一息で飛び越えた。もちろん林にも堀にもきちんと通路が整備されているが、そちらへ回る余裕は今のヴォルデマーにはない。

黒い毛並みに黒い隊服を着た彼が闇の中を駆けると、それはまさに実体のない風のようだった。時折光る夜目は切迫感に満ちている。

彼が焼き場に辿り着くと、そこはしんと静まり返っていた。

普段から夜間は閉められる規則で、この時間帯は焼き番も砦に戻り、無人なのである。先に出ていった見習い隊士達もこの場所までは捜索の手を伸ばしていないのか、辺りは暗闇に閉ざされていた。

焼き場はゴミ置き場も兼ねていて、家が三十軒程度は建つ広さがある。

天候が荒れでもしない限り毎日ゴミが運び込まれるので、地面には荷車の車輪や焼き番達の足跡があり、泥と雪の交じった路面は凍結して硬くなっていた。

ヴォルデマーは逸《はや》る鼓動のまま内部に足を踏み入れる。と、その空気の中に、微かに目当ての匂いを嗅ぎ取り表情を強張らせた。

だが――焼き場は集められたゴミが放つ匂いで満たされていた。そこに更に雨が降ったことで、より複雑になった臭気の中では、ただ一つの香りの行方を探り当てるのは容易なことではない。ヴォルデマーは時に地面に膝をつき、鼻を近づけて、途切れそうな匂いを辿りながら焼き場の奥へと向かっていった。

「っ！　これか……」

ヴォルデマーは焼き場の隅で足を止める。そこにあった塵山《ちりやま》の周囲は土やゴミが剥《む》き出しで、傍《そば》には焼き番達がゴミをならすのに使うクワが放り出されていた。塵山《ちりやま》には真新しい掘跡が残り、彼のものよりも小さめの足跡がぬかるんだ雪の上に残されていた。

「やはり、ここに来たのだな……」

ヴォルデマーは苦しげな声を漏らすと、周囲に彼女の姿を探す。しかし辺りをくまなく見て回っても、足跡の主を見つけることができない。

（この場所ではないのか……!?）

焦燥は恐怖に変わりつつあった。その心は冷たい杭でも打ち込まれたかのように凍りつき、震える鼓動に揺り動かされて今にも割れてしまいそうだ。

だが、緊迫した現場では何より冷静さを失うことが物事の足を引っ張る。ヴォルデマーは奥歯を噛んで、もう一度焼き場の中を彼女の名を呼びながら隅々まで駆けた。

その時、焼き番の小屋が視界に映る。ヴォルデマーは一瞬の躊躇《ちゅうちょ》のあと、小屋へと足を向けた。

ここで寒さをしのげるような場所はその小屋だけなのだが、夜間、小屋は無人となり鍵もかけられる決まりだ。誤って火が燃え移らないように石で頑丈に造ってあるそれは、たとえ緊急時であっても女性が容易に入れる代物ではない。ヴォルデマーにもそれは分かっていた。だが、それでも確認せずにはいられなかった。

万が一、という可能性にかけて、けれど――案の定、扉は固く閉じられていて……

ヴォルデマーはかけられていた錠を手にすると、もう片方の拳《こぶし》をきつく握り締め、やる瀬なさをぶつけるように石壁を強く殴りつけた。そして無言で身を翻《ひるがえ》し、焼き場の出入り口へと足を戻す。

――……ここではない。

ヴォルデマーは焼き場の外を睨《にら》み、ミリヤムの行方に思考を巡らせる。周囲の地形や施設にこの状況を照らし合わせ、どんな可能性があるかを考えた。拳《こぶし》からは血が滴《したた》り落ちている。

そこへイグナーツとフロリアンが隊士達を連れて駆けつけた。

「ヴォルデマー様！」

「……焼き場ではない」

「え!?　しょ、承知しました！　周辺をくまなく探させます!!」

イグナーツが駆けていくと、一瞬フロリアンの視線がヴォルデマーの拳《こぶし》に留まった。

「ヴォルデマー様……」

彼はヴォルデマーの手に滴《したた》る血を見ているようだった。物言いたげな表情がその顔に浮かび、そして消えた。

「……私も、周辺を探してまいります」

フロリアンの言葉にヴォルデマーが「……いや」と呟く。彼は殺気立つほどの焦燥を押し殺すようにして言った。

「……それは隊士達に任せてもう一度よく考えましょう。ミリヤムがここに来たのは間違いないのです……」

そこへ隊士達に指示を出し終えたイグナーツが戻ってくる。

「場所が悪いですね……よりによって」

「それは……どういうことですか？」

フロリアンが問う。するとイグナーツは少し離れた場所にある二つの城壁塔を指差した。

「城壁塔は城壁と城壁を繋ぐように建っていて、全部で十五ございます。それらの主な役割は言うまでもなく見張りです。しかし現在は国境線の安定と人手不足の煽《あお》りもあって、全ての城壁塔に見張りが常駐しているわけではないのです」

彼等が見上げている城壁塔も、決まった時間に隊士が巡回するものの——今は無人だ。

ヴォルデマーは状況を推《お》し量《はか》るように視線を下げる。

「恐らく……あの者は雨を避けたはず……」

「雨……この辺りで雨宿り……できそうな場所は……」

「そうだ、林……防火樹の方に行ったのでは!? あの下ならば、いくらか雨がしのげます!」

イグナーツが叫んで防火林の方を振り返った。しかし一目散《いちもくさん》に駆け出そうとするイグナーツを、ヴォルデマーはその腕を強く掴んで引き止めた。フロリアンもそれは不自然だと首を振る。

「……この地面の様子で、雨量もそれなりにあった。ならば……ミリヤムも衣服が濡れたはずです。そのような状態で雪の野外に留まれば凍えてしまう……それに……雨がやんだ今も砦に戻らないのはおかしいと思います」

その言葉にヴォルデマーも険しい顔で頷く。

「では……」

「……やはり彼女の身に何かあったのだ」

ヴォルデマーは険しい表情のまま周辺の闇を見渡した。正面には砦の中央棟と隊舎、その他の建物が見える。そして背後には、焼き場を挟んだ向こう側の建物よりもいくらか近い場所に城壁塔が二つそびえ立っていた。その二つの塔からヴォルデマーがいる焼き場まではそれぞれ大体同じ距離だけ離れている。

「城壁塔……」

しかしヴォルデマーの漏らした呟きに、フロリアンが異を唱える。

「ヴォルデマー様、確かにあそこからなら城壁の歩廊を通って砦に戻れます。しかし、ミリヤムがあそこを使ったとすれば、その途中で必ず隊士達の常駐所を通るでしょう。さすれば隊士達の目に留まるはずですが……」

城壁はぐるりと砦を取り囲み、その全てが内部に造られた歩廊によって行き来できる構造となっている。要所要所には隊士達が詰めていて、いくら人員が減らされているとはいえ、誰もいないということはありえなかった。

フロリアンがイグナーツへ視線をやると、彼は申し訳なさそうな顔をして首を横に振った。

「城壁の警備達からは、そのような報告はありません……」

先ほどルカス達もそれぞれの城壁塔の確認に向かっていった。それらを繋ぐ歩廊の中の確認を含め、彼等が怠《おこた》るとは思えなかった。

「……」

イグナーツの言葉に耳を傾けながら、ヴォルデマーは城壁塔と、その周囲の地形に思考を巡らせていた。そしてふとあることに気がついた。

「………そうか、塹壕《ざんごう》だ……」

「塹壕《ざんごう》……？」

呟いた途端に走り出そうとする長《ちょう》に、イグナーツが必死に追い縋《すが》る。

「ヴォルデマー様、お待ちください！　塹壕《ざんごう》に……っ、ミリヤムがいるのですか!?」

ヴォルデマーは焦燥に苛立つような瞳の色を見せたが、己を宥《なだ》めるように肩で息をすると、足を止めて側近の顔を見る。

「……ミリヤムは恐らく城壁塔を目指した。そうすれば雨風に晒《さら》されずに砦に戻れる。だが、ここからまっすぐ城壁塔に行くことはできない。何故ならば、そこには塹壕《ざんごう》が掘り巡らされている……！」

塹壕《ざんごう》とは、隊士達が戦いの際に襲撃者から身を隠すために掘られた壕《ごう》のことである。その昔、ベアエールデが隣国の攻撃に晒《さら》された際に掘られ、今でも残されていた。

壕《ごう》の深さは大人が立って隠れられる程度のものだ。通常であればそこへ落ちてもたかが知れている。ただしそれは、獣人族の隊士達の話である。

「……人族の彼女は夜目も利かない……」

ヴォルデマーが苦い表情で呻《うめ》くように呟いた。焼き場には彼女が使ったらしいクワが無造作に放り出されていたし、きっと急な雨に慌てたに違いなかった。そんな時、暗い夜道で雪に埋もれた塹壕《ざんごう》に気がつくことができただろうか。

「お前はあちらへ！」

焼き場に近い城壁塔は二つ。ヴォルデマーは配下に向かって鋭く叫ぶと、渾身《こんしん》の力で地を蹴った。

＊　＊　＊

再会した〝手ぬぐいの君〟は、どこか元気がないように見えた。

それが未だ手ぬぐいを返せないせいであるような気がして――ミリヤムはとても焦り、一刻も早く見つけ出さなければという衝動に駆られた。と、同時に、こんなに長い間それを探し出すことができない自分がひどく無能な人間のように思えた。

使用人の子として生まれ、そうなるべくして育てられてきたミリヤムにとって、〝無能〟の烙印を押されることほど恐ろしいものはなかった。

このままではもう何もかも上手くいかないのではと怖くなって――気がつくと、夜の焼き場でクワを握り締めていた。

身体に冷たい感触を覚えて――我に返った彼女は空を見上げた。いつの間にか雪が雨に変わっていた。その冷たい粒が防寒着に染み込んでいくのに気がついて、さすがのミリヤムもこのままではまずいと思った。

手にしていたクワを放り出し、雨宿りできそうな場所がないか辺りを見回した時、ふと、離れた場所にある城壁の見張り台の篝火《かがりび》が目に入った。

あそこなら暖かそうだ、と咄嗟《とっさ》に思い、ミリヤムはカンテラの灯りを頼りに駆け出した。のだが――……

見張り台に続く城壁塔へ行く途中、真っ白な雪の上に濃い色の上着が落ちているのが見えた。おおかた隊士の誰かが忘れていったのだろう。洗濯番のミリヤムはそれを見過ごすことができなかった。今は職務を疎《おろそ》かにすることが何よりも怖かった。

そうして進路から視線を外し、上着を拾おうとした……――その瞬間。

彼女の足は何かにすくわれた。それは硬く、面白いほどにあっさりと、彼女の足を虚《こ》空《くう》へ舞い上げた。舞い上がった自分の足先が見えて、ミリヤムは一瞬ぽかんと口を開ける。

そうして彼女があっと思った時には、その身体は大きく宙に投げ出されていた。

一瞬の浮遊感のあと、右肩と背に衝撃が走り、ミリヤムの身体は跳ね返って雪の上にべちゃりと落ちた。寸《すん》の間《ま》息が止まりかけ、雪の上で身体を折って苦痛に悶《もだ》える。

「い……た……っ」

呼吸が戻ると今度は喉を痛めつけるような咳が出て、それが治まってやっと、ミリヤムは薄く開いた目で周囲を見回した。

そこは堀の中のようだった。水はなく、半分くらいの深さが雪に埋もれている。ミリヤムが身体を打ちつけたのはその土壁か柱のようだ。

「っ、……や、っちゃった……」

ミリヤムは掠れた声で呻《うめ》いた。怪我の程度を知ろうと上半身を浮かせてみたが、その途端、背中に鋭い痛みが走ってそれを断念せざるを得なかった。下敷きにしている右半身も痺《しび》れるように痛くて、遅れてそれは冷たさなのだと気がついた。身体はぶるぶると震え、歯がカチカチと音を立てて鳴っている。

「う……そ、粗忽者《そこつもの》、ここに極まれ、り……」

ミリヤムは雪の上で震えながら己の軽率な行動を悔やんだ。自棄《やけ》になったことを激しく後悔した。

雪の世界ではこうして寒さを甘く見た自分のような人間が命を落としてしまうのだ。だが、ここでのんびり自分を責めている場合ではないことも分かっていた。

この冷気の中に留まれば、本当に命を落とすだろう。粗忽《そこつ》でも阿呆でも……生きなければ、とミリヤムは思った。なんとか脱出を、と打開策を探してもう一度周囲を見回す。

持っていたはずのカンテラも、拾った上着も、放り出された時にどこかへ飛んだのか、手元には何も残っていない。

堀は結構な深さだが、雪が積もった分、かさ増しされていて、立つことができれば這《は》い上がることもできそうだった。

ミリヤムはかじかむ手を壁に添えて、もう一度身体を起こそうと力《りき》む。が、やはりその途端、背骨に弾けるような痛みが走り、ミリヤムはまた雪の上に崩れ落ちた。

「いっ……た、ぃ……っ」

雪に頬をつけ、ミリヤムは苦悶の表情で呻《うめ》く。

（……なんとかしなきゃ……こうなったら這《は》ってでも……）

ミリヤムは思った。粗忽者《そこつもの》が極まって凍死だなんて、自分らしすぎて逆に成仏できやしない。

（というか、母さんに追い返される……坊ちゃま愛だけが私のいいところ（？）なのに……今生で坊ちゃまの役に立たないと……天の門は潜《くぐ》れない……坊ちゃまと無関係のところで死にたくない……どこか、上に、上《のぼ》れるところ……）

ミリヤムは必死で目を凝らしながら、それを見つけられなければ死ぬという切迫した恐怖を押し殺した。幸いなことに、徐々に夜闇の暗さには目が慣れている。息を凝らして暗がりを睨《にら》んでいると、そこからいくらか離れた場所に、緩やかな傾斜を見つけることができた。

（あそこなら……）

地上に上《のぼ》れば少なくとも、ここに留まるよりは目立つはずだ。そう思ったミリヤムは、もう一度身体に力を込めた。上手くいけば巡回の隊士達に発見されるかもしれない。

腕と膝を使い、ゆっくりと雪上を進む。初めはとても痛かった。背の痛みに加え、針で刺されるような冷たさは驚くほどに痛くて。凍えるほどの冷たさが、身体の動きを鈍くした。

だが、諦めるわけにはいかなかった。ここで諦めることは凍死を選ぶのと同じことだった。

（……まだ私……ここを貴婦人でも過ごせるような快適な砦に、してないわ……）

ここに来た当初に誓ったことを思い出し、ミリヤムは歯を食いしばった。

（……坊ちゃま……）

子供の頃からいつだって、その名をおまじないにして唱えればどんなことでも頑張れた。ミリヤムはその名を心の中で繰り返しながら、感覚のなくなった腕に、それでも動けと命じる。少しずつでもいい、動き続けろと。

——しかし……傾斜に向けて半分くらい移動したところで、ミリヤムは己の変化に気がついた。

（あ、れ……？）

何故だかひどく身体が重く感じられるのだ。痛いからとか疲れたからとかそういうことではなく、身体を動かすのが堪《たま》らなく億劫《おっくう》に感じられる。もうあと半分頑張れば傾斜に手が届くと分かっているのに、それでも動くのがとても辛かった。

いつの間にか——身体の震えが止まっていた。

寒さの中で震えるという現象は、熱を生もうとする身体の防衛反応だった。それが止まるということは、彼女の身体が低体温に陥《おちい》り、その力がなくなりつつあることを示していた。

雨に濡れた雪の上を這《は》いずり回ったミリヤムは、いつの間にか水浸しになっていた。その水分は容赦なく彼女の身体を冷やし続けていたのだ。

（……つめたい……）

決して眠いわけではないのに、何故だか今にも瞼《まぶた》が落ちそうで。

ああこのままでは駄目だ、という焦りが胸を恐怖で埋めていく。だが——その恐怖すら、今にも消えていってしまいそうだった。

「ふ……ろりあん……ぼっちゃ、ま……」

もう瞼《まぶた》を開けていることすらできそうもない、と悟った時、ミリヤムの口からはこの世で一番慈《いつく》しんできた青年の名が零《こぼ》れ落ちる。

（ぼっちゃま……お役にも、たてず……）

落ちそうな瞼《まぶた》。霞んでいく意識の最後に、ミリヤムはその影を見た。

「ぼ……」

——……ぼるでま、さ、ま……

その名を呟いたと同時に、ミリヤムの頭が雪の上にぽとりと落ちる。

意識が薄れゆき、ミリヤムには何も分からなくなった。最後に心に浮かんだ名も、暗闇に溶けるように消えていった。


――……その時だった。


風を切る音と共に、闇色の腕が伸びてきた。まるで暗闇から命の最後の光を掴み取ろうとするかのように。

それは闇の眷属《けんぞく》のような姿をしていたが、闇を裂くようにして現れた。雪を蹴散らし、ミリヤムの傍《そば》に飛び降りると、鈍い音を立てて地に立った。暗闇に金の目を光らせた黒い影は、背からは白い湯気を立ち上《のぼ》らせ、肩で荒い呼吸をしていた。

影はミリヤムの姿を認めると、すぐさまその身体を抱き上げる。

そうして素早く地を蹴ると、影は再び闇の中へ、風のように走り去っていくのだった……


――あれ?

振り返ると、黒のスカートとエプロンの裾が翻《ひるがえ》って。

ミリヤムは不思議そうに首を傾げた。

何か金色のものが視界を横切っていったような気がしたのに、と目を瞬《またた》いて周囲を見回す。

けれどそこに見えるのは、見慣れた侯爵邸の庭だった。

整然と並んだ植木や花壇の中で、ミリヤムはどこか呆然とその色鮮やかな庭を眺める。

何故だかその景色が懐かしくて、でも、何かが足りない気がした。

庭も建物も、何もかもが素晴らしく優美な侯爵邸。ここにはミリヤムに必要な全てがあるはずだった。

打ち込める職務に、寝起きする部屋と三度の食事、そして愛しい主《あるじ》と、小憎らしい幼馴染《おさななじみ》も。

でも、とミリヤムは思った。ここにはなんでもあるけれど、でも足りないものがあるのだと。

何かが足りない。何が足りないのだ、と、考えているうちに――……ミリヤムの胸には詰まるような感覚がこみ上げてきた。

切なくて苦しくて。堪《たま》らなくなって、頭を抱えてうずくまる。

そうしてその口からは、彼女の心の底からの言葉が零《こぼ》れ落ちていた。

「もう一度……もう一度——一緒に——……」

——……と、そこでミリヤムの瞳がカッと見開かれた。

「ご、ご飯‼　……あ、あれ？　なんだ……？　どうした⁉　うぎゃっ⁉」

起き上がろうとすると背中が痛んで思わず悲鳴を上げる。

「な、なんで……？」

ミリヤムは一瞬、何故背中が痛いのかが思い出せずに戸惑った。まだ頭は靄《もや》がかかったようにぼんやりしている。低体温で頭も身体も強制的に停止しかけたのだから無理もなかったが、それは本人には分からなかった。

見回してみると、どうやらそこは暖かい室内のようで——少し離れた場所にパチパチと燃える暖炉が見えた。

「……？　あれ……ここ、病室……？　侯爵邸は……？」

夢だったのか、と思った時、ごく間近な場所から、深い深いため息の音が聞こえた。人がいるとは思っていなかったミリヤムは驚き——だがあまり首を動かすと痛かったので、寝そべったまま視線だけでそちらを見る。

「あ……」

ミリヤムはそこに、少し泣きそうな顔で微笑むヴォルデマーの姿を見つけた。

彼は金色の視線をミリヤムに注ぎ、彼女が横たわる寝床の端に腰を下ろしている。

ミリヤムは瞳をぱちくりさせて一瞬我が目を疑った。久しぶりにこんな間近で彼を見た気がした。

「……ミリヤム……よかった……」

ヴォルデマーはシーツの上に手をついて、柔らかな瞳で彼女の顔を覗き込む。

寝そべったまま呟くようにその名を漏らすと、そっと黒い毛並みに頬ずりされる。それから彼はミリヤムの髪を柔らかく撫でた。

「ヴォルデマー、様……？」

ミリヤムはぽかんと口を開けたままだったが、どうしてだか涙が出た。多分、その金色の瞳こそ、夢の中で足りないと感じたものだとどこかで理解したのだろう。

再びまみえた嬉しさがじわじわと胸を温めていく。髪を梳《す》いていく黒い手がわずかに震えているのを感じ取ると、涙は余計ぽろぽろと落ちていった。

「……そうか……私、雪の中で滑って……もしかして……ヴォルデマー様が見つけてくださったのですか……？」

ヴォルデマーの心底安堵したような表情に、ミリヤムは鼻をすすりながら、やっと自らに起こった出来事を思い出した。彼は無言で頷いて、それからミリヤムの手に何かを握らせる。

「……？　なんです？」

「これを、探していたのだろう……？」

「え」

そう言われてミリヤムが手の平を見ると、そこには白い手ぬぐいが一枚たたんであった。

「……これ……!?　……っ！」

それが何か分かってミリヤムは飛び起きそうになった。が、すぐに背に痛みが走り、手ぬぐいを持ったまま寝床の上で悶《もだ》える。それを見たヴォルデマーが眉間《みけん》を悲しそうに歪め、ミリヤムの肩を寝床にゆっくりと押し戻した。

「動かすな、背を強打している……痛むのだろう……？」

「……そうでした……。でも、これ見つけてくださったんですか!?　あぁぁあ……ありがとう、ございます……」

ミリヤムは受け取ったそれを胸にかき抱いて、ため息まじりに礼を言った。未だ背中は痛かったが、嬉しすぎてそれどころではなかった。

しかしそんなミリヤムに対し、ヴォルデマーは首を横に振る。それから傍《そば》の椅子に腰かけ、ゆっくりと、それがどうして己の手元にあるのかを語り始めた。

そして話し終えた時、彼はミリヤムが手ぬぐいを握る両手を取ると、「すまなかった」と声を絞り出した。ミリヤムは一瞬言葉を失って、それから恐る恐るヴォルデマーを見上げる。

「へ……？　……では……お形見は、ずっとヴォルデマー様の手元に……？　え……？

そもそも形見ではない……？　え？」

ミリヤムは目を真ん丸に見開いていて、今にも転げ落としそうである。その瞳でヴォルデマーをじっと凝視していた。

「……　〝お疲れ気味の手ぬぐいの君〟……？　ヴォルデマー様が……？」

「すまない……私がきちんと言わなかったせいで、お前に気苦労を……おまけにこのような……」

「へぇ!?」

ヴォルデマーが頭を下げると、ミリヤムは素《す》っ頓狂《とんきょう》な声を上げた。そして思い切り両手を振る。

「いえいえ！　ヴォルデマー様が悪いわけでは……私めはいつもこうやって痛い目見てるんです！　いっつも先走ってしまって……直そうとは思ってるんですけど……」

ミリヤムは「ご迷惑おかけしました」と言いながら困ったように笑った。その笑顔にヴォルデマーもやっと安堵したように息をつく。

「確かに……真夜中に外に飛び出していくとは思わなかった。もうするなよ……」

「は、はい、もういたしません」

その言葉を聞いたヴォルデマーは、少し笑んで、それからふっと表情を陰らせた。

「ヴォルデマー様？」

「ミリヤム……恐ろしかった。お前が消えたと知った時、堀の中に倒れているのを見つけた時……心臓が止まりそうだった」

「あ……も、申し訳っ……軽率でした……」

「いや、そもそも私がお前を遠ざけなければ、手ぬぐいの件も、もっと早くに気がついたはず……後悔した。……あのまま傍《そば》にいては、もう後戻りできなくなるような気がして。だが、それはもう遅かったようだ」

「あともどり……」

「お前ほど可愛いと思った女は他にない」

「…………はあっ!?　ぃっ、いったぁ!!」

神妙な顔で聞いていたミリヤムは、思わず跳ね起きて、直後痛みにうずくまる。

「こら動くな……！」

「い、いえ、今の思いっきりヴォルデマー様のせいですけど……ヴォルデマー様が真顔で変なこと言うから……いたた……」

「変なこと？」

「いえ、その……」

「お前が可愛らしいという件か」

「……真面目ですかヴォルデマー様」

ミリヤムはちょっと仰《の》け反りながら、信じられないものを見るような目でヴォルデマーの顔を見た。だが、ヴォルデマーは真摯《しんし》な顔つきで「変なことを言っているつもりはない」と続ける。

「……上手くは言えぬが……お前の駆け回る姿や愉快な言動に触れていると、楽しくて、ずっと見ていたいと思ってしまう。ずっと見ていられる場所に、できれば手の届く距離にいて、お前にも私の方を見ていてほしいと願ってしまう」

ヴォルデマーは真面目な表情を崩し、ミリヤムにそっと微笑む。

「恋愛事に疎《うと》い私でも分かる。それはつまり、お前が欲しいということだろう?」

「…………」

この時――ミリヤムの頭の中は真っ白だった。息も止まって、目は点になった。身体の中心を叩かれるような鼓動が徐々に高まっていって、身体が熱を持ち、じわじわと汗をかいていく。

そうしてしばらく沈黙したあと、ミリヤムは掠れた声を絞り出した。

「……あの、空耳か勘違いだったらすみません……それは、あの……その……す…………す、好きだ、と、言われているように……聞こえるのですが……」

「そうだ」

「ひっ」

恐る恐る絞り出した問いにすっぱり答えられてしまい、ミリヤムはもう一度仰《の》け反った。背中は痛かったがそれどころではなかった。

「お前以外の女人にそう感じたことはなかった。これが恋情でないというならば、私には恋するという意味が分からない」

ヴォルデマーは腕を組んできっぱりとそう言い切った。

ミリヤムはそれを見て呆気《あっけ》にとられながら――いやしかし、と思った。

「で、ででもですね⁉　……ウラ様と結婚なさるというお話は……それに、〝願ってしまう〟とは……」

それは〝願ってはいけない〟と言っているように聞こえて、ミリヤムは動揺を隠すこともできず、ヴォルデマーの顔を見上げた。その視線に対してヴォルデマーが口を開く。

「それは──」

──と、その時……

「ミリヤム‼　目が覚めたというのは本当かっっっ⁉」

「っ⁉　ぎゃぁあああああっっっ‼」

ドバタンと勢いよく扉が開け放たれ、不意打ちされたミリヤムが真っ赤な顔で叫ぶ。

「は、へぁ⁉　な、何⁉　イ……イグナーツ、様……⁉」

「…………」

戸口に立っていたのはイグナーツだった。彼はミリヤムを見て目を丸くしている。

「お、お前……‼」

怒鳴っておいて目が覚めたのかもくそもないが、イグナーツは丸くしていた目を一気に吊り上げると、怒り狂って部屋の中へ乱入してきた。

「お前という奴は‼　なんという無謀、なんという馬鹿者だ‼　夜の野外を一人でうろつくなど正気か‼　馬鹿やろう‼」

「す、すみません……」

ミリヤムは首をすくめて謝ったが、軽率だ、馬鹿者だと怒鳴りながらも、次第にイグナーツが涙ぐんでいく。

「ば、ばかものめぇえぇっ……お、お、おま、おまえがしんだら、だれがヴォルデマァ様に食事をたべ、たべ……っ！　うっ……だれがろーらんとのやつをやせさせ……うぅ……」

「イ、イグナーツ様⁉　な、な、な、泣くの⁉　ごめんなさいごめんなさい‼　反省します！　反省してます‼　いくらでも罵《ののし》ってください‼」

「な、ないてねぇえぇえぇえ‼」

イグナーツは両手で顔を覆って、床にしゃがみ込んでしまった。ミリヤムは寝床から慌てて彼に手を伸ばそうとしているが、届かぬ手を懸命にぶんぶん振っている。赤面はどこかに飛んでいった。

「と、届かな……！」

「こんな馬鹿見たことねぇ‼　い、生きててよかったっ……！　馬鹿が‼」

「い、いぐなーつさまーっ‼」

と、いう熱血なやり取りに……ヴォルデマーはやれやれとため息をつく。

そうして彼は苦笑して、泣きまくる二人を温かい眼差しで見守っているのだった。

＊＊＊

「……フロリアン様……よろしいのですか……？」

イグナーツが乱入していったその扉の陰で、ルカスは静かに主《あるじ》に問いかけた。

金の髪の青年は、静かな瞳でミリヤムとヴォルデマーの様子をじっと眺めている。

「……うん、今は。……あのミリーの様子を見ちゃうとね……」

「……」

「それに……ヴォルデマー様の想いも、目にしてしまったし……」

主《あるじ》の切なげな声音《こわね》を聞いて、ルカスが気遣わしげな表情で俯《うつむ》く。

「……あんなに必死な人を、私は初めて見たよ……」

彼の心の中には、数刻前に、この砦の長《ちょう》が見せたただならぬ様子が焼きついていた。

もちろん、フロリアンとてミリヤムが死ぬほど心配だった。彼女を探し出すためなら、なりふり構っていられなかった。

しかし――そんな彼をも驚かせたのは、ヴォルデマーの鬼気迫る様子である。その必死さは、彼が普段あまり感情を表に出さないだけに、より壮絶なものとしてフロリアンの目に映ったのだ。

それに対して思うところがあるフロリアンはため息をつく。

「……まあ、今回ミリーを助けてくださったのはヴォルデマー様だしね……」

だから、とフロリアンは微笑んだ。

「今回は、ひとまず身を引いておくよ」

＊＊＊

しゃがんで泣き出したイグナーツはそこから立ち直ると、今度は目を三角にして、くどくどくどくどとお説教を始めた。

ミリヤムは医務室の寝床に寝かされたまま、はい、はい、と素直にそれを聞いている。

その様子を見て、長くかかりそうだと察したヴォルデマーは、心配しているだろうサラ達に状況を知らせてくると言って部屋を出ていく。正直ヴォルデマーとしても少々叱られた方がミリヤムのためだと思っていた。

「大体お前は……ヴォルデマー様がどれだけ心配なさったと思ってるんだ⁉　防寒具も身につけずに外に飛び出していかれたんだぞ！　まったく‼　ヴォルデマー様に何かあったらどうするつもりだ⁉」

「すみませんすみません、本当にすみません」

「おまけに応急処置までさせて……」

「すみませんすみませ……ん？　処置……していただいたんですか……？」

「当たり前だ。低体温の処置は一刻を争う。第一発見者のヴォルデマー様がそれを施《ほどこ》すのは当然だ。あの塹壕《ざんごう》から一番近い城壁塔の駐在所にお前を運び込んで、そこで処置なされた」

「処置……」

　ミリヤムは嫌な予感がした。確か自分の服は泥だらけのびしょ濡れではなかったか。そしてそれは身体を温めるにはまず邪魔となるものではないか。

　ミリヤムは思った。これは聞いてはいけない。聞かなかったフリをして感謝だけしておこう、と。

　だが、イグナーツはそうは問屋がおろさんと思ったらしい。

「……お前を着替えさせたのはヴォルデマー様だぞ」

「っ⁉　イグナーツ様、鬼ですか⁉　知らない方が心穏やかでいられたのに‼」

ミリヤムが青い顔で悲鳴を上げるも、イグナーツは怒ったような顔でふんと鼻を鳴らした。

「黙れ。他の者は締め出されたから詳細は分からんが、とにかく私がお前の姿を次に見た時には、お前はもう服を着ていたし清潔な状態だった。ちなみに温まってもいた」

「詳細不要‼　や、やめてくださいやめてください！　妄想力豊かな私めにそういう情報を与えるのはやめてください‼　……いや！　緊急時だから仕方ない……緊急緊急、緊急の……」

そんな時になりふり構っていられるはずがない、生きる方が先だ、と己を宥《なだ》めるミリヤムに、イグナーツは高圧的な顔で口の端を持ち上げる。

「あの様子なら、何もかもずぶ濡れだっただろうなぁ。ヴォルデマー様の毛並みはさぞかし温かかったことだろうなぁ。ああ愉快愉快」

「……やばい、イグナーツ様が精神攻撃を……さっきはあんなに可愛く泣きじゃくっておられたのに……」

「泣いてねぇっ‼」

ミリヤムは顔面真っ赤の汗だらけで呻《うめ》いている。イグナーツは鼻の頭に皺《しわ》を寄せて唸《うな》った。

「イグナーツ様……怪我人に気を遣うとか……なんかないんですか!?　私め一応女なので、その情報は結構胃にきます……せっかく生還したのに今度は病《やまい》に臥《ふ》しますよ!?」

「へっ……！　もう生きてればなんでもいいわ……自業自得じゃねぇか。せいぜいヴォルデマー様のお手を煩《わずら》わせたことを悔やむがいい」

イグナーツはやさぐれた表情で椅子に座り、「いっそのこと他に嫁に行けぬようになればいい」と、つんとそっぽを向いた。

それに対してミリヤムが「ツンデレか！」と悔しそうに呻《うめ》いた時、扉の軋《きし》む音が響く。

二人が顔を向けると、開かれた戸口にヴォルデマーの姿があった。まだ喧嘩しているのかという表情で片眉を上げる彼の後ろで、ミリヤムの同僚達が嬉しそうに小さく手を振っていた。

それを見てイグナーツが「さてと」と、ミリヤムの寝台の傍《そば》を離れる。

「それではな。思う存分、羞恥《しゅうち》に苦しみながらヴォルデマー様の話をお聞きするといい」

「っ!?　な、なにぃ!?」

ミリヤムが目を剥《む》くと、イグナーツは廊下に集まっていたサラ達を「またあとでな」と言い宥《なだ》め、部屋を出ていった。室内にはヴォルデマーとミリヤムだけが残される。

「……」

「……」

二人の間にはしばし沈黙が落ちたが――まず口を開いたのはミリヤムだった。

背を負傷しているのに平伏しようとしてヴォルデマーに止められる。

「……ヴォルデマー様、改めて、お助けいただき本当にありがとうございます……」

そう言いつつも視線はなんとなく下に向いている。その気まずげな様子を見て、ヴォルデマーが「ああ」と呟いた。

「聞いたのか」

その礼が彼女を介抱したことに対するものだと気がついて、ヴォルデマーは自分のこめかみを指で掻く。小さくため息をついて「イグナーツめ……」とぼやいた。

「すまない……緊急だったゆえ、手っ取り早い方法を選んだ。許せ」

「いえ、感謝しております……大体、私が隊士さん達に風呂場でしていることと、ほぼほぼ変わりません。我がものとはいえ、人命第一、です。本当にありがとうございました」

そう言いながらもミリヤムの顔からは汗が止まらない。緊急時だろうとなんだろうと、やっぱりそれは顔から火を噴くほどに恥ずかしいことだった。相手がヴォルデマーであるだけに。

と、そんなミリヤムを見てヴォルデマーが言う。

「……汗をかきすぎだ……着替えるか？」

途端、ミリヤムは吐血しそうなダメージを受けた。

「き⁉　きがぇませんっ!!　やめてください現在その単語、致死レベルです!!　嫌！　着替えいりません！　ぃいりませんったら!!」

傍《そば》にある替えの寝巻きを持ち上げようとするヴォルデマーを、ミリヤムは動けないながらも全力で阻止しようとするのだった。


まず、とヴォルデマーは言った。

「私はお前が好きだ」

「ぐっ……」

向き合って早々再び投下された告白に、ミリヤムが赤い顔で呻《うめ》く。

「し、しかしウラ様とご結婚なさると……」

「それはただの噂だ」

「え⁉」

静かに告げられた言葉に、ミリヤムが弾かれたように顔を上げる。

その戸惑ったような表情を見つめながら、ヴォルデマーは首を横に振った。

「噂されているような関係をウラ殿と持った覚えはない」

「っ!?」

ミリヤムは唖然《あぜん》としている。

そんな彼女の前で、ヴォルデマーはどうしてウラの寝所に行くことになったのかを語り始めた。それを一通り聞き終えたミリヤムは、「では何故」と、浮かんだ疑問を彼に問う。

何故あんなに噂が蔓延《まんえん》したのか、何故それを訂正しなかったのだろうかと。

するとヴォルデマーは少し表情を暗くしてため息をついた。

「……訂正しなかったのは……お前がフロリアン殿に求婚されていたからだ」

「あ……」

「もうお前に近づくべきでないと判断した。ゆえに、訂正する必要もないかと」

「……」

「彼はお前を娶《めと》る気でおられるし、お前にも彼に対する愛情が明確にあった。だから……身を引くべきと考えた」

言うべき言葉が見つからず、ミリヤムは押し黙る。

「フロリアン殿は、我が目から見ても素晴らしい男だと思う。私がいくらお前を想っても、お前が誰かと想い合い、その相手がああもケチのつけようのない男であるとすれば……深入りはできぬ」

寂しそうに零《こぼ》された言葉を、ミリヤムは堪《たま》らない気持ちで聞いていた。けれど、なんと返せばいいのか分からなかった。ただ、喘《あえ》ぐようなため息が漏れる。

「……気がついたばかりの気持ちだ。姿を見ず、声を聞かず、関わらずにいれば、きっといずれ忘れることができる。そう思った。しかし――」

「え……」

ヴォルデマーは俯《うつむ》きかけたミリヤムの頬をそっと手で支え、己の方に向けさせた。

彼はまたため息を落とし、それから微笑んで言う。

「それは少しも上手くいかなかった」

離れようと思っても、倒れたと聞けば駆けつけてしまい、困っていれば手を貸したくなった。そして毎日食事が運ばれてくるたびに、あの娘も食事をちゃんととっているだろうかと気になった。

「……私は、お前と共にずっと食卓を囲みたい」

「……ヴォルデマー様……」

それは、彼の切実な本音だ。

それまで彼にとって食事はただの〝補給〟だった。ミリヤムがかき込むような食事しかしてこなかったように、ヴォルデマーもまた、そこにはなんの喜びも見出してこなかった。

だがそれが――彼の食卓の向かい側にミリヤムが座った時、ただの〝補給〟ではなくなってしまったのだ。

何故彼女だったのかは分からない。ただ、よく働くこの娘が空腹だと知った時、ヴォルデマーはごく自然に何かを食べさせたいと感じた。

そうして怖々《こわごわ》食事をする彼女を見て思ったのだ。「もっと、楽しんで食べればいいのに」と。それはやがて「楽しませたい」に変わっていって、彼自らが食事の楽しさを知ることにも繋がった。食卓の上に並ぶ料理の温かさやその彩《いろど》りの鮮やかさを初めて知った、そんな気すらしていた。

彼女が食べる姿を眺めているとても幸福で。それだけで満足感に満たされる。そんな食卓は、彼の心をすっかり虜《とりこ》にしてしまった。

「……ミリヤム、お前がいない食卓はひどく侘《わび》しい」

ヴォルデマーのやる瀬ないため息を聞き、ミリヤムは少し間を置いて、「はい」と頷く。ミリヤム自身も、ずっとそれを感じていたから。

　ヴォルデマーはミリヤムの手を取って、その瞳をまっすぐに見た。

「私がこの話をするのは——お前と食卓を囲む権利を別の誰かのものにはしたくないためだ。一度は忘れなければと思ったが……やはりできぬ。だから聞きたい。ミリヤム……お前は本当にこのままフロリアン殿の妻となるのか？」

「ヴォルデマー様……」

　それは、これまで彼が見せた中で一番不安げな眼差しだった。にもかかわらず、それはまっすぐな切っ先を持ち、心の奥深くにまで届いたような気がした。

　しばしの沈黙のあと、ミリヤムが「……私」と呟いた。

「あの時、死ぬんだと思ったんです……」

　あの塹壕《ざんごう》に落ちた時、ミリヤムは本気で己の終わりを覚悟した。

　視界にゆっくりと幕が下ろされていく中、ミリヤムは闇だ、と思った。夜闇よりも暗い、消失という名の闇。意識は消えゆくのに、恐怖だけはくっきりと感じて。そんな時、ミリヤムは最後がこれでは嫌だと思った。

「……それが抗《あらが》うことのできないことだとしても、怖いまま消えるのが嫌で……私、愛しいもののことを考えたんです。だって、やっぱり死ぬなんて怖すぎる。せめて安らかな気持ちで終わりたいと思った時……恐怖に打ち勝てるものが、私の中にはそれしかな

くて」

ミリヤムは苦笑して、そして黙って聞いているヴォルデマーを見た。

「……ヴォルデマー様でした」

はっきり言うと、彼の金の瞳が驚いたように見開かれた。

「私のことだから、絶対坊ちゃまだと、自分でも思ってたんですけど……最後の最後に浮かんだ姿は、間違いなく、あなたでした」

ミリヤムは、もう一度そうきっぱり言う。言ってしまったあと、やはり恥ずかしくなって、ぎこちない顔をした。

「う……その、確かに私は坊ちゃまのことを天空の宝のように愛していますし、守りたいと思います。でも……それは多分……ヴォルデマー様に感じるものとは違うんです」

ミリヤムは一瞬躊躇《ためら》ってから、許されるなら、お許しいただけるのなら、と呟く。

「私、ウラ様みたいな人狼じゃありません。何も持たないメイド女です。でも……」

彼女は鼻の頭から頬、耳の先までを赤く染めながら、懸命な表情をヴォルデマーに上げてみせた。

「……お傍《そば》にいたいです、まだ諦めなくていいと仰《おつしや》ってくださるのなら……私、ヴォルデマー様のお傍《そば》にいたいです！」

その日は久しぶりに雲の隙間に青い空が見えていた。その空を見上げながら、ミリヤムが洗濯したくてうずうずしていた時。

病室を訪れたイグナーツは入ってくるなり、本当に迷惑そうな顔でミリヤムを睨《にら》んだ。

「お前な……さっさと元気になれよ！」

言われたミリヤムは寝台の上でぱちくりと目を瞬《また》かせた。

部屋の中には寝台が四つ並んでいる。まっさらな寝台が二つ。残りの壁際の一つにミリヤムが寝ており、そしてもう一つの寝台の上には書類やら書物やらが山積みにされていた。

イグナーツは戸口からまっすぐミリヤムの傍《そば》に来ると、神妙な顔で彼女のおでこに手を当てた。

「……熱下がってんじゃねぇか」

「はぁ……本日平熱です」

なんだなんだと思いながらも、ミリヤムは正直に頷いた。

雪の塹壕《ざんごう》の中から助けられて早四日。ヴォルデマーと話した日の晩から高熱に悩まされ続けたミリヤムだが、今朝はやっと熱も下がりスッキリした顔色をしている。

イグナーツは一瞬ほっとしたような顔をした。が、すぐに仏頂面《ぶっちょうづら》に戻ってミリヤムを睨《にら》む。ちなみに何故だか毛並みがボサボサである。あちこちむしられたような跡もあった。ミリヤムはそれを疑問に思いながら彼に言う。

「ええと、私もそろそろ元気になってきたような気がするので、寝台を下りて洗濯番に戻りたいんですが……」

「駄目だ」

急に渋い声がかかって、二人が揃って振り返ると、そこにはもっさりした白い影がずんと佇《たたず》んでいた。様子を見に来た大きな白犬の医師は、じろりと鋭い目つきで首を横に振る。そのたびに襟巻《えりま》きのような分厚い毛並みがふるんふるんと揺れていた。

「駄目だ。おめぇさん背骨をやってる。動かすな。今しっかり治しておかねぇと老後に痛い目見るぞ」

「……ではせめてローラント達の入室禁止をなんとかしてもらえませんか⁉」

厳しい顔の白犬医師に食い下がったのはミリヤムでなくイグナーツだ。

「あいつら、こいつの顔が見たくてうろうろうろうろ……」

しかし白犬医師は首を横に振る。

「駄目だ。あのくそ落ち着きのないガキ共を俺の病室に一歩も入れるな。どうせ馬鹿騒ぎしてそこら中走り回るんだろうが。こいつだって絶対に大人しく寝床に寝てないだろう」

その言葉にミリヤムはうんうんと頷く。

「……ね？　このお医者の先生はつぶらな瞳をしておいでですが、結構鋭いご慧眼《けいがん》をお持ちなんです。坊ちゃん達を見たら走り回らずにはいられない私めをよく分かっていらっしゃる。可愛らしいですがお厳しいんです。先生が首を振るたびに毛が室内に舞うので私もさっさと掃除がしたいんですがねぇ。すり足で背を動かさなければなんとか……」

「駄目だ」

「ね？」

「……」

犬の医師とミリヤムが揃ってイグナーツの方を見るので、彼は疲れた顔でため息をついた。

「お前がここにいると、来るたびに途中でローラント達にやっかまれて大変なんだぞ⁉あいつら徒党を組んで襲撃してくるし……なんでそのたびに俺が毛をむしられなきゃなんねーんだよ。あいつら、ああいうことにばかり頭使って巧妙になりやがって……」

ローラント達はどうやらミリヤムの見舞いに来たいようなのだが、大人しくできない彼等には、未だ白犬医師から入室許可が下りない。イグナーツはそのとばっちりを食っている。

「あいつら本当に手加減ってものを知らん……」

「ああ……それでその荒くれたような毛並みでいらっしゃるのですね。ご苦労おかけします……。私も坊ちゃん達の隊舎が今頃お菓子のくずだらけになってやしないかと心配してはいるんですが……」

ミリヤムはイグナーツを拝んだ。

拝まれたイグナーツはゲッソリした顔で後ろを振り返る。ミリヤムの寝台から少し離れた別の寝台、書類が山積みのそれを見て、彼は疲れた様子でがっくりと肩を落とした。

「……ヴォルデマー様はヴォルデマー様で……ここに入り浸りになられているし……」

「……すみません……」

白犬医師がミリヤムに安静を言い渡してからというもの、ヴォルデマーは毎日ミリヤムの様子を見に病室まで足を運んでいた。

だが、次第にその滞在時間が長くなり、回数が増え、今では最早そこで仕事をしていた。ミリヤムが熱からさめて気がつくと、既にその寝台はヴォルデマーの仕事道具で溢《あふ》れ返っていて。つまりそのせいでイグナーツがここに通う破目にもなっているのだ。

白犬医師もイグナーツの視線の先を見て、やれやれと肩をすくめている。

「ヴォルデマーの奴、寝台をすっかり巣にしてやがる……」

「……すみません……」

白犬医師の嫌そうな顔に、ミリヤムはもう一度頭を下げた。だが幸いなことに、現在女性患者はミリヤム一人で、いくつかある病室の一つを占領させてもらっているから、他の患者に迷惑がかかっているわけではない。

ヴォルデマーももちろん夜は私室に戻るし、日中ここで過ごす時も寝台と寝台の間に薄い垂れ幕を下ろして静かに仕事をしている。けれど、外で仕事がある時を除けば、彼はずっとそこにいた。

おまけに看護人達の代わりにミリヤムの世話を焼こうとしてイグナーツに止められたらしい。ちなみに当のヴォルデマーは現在、隊士達の訓練の様子を見に行っている。

「……職務も山積みなのに……」

「すみませんすみません。今日こそ、もうお部屋にお戻りいただけるよう説得します」

ミリヤムも今までは熱に浮かされてそれどころではなかったのだ。ぼんやりと目を覚ますと、いつもそこにヴォルデマーがいておかしいなぁとは思っていたが……まさかずっといたとは思ってもみなかった。

「俺だって……邪魔したいわけじゃねぇよ!?　むしろお前と距離を置いてた時より仕事は捗《はかど》ってるよ!?　お食事だって召し上がってくださるようになったよ!?　だけど……だけどな!?」

「分かります、分かります。すみませんすよ。場所が変わっただけでも色々手順や流れが変わって下は大変なんですよね。すみません本当にすみません」

ミリヤムは布団の上に突っ伏して嘆《なげ》き始めた男の白い耳を必死でよしよしと撫でる。

そう言いつつも、ヴォルデマーがそこにいてくれることは正直少し嬉しかった。もちろん甲斐甲斐《かいがい》しく世話まで焼いてほしいとは毛頭思っていないが、身体が辛い時、その顔を見るたびにミリヤムはほっとするのだった。

「はー……それで……先生に相談なんですが……」

呻《うめ》いていたイグナーツが布団の上からむくりと顔を上げた。

「そろそろこいつ、場所を動かしては駄目でしょうか……」

「……場所？」

「医務室はヴォルデマー様の執務室からも離れているし、かなり不便です。ヴォルデマー様はこいつの傍《そば》から離れる気がないようですし……もう少し近くに移動させたいんですが……」

「……まあ……熱は下がって顔色もよくなってきたし、部屋を移すなら勝手にしな。だけど暴れさせるなよ、あと十日は安静にさせろ！　お前の弟に注意しろ!!」

先生はもっふもふの毛並みの中にうずもれそうなつぶらな瞳を精いっぱい威厳がある風に細め、イグナーツを睨《にら》んで釘を刺した。

「……だから、なんで俺が睨《にら》まれないといけないいんだよ……」

「まあまあイグナーツ様……意外に将来有望そうな弟君は置いといて……私めが代わりに労《いたわ》らせていただきますから。ね？　で？　どこをむしられたんです？　ブラッシングします？」

「……しねぇ!!」

などと言いつつ結局――イグナーツはミリヤムにブラシを当ててもらっていた。

「これ……ヴォルデマー様に見つかったら俺、また仕事増やされるんじゃねぇの……？」

「まさかまさか。あのですねぇ、おケモノ様には癒《いや》し効果があるんですよ……この狭い寝台の上から動けもせず、日々砦内に隊士様方の毛が降り積もる様子を想像するばかりの、ストレスで弱りそうな私めの胃腸をお助けになると思って、大人しくブラッシングされてくださいよ。ね、イグナーツ様」

「……」

「……はー……今頃ローラント坊ちゃんのお部屋なんか食べカスだらけなんでしょうねえ……はー……」

「……………仕方ねぇなぁ……」

しんみり言われると駄目だと言えないイグナーツは、ちっと舌打ちをした。彼はミリヤムの傍《そば》に座って、大人しくされるがままになっている。やや表情は憮然《ぶぜん》としているが。

ミリヤムはこれ幸いと、思う存分イグナーツを撫で回した。

「……はー……なんたる手触り……。イグナーツ様は喉をごろごろ鳴らしたりはー……」

「……そんなことは……しねぇ‼」

イグナーツは思わず自分の喉元を押さえるのだった。

＊　＊　＊

同じ頃、隊長室では二人の男が向かい合っていた。

一人は部屋の主ヴォルデマー、もう一人はフロリアンである。

二人はテーブルを挟んで椅子に腰を下ろしていた。その間には先ほどイグナーツが淹《い》れていった茶が二つ。立ち上《のぼ》る湯気がゆらゆらと両者の間で揺れていた。

「ヴォルデマー様、お話とはなんでしょう」

促《うなが》されたヴォルデマーはそっと目を開き、己に微笑みかけている青年を見返した。誰にでも愛されそうな美しさと柔らかな品を備えた彼を目にすると、それを褒め称える娘の姿が思い起こされ、小さな嫉妬に胸が痛む。だが、それをおくびにも出さず静かな声で切り出した。

「……ミリヤム・ミュラー、あの者のことです」

「ええ」

その言葉にフロリアンは頷く。まるで予想していたかのように事も無げに。

だがしかし、次に続けられたヴォルデマーの発言にはさすがのフロリアンも驚かされることとなる。ヴォルデマーは彼の目を見て、間を置くことなく言った。

「愛しています」

フロリアンが瞳を瞬《また》かせた。今しがたその言葉を場に投下した者の顔をまじまじと眺める。だが、言葉の主は普段と変わらぬ淡然《たんぜん》たる態度でそこに構えるばかりで――フロリアンは思わず小さく噴き出した。

「驚いた……随分と端的に仰《おっしゃ》るんですね」

「一番言いたいのはそこですから。遠回しに上手く伝えられるような性質《たち》でもありません」

「なるほど……」

フロリアンは、ヴォルデマー様らしいな、と苦笑する。

「先日の私の話を聞いた上で、ということですね？」

その言葉にヴォルデマーはしっかりと頷く。

「貴殿らの過去がどうあれ……変わるものではない。事実を事実としてお耳に入れておきたい。私はあの者を必要としています」

「そうですか……」

フロリアンは息をついた。

「ですが……現状であなたとミリヤムが添うのは難しいのでは？　私にお話しになるくらいです。単なる戯《たわむ》れではなく、覚悟があってのお話だと解釈いたしますが、ご実家は獣人界でも指折りの名家。辺境伯閣下《かっか》はお許しになりますか？」

「……簡単にとは、言えませんな」

彼の指摘に、ヴォルデマーはその困難さを認めて頷く。

フロリアンはその表情の細かな変化を静かに窺いながら、彼に呼びかけた。

「ヴォルデマー様、そこに希望がないのであれば、いたずらにあの者の心を乱すようなことはなさらないでいただきたいのです。あなたがそのようなことをなさるとは思いませんが……ミリヤムを愛妾《あいしょう》にするなどということは、私が絶対に許しません」

フロリアンがそう懸念を示したのにはわけがある。この国に限らず、貴族の子息や息女の多くは政略結婚をするものだ。そんな貴族社会にあって、男子が正妻以外に妾《めかけ》を持つということはさほど珍しいことではない。政略結婚で家を守りつつ、情を注ぐ者を非公式に傍《そば》に置くということは、よくある話なのである。しかし、それを黙認する風潮も強い一方で、そのために起こる騒動もまた多かった。そのせいで割を食うのは結局、弱い立場の者なのである。

「私がミリヤムに与えたいのは、そんな陰のある立場ではありません。彼女を唯一無二の妻として正式に迎え入れる用意がないのなら、申し訳ありませんが話になりません」

フロリアンの目は笑っていなかった。その瞳からは柔和《にゅうわ》な輝きが消え、厳しさを感じさせる視線がヴォルデマーに向けられている。

「私には、その用意があります」

フロリアンの悠然とした宣言に、ヴォルデマーはその決意の固さを改めて知る。

だが、と彼はフロリアンを見返した。

「無論、彼女にそのような扱いをする気などありません。父を説得するのは確かに簡単ではない。当家は同族以外との婚姻を結んだこともありませんから、そのことに反発する者も少なからずいるでしょう。これ幸いと攻撃してくる政敵もいるかもしれません。しかし——その労を厭《いと》うて諦められる程度の情ならば、私は貴殿にわざわざ宣言したりはしない」

現状、フロリアンは砦存続の鍵となる大切な存在だ。本来ならば彼との間に諍《いさか》いなど、ましてや色恋沙汰での対立などあってはならない。いや、絶対に避けなければならないことだった。

ヴォルデマーは強い眼差しでフロリアンを見返す。

「フロリアン殿……彼女は私が初めて心から得たいと思った女性です。ずっと共にあり、同じ食卓を囲んで生きていきたい……将来、己以外の誰かが彼女の隣にあるかと思うと、想像するだけでこれまで味わったことのない焦燥感に苦しめられる。それが現実のものとなるくらいなら、家族に刃向かう方がまだ易《やす》い」

「………そうですか……」

その言葉を聞くと、フロリアンはため息をついて椅子を立った。

「ならばお互いできることをいたしましょう。あなたと対立するようでとても残念ですが」

彼はそう言い、頭を下げて部屋を出ようとした。しかし、その戸口で不意に足を止める。

「……あなたのお気持ちが本物だということは……私も、分かっているつもりです」

「フロリアン殿……？」

金の髪の青年は、ゆっくりと振り返り、不思議そうな顔をしている男を見つめた。

「……ミリヤムを助けてくださった時のあなたの瞳は真摯《しんし》でした。……恐ろしいほどに」

「……」

己の言葉に少し目を見開いている男に、フロリアンは普段どおり穏やかな表情を向ける。

「あの子をお助けいただき本当に感謝しています。でも、私はまだ、ミリーを諦めません」

そう笑って。フロリアンは今度こそ、その部屋を立ち去っていくのだった。

＊＊＊

「え……ちょ……」

その部屋が視界に入ったミリヤムは引きつった。

だがミリヤムを横抱きにしたヴォルデマーは事も無げにそこへ足を進めていて、部屋はずんずん近づいてくる。ミリヤムがじたばたすると、彼は落ち着いた顔で「やめなさい」と言った。

そもそも病室で抱き上げられた時も大いに恥ずかしがっていたミリヤムは、ヴォルデマーに逃げ道を失った猫のようだと思わせるほどにうろたえた。が、イグナーツと白犬医師に暴れるなと目いっぱい叱られ、苦渋の決断でヴォルデマーのお世話になることにしたのだ、が――

「ちょ、ちょ、ちょっと待ってください！　何ゆえこの最上階……なんで!?　新しい便利な寝床に行くんじゃなかったんですか!?　こんな……隊長室に激《げき》近い場所で私めに一体どうしろと!?」

ミリヤムが叫ぶと、一歩後ろを荷物いっぱいでついてきていたイグナーツが答える。

「なんでって、ここが一番便がいいからに決まってるだろうが。もうそろそろ観念しろよ。うるっせーな……」

「ええ!?　何故でございますか!?　偉い人の近くでは緊張して眠れません！」

「はあ？　お前さっきまで、ヴォルデマー様の傍《そば》でゴロゴロしてたじゃないか」

「いや、でもあれ病室ですけど!?　ヴォルデマー様はもう、なんていうか……なんていうか……あれ……あれですけどっ！」

顔を真っ赤にするミリヤムに「あれってなんだ」とイグナーツが突っ込む。

「私めにはこの砦の長様《ちょう》の傍《そば》で眠れるほどの身分なんて……立場的に……粗相《そそう》を見られてすぐに処刑されたらどうしてくれるんですか⁉」

ミリヤムは必死に訴えた。

「……？　……何言ってんだお前……」

イグナーツは意味が分からないという顔をしている。ミリヤムも意味が分からなくて、思わずヴォルデマーの毛をぎゅっと掴んだ。それを見たヴォルデマーがふっと笑みを零《こぼ》す。

「……そんなことはしない」

「で、ですが……」

今更だが、ミリヤムは未だに己が怨《うら》んでいる砦長が誰なのか知らなかった。分かっていることといえば、無断侵入したかの人の執務室はすごく散らかっていたということくらいで、その時のお咎《とが》めもまだ受けていなかったと思い出した。

ミリヤムは不安だったが、ヴォルデマーは微笑むばかりで足を止めてくれない。それどころかその足は隊長室の方にずんずん進んでいく。そして――隊長室の一つ手前の扉の前で止まった。

「……着いたぞ。ローラント、エメリヒ、扉を開けてくれ」

「え……ええ？」

ヴォルデマーは扉の前に立つと、いもしない見習い二人の名を呼んだ。ミリヤムとイグナーツは怪訝《けげん》そうに首を傾げる。

――と次の瞬間、少し先の廊下の角からローラントとエメリヒが満面の笑みで飛び出してきた。

「よろこんで!!」

「今あけます！」

「げ!?　お前等……先生にうろつくなって言われただろう!!　や、やめろ、隊長室の前を走る……」

「な」とイグナーツが言い終わる前に、ローラントは兄に突進して「これ持ってあげるね」と彼をぽよんと吹き飛ばす。荷物を両手いっぱいに持っていた彼は、それを防げなかった。

「ぐわっ!?」

「イグナーツ様!?　こ、こらー!!　坊ちゃん達!!」

「ミリー久しぶり！」

ミリヤムが怒るとローラントはにっかり笑って扉を開けた。エメリヒは床に散らばった荷物をせっせと拾っている。

「やっぱりここで張ってて正解だった」

ぐふふ、と悪い顔で笑う少年隊士にミリヤムは仰《の》け反る。

「ぼ、坊ちゃん……また太りましたね!?」

ミリヤムが怪我を負ってから、彼女がきちんとローラント達に会うのはこれが初だった。

彼等も捜索に参加してくれたということはイグナーツから聞いていて、ミリヤムは感謝の手紙をそこで転がっている彼に託していたのだが――

「手紙の最後にお菓子を食べすぎたら駄目ですよ、って書いといたじゃないですか!?」

「もーだからぁ、これは冬毛。ふ・ゆ・げ♪」

ローラントは笑って小首を傾げる。

「僕ミリーのことが心配でご飯食べれなかったんだから。もー僕を痩せさせるなんてミリーは罪な女だなぁ……」

「……坊ちゃんがどっかで変な知識をつけてきた……！　虚偽の申告不可！　ぽよんぽ

よんして……一体どこらへんが減っていると⁉　ミリが見てないからってまたお菓子を馬鹿食いしたんでしょう⁉　豚の帝王様に頼んで食事を全部ダイエット食に変えてもらってやる‼　坊ちゃんがご実家からお菓子を送らせているルートも絶対に押さえてやりますからね‼」

きー！　と、ミリヤムが喚《わめ》いたところで、それを黙って聞いていたヴォルデマーが「さて」と開いた扉の中に足を踏み入れた。おかげでミリヤムの奇声は「ぎゃー⁉」という悲鳴に変わる。ローラントはにこにこしながら戸口から手を振ってミリヤムを見送った。

「こ、こ、ここは……？」

部屋の中に入ったミリヤムは、ヴォルデマーの首に抱きついて恐る恐る周囲を見回す。

そこは客間のような部屋だった。さほど広くはない。寝台と木製のテーブルに椅子が二脚、そして鏡台と洋服ダンス。壁際の小さなサイドテーブルの上には茶器が揃えられている。壁は松葉色で所々に品のいい小さな鈴蘭《すずらん》の絵があしらわれていた。調度品は全て飴色に磨かれていて、壁紙と色を揃えたカーテンからは清潔な香りがする。全体的に年月を感じる古風な部屋だが、とてもミリヤムのような使用人に与えられる部屋には見えない。

それに、とミリヤムは首を傾げる。

「……女性の部屋……です、よね……？」

ミリヤムはそう漏らし、隊長室の隣にこんな部屋があったのか、と思った。

ヴォルデマーはそんな彼女を端に据えられた寝台の上に下ろすと、自らもその隣に腰かけた。

「この部屋は歴代の砦長達の夫人が滞在するための部屋でな。最近は物置になっていた」

ヴォルデマーはそう言ってから、入ってきた扉とは別の扉を指差した。

「隣の執務室とは、あの扉から行き来できる」

それを聞いたミリヤムはどきりとした。その扉からまだ見ぬ獣人隊長が現れて、自分の茶に雑巾《ぞうきん》の絞り汁を入れようとしたのはお前か、と、今にも怒鳴られるような気がして――

（もし本当にそうなっても、坊ちゃま可愛さで嫉妬のあまり……なんてことは絶対に言えない……そんなこと口走ってしまったら、敬愛する砦長様に坊ちゃまが冷遇されてしまうかも……ん？　……あれ？）

「……ちょっと待ってください、まさか……そんな代々の砦長様方の夫人への愛情が詰まっていそうなお部屋で私に過ごせと仰《おっしゃ》るわけでは……ありません、よ、ね、まさか……」

ミリヤムは身体を硬くしてヴォルデマーを見上げた。が、ヴォルデマーはにこりと微笑む。

「そうだが？」

「っ⁉　な、何ゆえ⁉」

何故よりにもよって、とミリヤムは狼狽《ろうばい》を隠せなかった。青白い顔で引きつると、落ち着きなさい、とヴォルデマーに背を撫でられる。

「ヴォルデマー様……、そんな恐れ多い……私めは本当に……ここで過ごさないと、ぃ、いけなぃのですか……？」

声が裏返っている。その様子が見るからに戦々恐々《せんせんきょうきょう》としていて、ヴォルデマーは思わず苦笑する。

「そうだ、そうしてくれると私としても安心なのだが……駄目か？」

「ぅ……ぃ、え……ヴォ、ルデマー様が……そう、仰《おっしゃ》るなら……」

ミリヤムは正直その甘さを含んだ視線は反則だと思ったが、ぎこちなくそう返した。

彼が安心と言うのならば、きっと〝砦長〟はとても信頼のおける人なのだろうと自らに言い聞かせる。こうなった以上、おかしなことをしたらヴォルデマーの顔に泥を塗ることにもなりかねない。ミリヤムはゲッソリした顔で意を決した。

「嫌がらせの件は未遂《みすい》ですが……怒られたら誠心誠意謝らせていただきます……砦長様

に対する恨めしい気持ちも、頑張って忘れさせていただきます……」

その生気のない引きつった笑みをヴォルデマーが笑う。

「そうか？　別に怨《うら》んでくれたままでも構わんが」

「へ？　へぇ……？」

「それよりもミリヤム、しばらくは医師の言うことを聞いて大人しくしているように。私は日中は隣で執務を行《おこな》っているから、何かあれば声をかけてほしい。それと私の私室は執務室の向こう側だ。まあ恐らく仕事が多いゆえ、あまりそちらには行かぬと思うが……夜間でも構わぬ、呼びたい時は遠慮なく呼べ。訓練などで席を外す時は必ず声をかけていく」

「は、はあ……ヴォルデマー様はお隣で……ん？　日中ずっと？　私室は、向こう……？」

彼の台詞《せりふ》にどこか引っかかりを覚えたミリヤムは、強張っていた顔をぎこちなく動かし首を傾けた。隊長室の反対側の隣には、確かその私室が並んでいるはずだった。

「……あれ……？」

「食事もここに運ばせるから共にとろう。その時間には必ず戻る」

「ヴォルデマー様……あの……」

「夫人用の部屋というのは気にしなくていい。ここにいてくれると私も安心ゆえ」

優しげに頬を撫でられて、ミリヤムの顔と耳がぼんっと赤くなった。ヴォルデマー越しの戸口に、にやにやしているローラントの姿が見えると汗も出た。

「それからミリヤム……」

「ちょ、待、待って！　な、撫で撫でするのやめてください！　恥ずかしさやら、ときめきやらで色々吹き飛びそうで怖い!!　い、今何か違和感が……な、なんだったっけ!?」

ミリヤムは真っ赤な顔でヴォルデマーと距離を取るように、寝台の上で壁際まで後ずさった。こうでもしないと、つい今しがた感じたはずの疑問が心臓の音にかき消されてしまいそうだった。

「えっと、お、おかしくないですか!?　お隣は隊長室です！　ヴォルデマー様がどうして日中ずっといらっしゃるんですか？　あれ!?　もしかして……ヴォルデマー様は副隊長様……」

「違うっ!!」

戸惑いながら恐る恐る言うと、途端に戸口から鋭い声が飛んできた。もちろん声の主は目を吊り上げたイグナーツだ。

「そ、そうですよね、そうですよね……でもだって、イグナーツ様がヴォルデマー様は偉いって言うから……」

「『……え？』」

ミリヤムの言葉に、部屋の外のフロトー兄弟とエメリヒがきょとんとしていた。

「え……？　『え？』って？　『え？』ってなんですか？」

ミリヤムの怪訝《けげん》そうな、だがちょっと恐れるような表情を見て、ローラントが兄に呟く。

「……兄上……あれ本当に知らないみたい……」

「え？　嘘だろ？」

「兄上……駄目じゃない、ちゃんと教えてあげなきゃ……」

「俺!?　だって……知らないなんて……知らないで過ごせる方がおかしくないか!?　ヴォルデマー様は隊の行事とかでも前に立ってお話しされたり――」

「兄上……ミリーは隊士じゃないんだから、そんなの参加しないよ……」

「だ、だが……！」

信じられないという表情の二人を見て、ミリヤムの中で不安が膨らむ。

「……ちょっとお二方!?　そういう会話は不安を煽《あお》るんですが!?　なんです!?　なんなんですか!?」

「……ふ」

ミリヤムの慌てた様子に、ヴォルデマーがそっと小さく噴き出した。

（……困ったな）

ヴォルデマーはぽりぽりとこめかみを掻きながら、やれやれとため息をついた。ミリヤムが何をしていても可愛らしいと感じ、その挙動の一つ一つに思わず見入ってしまう。そんな己に呆れた。なんせ、ミリヤムの困った顔ですら、そう思えてしまうのだ。

（……自重せねば、この顔見たさにいじめてしまいそうだ）

ヴォルデマーは己の考えの馬鹿馬鹿しさに苦笑し、それから今にもイグナーツ達の方へ飛びかかっていきそうな娘の背に手を添えて、己の方へと向き直らせた。

「ヴォ、ヴォルデマー様？　な、なんで笑っておいでなのですか？」

「すまぬ、つい……。そうだな、ここではほとんどの者が私のことを名で呼ぶから、外から新しく来たお前にはなかなか伝わらなかっただろう。お前は隊とはあまり関わりのない場所で働いてくれているのだしな」

笑い続けながら、ヴォルデマーはミリヤムの髪を愛しげに撫でる。

「私も気がついてはいないのだと分かっていたが、改めて言うことはなかった。……許せ」

「え、ええ？　なんのことです？」

ヴォルデマーはわけが分からぬといった顔のミリヤムの手をそっと両手で包んだ。それからその栗色の瞳をまっすぐに見て、ゆっくりと言う。

「ミリヤム……我が名はヴォルデマー・シェリダンという」

「……え？」

突然真正面から名乗られて、ミリヤムは目を激しく瞬《またた》かせた。

そして、そういえば彼の家名を聞いたことはなかったな、と思い当たった。

ミリヤムが繰り返すと、ヴォルデマーはその口から己の正式な名が出たのが嬉しかったらしく、どこかくすぐったそうに微笑む。

「……ヴォルデマー・シェリダン、様？」

「そう、シェリダン家のヴォルデマー、それが私の名だ。そして……ベアエールデの隊士達をまとめる任を預かる砦の長《ちょう》……あの扉の向こうの隊長室の主。それも私だ」

その瞬間、「へっ？」と――ごくわずかな声が漏らされて――

部屋の中にはそれきり永い沈黙が降りてきた。

戸口にいるフロトー兄弟とエメリヒも二人の様子を心配そうに見守っている。ミリヤムは頭の中で今聞いた情報を整理することに懸命で、表情も身体の動きもかちりと固まっていた。

（……ヴォルデマー・シェリダン様、シェリダン様、シェリダ……いや、フルネームにときめいている場合ではなかった……え、ええと……え？）

ミリヤムはヴォルデマーの顔をまじまじと見た。

（……今、長《ちょう》って仰《おっしゃ》った、よう……な……？）

（え？　……つまり……）

「……ヴォルデマー様が……この砦の……隊長さ、ま……？」

ミリヤムがおずおずと言うと、ヴォルデマーはしっかりと頷いた。

「そうだ」

ミリヤムはその答えに再び絶句して。少し間を置いてから、もう一度問う。

「……私めが……雑巾《ぞうきん》の絞り汁をお茶に混ぜたいと思っていた、フロリアン様憧れの、あの……？」

それを聞いたイグナーツが憤怒《ふんぬ》して部屋に踏み込もうとしたが、ローラントとエメリヒに止められた。ヴォルデマーは苦笑してもう一度頷く。

「フロリアン殿のことは私には分からぬが、茶の件はそうだったな」

「私めが無断侵入した……お隣の、執務室の……」

「あの時は私も一緒にいたゆえ、無断侵入ではなかったが」

質問するたびに身体中から汗が噴き出てくるような気がしていたミリヤムだったが、

ということは、とこれまでのことを振り返る。

自分は最初からその部屋の主の前で、こそこそ無断侵入を企《くわだ》てた上、嫌がらせの内容も平気で口走っていたのだ。

風呂場での狼藉《ろうぜき》だとか、膝枕だとか、辺境伯の息子だとか……そういう様々な情報も入り乱れて、ミリヤムはもうわけが分からなくなってきた。

「……よく……捕らえられませんでしたね……」

ミリヤムは頭痛を堪《こら》えるようにして、やっとのことでそれだけを口から絞り出した。

いや、結局連行されたは連行されたが、普通なら、その行き先は食堂などではなく牢屋であるような気がして。

それはヴォルデマーが貴族であることを差し引いても決して大げさな話ではなかった。

「そういえば……そもそも……膝枕をしていただいて夜を明かした時も、ヴォルデマー様、隊長室でお仕事していらっしゃいましたね……そうか……そうだったんですか……、なんてこと……」

なんで今の今まで気がつかなかったのだと——ミリヤムは寝台の上で頭を抱えてうなだれるのだった。

「……ミリヤム……」

数日後。背後からかかった声は静かな一言だったが、ミリヤムは床の上でびくりと身体を震わせた。声音《こわね》には呆れの色が混じっていた。

「そんな床の上で一体何を？」

「え……ちょっと、床の染みが、気になって……」

恐る恐る見上げると、傍《そば》に立つヴォルデマーは伏せ目がちにこちらをじっと見下ろしている。

「大人しくしていなさいと、言っただろう……？」

低音の声の主は諭《さと》すようにミリヤムの傍《そば》に膝をつく。その瞬間、ミリヤムがさっと何かを身体の陰に隠した。

「えっと、だって……綺麗なお部屋だし……汚くしたら歴代隊長夫人に『私達の思い出の詰まった部屋を汚すとは、なんて身のほど知らずな毛のない娘でしょう』とか呪われそうな気が……」

「そんなことは誰も思わん。背中に障《さわ》ると言っているだろう？」

「で、でも、ゆっくりやっていますし……埃《ほこり》も気になるし床だってちょっと磨きたいなって……っ」

床に這《は》いつくばって木目を見ようとするミリヤムを、ヴォルデマーは両手で抱え上げる。と、ミリヤムがスカートの下に隠していた濡れた雑巾《ぞうきん》が零《こぼ》れ落ちていった。

「あ……」

ヴォルデマーは片腕でミリヤムを支えながら、その雑巾《ぞうきん》をため息まじりに拾う。ミリヤムは「私の雑巾《ぞうきん》が!!」と慌てている。

「一体どこから調達したんだ……？　ミリヤム、掃除なら私がするゆえ、寝台でゆっくりするか茶でも飲んでいなさい」

「駄目です、それはヴォルデマー様のお仕事ではありません。ヴォルデマー様……甘やかしは過ぎると相手のためにならないんですよ。私め使用人一本で生きてきましたから、この手の職を失っては生きていけないのでございます。つまり危機管理です」

この部屋に来て幾日かが経つが、ヴォルデマーはミリヤムには何も仕事をさせようとしない。

ミリヤムがしていることはといえば、ヴォルデマーやフロリアンがくれた本を読むか、またはサラ達が見舞いに持ってくるお菓子を食べるか、イグナーツのブラッシングをするか……要するにほとんど何もできていないのである。

給金分も働けていない上、このままでは使用人としての勘が鈍る、と、彼女はかなり焦っていた。

「しかしお前は怪我人だ」

ヴォルデマーは寝台の上にミリヤムを戻し、隣に腰かけてその顔を覗き込む。

「お前が大人しく療養してくれなければ、私は心配で心が痛む。それでも大人しくはしてくれぬのか……？」

悲しげに言われて、ミリヤムは「うっ」と仰《の》け反った。ヴォルデマーの耳はしゅんと垂れ下がっている。尻尾もたらんと床に落とされたのを見てミリヤムは……

「ああああ!!　しょんぼり……しょんぼりされると……っ」

「ミリヤム……」

「ひぃいいい!!　分かりました、分かりましたから!!」

――……というやり取りを、その部屋の戸口に立つイグナーツと、ミリヤムの具合を診に来た白犬医師のヴォルフガングは、二人して微妙な顔で眺めていた。

「……なあ、あのやり取りを俺は毎日見ている気がするんだが……気のせいか……？」

「いえ、毎日二、三回は見ますね。もうただのじゃれ合いですよ……」

ふっとイグナーツが笑う。

「仕事が捗《はかど》るならもう、ヴォルデマー様が別人のようでも、ミリヤムの聞き分けが野生の動物レベルでも、なんでもいいですよ……」

「……ま、俺も患者が治ればそれでいいけどよ……よくもまあ、ああ飽きもせず……ヴォルデマーの奴、本当はあれ楽しんでやってんじゃねぇか？」

「はー……もういいです。幸せそうで何よりですよ……」

イグナーツはミリヤムに念入りにブラッシングされ、つやつやになった毛並みを揺らして大きなため息をつくのだった……

書き下ろし番外編

風邪と、ときめき過剰

――ミリヤムが風邪を引いた。それを聞いて、え!?　と、振り返ったのは、ふくふくとした白豹《しろひょう》の獣人少年。談話室に駆け込んできた友を見て、彼は目を見開いて言う。

「ミリーがカゼ!?　………て？　なんだっけ？」

キョトンと返されて。黒髪の少年エメリヒは、思わずガクッと肩を落とす。

「か、風邪を知らないの、ローラント……？」

「うーん？　だって外で吹いてるあの風じゃないんでしょ？　聞いたことあるけどぉ、えーとぉ？　なんだったっけ？」

ローラントは菓子袋に手を突っ込みながら、不思議そうに首を傾げた。そんな彼のぽっちゃりボディは、フカフカな毛に覆われている。人族や半分人族のエメリヒとは違い、寒さに強く風邪など一度も引いたことのない彼は、その存在をよく分かっていない。

「……そうだった……ローラントは特に寒さに強かったんだった……」

種族間ギャップにため息をつくエメリヒに、ローラントは、ああと言う。

「ミリーは寒さに弱いんだっけ」と、呑気な友にエメリヒが憤慨《ふんがい》する。

「そうだよぉ！　昨日ローラント達が、またお風呂上がりに裸で外に飛び出したりするから！」

――それは昨夜の入浴時のこと。いつものように、仲間と入る大きな入浴場ですっかりテンションが上がってしまった獣人族のお子様達。彼等は入浴場を飛び出して、外で追いかけっこに興じた。季節は春。ベアエールデ砦の敷地内に、もう雪はない。彼等は走りやすくなった広場を裸で存分に駆け回り、林を駆け抜けて。そうしてせっかく身体を洗ったにもかかわらず、再び毛並みを泥だらけにしつつ『ふーやれやれ楽しかったぁ』などと言いながら……そのまま寝ようとするから――堪《たま》らない。

『寝台が……寝台が泥だらけになるでしょう⁉　坊ちゃん達⁉』と――至極もっともに怒った寮母的存在ミリヤムが彼等を捕獲に走るのは、もはや日常のことなのだが。エメリヒがちょっと怒ったような顔で、ローラントに言う。

「昨日はローラントがフザけてミリーさんに水をかけたりするから！　ミリーさん、濡れたまま君達を追いかけたでしょう⁉　だから風邪を引いちゃったんだよ！」

「……そうなの？」

未だ〝風邪〟なるものにピンときていないらしいローラントだが、それでも少し戸惑ったような顔をする。いつもは気弱なエメリヒが怒っているのも効いているようだ。

「昨晩はまた少し冷え込んだし……まったくローラントったら！」

「だって……ミリーがお風呂に入って来たから、つい……」

まあ、少年隊士達の風呂場に、堂々と入ってくるミリヤムもミリヤムだが。ここは彼女のために釈明しておくと……獣人達は毛並みが豊かであるがゆえに、身体、特に背中を洗うのがヘタクソだ。面倒くさがって洗わない輩《やから》も多々。放っておくと、呰が強い獣臭さで満たされてしまうもので……衛生管理にうるさいミリヤムは、しょっちゅう石けんを片手に、風呂場を監視しに来る。昨晩も、いつもどおりミリヤムにとっ捕まったローラントは、ミリヤムに背中をガッシガッシ洗われたあと——ニカッと笑い——ミリヤムに水をぶっかけて。ミリヤムが怒声を上げているその隙に、外へ飛び出していった。もちろん——裸のままである。

そして、それに激怒したミリヤムが彼等を追いかけていって——……ミリヤムが風邪を引いたということらしかった。

「だって……ミリー怒ると、すごい面白いから……」

「面白いからじゃないの！　とにかく、それでミリーさんは風邪を引いちゃったの！

風邪っていうのは熱が出て、寒気がして、とにかく辛いんだよ！」

「え……？」

謝りに行かなければダメだと言うエメリヒに、風邪が病の一種だとようやく理解したローラントが、手からお菓子をポロリと落とす。

「ミリー……僕のせいで病気になったの？」


「…………」

その頃の砦内、病室。ミリヤムは、寝台の上で布団をかぶり、ふちから目だけを出して、神妙な顔で左右を交互に見上げている。そこには真剣な顔をした男が二人。

「だから……お前は夜に外に出るなと言っただろ⁉　ずぶ濡れで夜風にあたりに行くなよ！　獣人の少年隊士は、お前の百倍丈夫なんだぞ……！」

放っておけ！　と、怒っている青年は幼馴染《おさななじみ》の騎士ルカス。ルカスは眼鏡の奥からミリヤムを厳しく睨《にら》む。と、その隣に立つ白豹《しろひょう》青年がオロオロと彼を宥《なだ》めた。

「ル、ルカス殿、もうそのくらいで……」

彼、イグナーツは、よろよろ顔でミリヤムの寝ている寝台に縋《すが》りつく。

「悪い……ミリヤム大丈夫かっ？　うちの愚弟《ローラント》がすまん……本当にすまんっ！」

と、ルカスが「いいえ！」と、厳しい顔をする。

「これはイグナーツ殿のせいではありません。迂闊《うかつ》にも子供達の挑発にのった、この者の落ち度です。まったく……馬鹿め！」――と、ルカスはそうキツくミリヤムを見据えながら。せっせと水に浸《ひた》した手ぬぐいを絞り、娘の額の上のそれと交換している。そしてリンゴを剥《む》き始めた。……甲斐甲斐《かいがい》しいこと、この上ない。

するとミリヤムが発熱の赤い顔で、あのぉと言った。

「その……お気持ちは大変ありがたいのですが……お二方共、もう仕事に戻られては？ 別に私め看病してもらわなくても、一人で寝てますし……」

二人共忙しいはずだがと述べられた言葉は、しかしルカスによって遮《さえぎ》られる。

「うるさい、文句を言う元気があるなら、ぼけっとしてないで果物でも食え！ さっさと！」

「あ、果物が無理なら俺が……俺が粥を炊《た》いてこようか⁉」

ぐいっと顔面に近づいてくるリンゴ（ウサギカット）を見つめながら……ミリヤムは黙り込む。なんだか心配されているのは確かなようだが……ツンのキツいツンデレ幼《おさな》馴染《なじみ》と泣きべそ白豹《しろひょう》。……思わず沈黙して見入ってしまう二人組である。

ガミガミ言いながらも、ミリヤムの傍《そば》を離れないオカンなルカス。こんなに叱られておきながら、ミリヤムも幼馴染《おさななじみ》の彼がいることに安心したらしい。図太くもウトウト眠りについて。

いくらか時間が経ったあと。ふと——意識が浮上すると、ルカスが誰かと話している声が聞こえた。目を開くと、金の髪に彩《いろど》られた心配そうな顔がこちらを見つめている。

「——おや、起こしてしまった？」

目が合うと、覗き込んでいた青年が微笑む。と、ミリヤムが眩《まぶ》しそうな顔をした。

「ぁ……燦々《さんさん》と、天から美が降り注ぐ……」

「ミリー大丈夫？　辛くはない？　ああ、起き上がらないでいいから……」

しかしそういうわけにはいかないと、ミリヤムはヨロヨロと寝台の上に半身を起こして、青年を見上げた。

「坊ちゃま……何故ここへ……風邪がうつってしまいます……」

眉尻を下げて心配そうな顔をする娘に、フロリアンは苦笑してその頬を撫でる。

「何言ってるの、私なら大丈夫だから。ほら横になって」

彼はミリヤムの身体を支えて布団の中に戻すと、かけ布団を丁寧に整えてやる。

「ゆっくり休んで」

その手が栗色の髪を撫でると、ミリヤムの顔に陶酔が浮かぶ。

「あ……神の慈悲……癒《いや》しの光降り注ぐ……おお神（※フロリアン）よ……」

「おや、ふふふ」

「……（馬鹿が進行している……）」

二人のやり取りを傍《そば》で見ていたルカスは、相変わらずなミリヤムを見て非常に胃痛を感じた。この娘、いつになったらまともになるのだろうかと。

「ところでミリー。表でね、あの子に会ったんだけど……」

「え……？」

つと指差された先を見ると、病室の出入り口から白い豹《ひょう》柄の頭がぴょこんと覗いている。

「お……？　ローラント坊ちゃん？」

どうしましたかと手招くと、いつになくしゅんとしたローラントの顔がそろりと現れた。その顔を見て、ミリヤムが「ん？」と怪訝《けげん》そうな表情をする。

「ミリー……あの、大丈夫？　病気になったって聞いたけど……」

言いながら、ぽっちゃり坊ちゃんの瞳が潤み出す。

「ごめんね……ミリー水かけて……」

「え!?　ちょ、泣くの!?　泣くんですかローラント坊ちゃん!?」

ミリヤムはギョッとした。いつもは飄々《ひょうひょう》として、素晴らしく要領のいい少年である。悲しそうな顔に己の発熱どころでなくなった娘は、寝台からビタンッと転がり落ちて少年の方へ向かう。その我が身を顧《かえり》みない動きに、フロリアンもルカスも慌てた。

「ちょ、ミリーっ」

「ええい、ちょっと待ってて坊ちゃま！　お子様が！　お子様が危機です！」

先ほど神と崇《あが》めた青年の制止を威嚇《いかく》ですり抜けて。ミリヤムはサカサカと少年のところまで這《は》い寄った。

「ろ、ろぉらんと坊ちゃん!?　げほっ」

「みりぃ……ゾンビみたいで面白いよ……やめなよぉ病気なんでしょ……」

「泣きながら面白がっている場合ですか!?　坊ちゃん!?　ミリなら大丈夫ですよ!?　薬も飲みました！　ちゃんと寝て（?）ます！　あったかくしてれば、次の日にはケロッとしている。それが私め、ミリーです！」

だからそんなに泣かないでと、鬼気迫る顔で慌てるミリヤムの——案外元気に動く口に、思ったよりミリー元気だった……と、ローラントはちょっとほっとした。

とにかく風邪がうつるといけないということで。少年はフロリアン達に隊舎まで送ってもらうことにした。ローラントは虎の子の菓子類をたくさんミリヤムに貢《みつ》ぎ、彼女を驚かせた。『寮母（?　※本当は洗濯番）として全部没収したと思ったのに、こんなに大量の菓子を、どこに隠して持っていたのだろう……』と。

彼等が去ると病室内はシンと静かになった。さんざんルカスに世話を焼かれたおかげか、節々の痛みも和らいでいた。この調子なら、きっと明日には回復するだろう。ミリヤムはほっとして、しかし先ほどの少年の泣き顔を思い出し、布団の中でため息をつく。

「……大丈夫かな……隊舎でまたローラント坊ちゃんが泣いていないだろうか……やけでお菓子を馬鹿食いしてないかな……」

そう考え始めるとだんだんハラハラしてきて。ミリヤムは身体の上から布団を剥《は》いだ。

「ちょっと様子を見に――……」

ミリヤムは、隣の医務室にいる医師に見つからぬよう、寝巻きのままコソコソと病室を出ようと――……

「……よしっ」

いざ！　と、廊下に出た瞬間。

「……やめなさい」

ふわりと軽く持ち上げられて、ミリヤムの足が床から遠ざかる。驚く間に優しく包み込まれるような感触を身に感じ、ハッとして、視線を上げた。

「っ、ヴォルデマー様！」

そこでは、漆黒《しっこく》の毛並みの狼獣人が、静かな眼差しで彼女を見下ろしていた。愛する恋人の登場だが――ミリヤムの顔には、思い切り「しまった」と書いてある。

「ミリヤム……こんな時間にどこへ？　大人しく寝ていなさいと言っただろう……？」

「えーと……」

ミリヤムの泳ぎまくる視線を、ヴォルデマーはやれやれと苦笑しつつ見ている。そうして男は、ミリヤムを抱えたまま病室へ戻り、寝台に彼女を丁寧に下ろした。布団の中に娘を戻したヴォルデマーは、その寝台の隣に据えてあった椅子に座り、微笑みながら、横たわる娘の額に手を乗せた。

「……熱は下がったのだな、よかった」と男は呟いて。慈《いつく》しみ深い顔で頬を撫でられると――……ミリヤムが布団の中で顔を両手で覆った。

「…………駄目だ！　ヴォルデマー様にこんなことされると元気になってしまう！　いや！　むしろときめき過剰でまた高熱が出る！　あ、おびただしい汗が……っ！」

「……ミリヤム、大人しく寝なさい」

真っ赤な顔で叫ぶミリヤムに、ヴォルデマーは穏やかに語りかける。低音の心地よい響きに耳をくすぐられて、娘は思わず俯《うつむ》いた。赤い顔が更に熟《う》れて。それに気がついたヴォルデマーは、幸せそうに微笑んだ。

その後、一晩中彼に付き添われたミリヤムは、ときめき過剰で順調に汗をかき、汗だくになって。それを見たヴォルデマーに、着替えを手伝おうかと真面目に問われ、更に激烈な汗をかいた。──結果、次の日にはケロッと元気になったらしい。

けれども。これ幸いと仕事へ行こうとする娘を、過保護な男達は決して許さなかった。叱られ、泣かれ、宥《なだ》められ、笑われ。そしてもの言いたげな目で見つめられ──

結局、ミリヤムは、三日程度の休みを取る羽目となったのだった。

本書は、2018 年 10 月当社より単行本として刊行されたものに書き下ろしを加えて文庫化したものです。


この作品に対する皆様のご意見・ご感想をお待ちしております。

おハガキ・お手紙は以下の宛先にお送りください。

【宛先】

〒150-6008 東京都渋谷区恵比寿 4-20-3 恵比寿ｶﾞｰﾃﾞﾝﾌﾟﾚｲｽﾀﾜｰ 8F
（株）アルファポリス　書籍感想係

メールフォームでのご意見・ご感想は右のＱＲコードから、
あるいは以下のワードで検索をかけてください。

アルファポリス　書籍の感想　検索

ご感想はこちらから

レジーナ文庫

偏愛《へんあい》侍女《じじょ》は黒《くろ》の人狼《じんろう》隊長《たいちょう》を洗《あら》いたい

あきのみどり

2021 年 8 月 20 日初版発行

文庫編集－斧木悠子・篠木歩
編集長－倉持真理
発行者－梶本雄介
発行所－株式会社アルファポリス
〒150-6008 東京都渋谷区恵比寿4-20-3 恵比寿ｶﾞｰﾃﾞﾝﾌﾟﾚｲｽﾀﾜｰ8階
TEL 03-6277-1601（営業）　03-6277-1602（編集）
URL https://www.alphapolis.co.jp/
発売元－株式会社星雲社（共同出版社・流通責任出版社）
〒112-0005 東京都文京区水道1-3-30
TEL 03-3868-3275
装丁・本文イラスト－藤村ゆかこ
装丁デザイン－AFTERGLOW
（レーベルフォーマットデザイン－ansyyqdesign）
印刷－中央精版印刷株式会社

価格はカバーに表示されてあります。

落丁乱丁の場合はアルファポリスまでご連絡ください。

送料は小社負担でお取り替えします。


ISBN978-4-434-29257-6 C0193